U0494544

我没我爱你
我告诉了风

Xuyue

躁动

苏寂真 著

Beating heart

长江出版社
CHANGJIANGPRESS

图书在版编目（CIP）数据

躁动 / 苏寂真著 . — 武汉：长江出版社，2022.11

ISBN 978-7-5492-8580-8

Ⅰ . ①躁… Ⅱ . ①苏… Ⅲ . ①长篇小说 - 中国 - 当代 Ⅳ . ① I247.5

中国版本图书馆 CIP 数据核字（2022）第 214287 号

躁动 / 苏寂真 著

出　　版	长江出版社	
	（武汉市解放大道 1863 号）	
选题策划	小　米　靴　子	
市场发行	长江出版社发行部	
网　　址	http://www.cjpress.com.cn	
责任编辑	钟一丹	
特约编辑	连　慧	
印　　刷	河北照利印刷有限公司	
版　　次	2022 年 11 月第 1 版	
印　　次	2022 年 12 月第 1 次印刷	
开　　本	880 毫米 ×1230 毫米　1/32	
印　　张	10	
字　　数	269 千字	
书　　号	ISBN 978-7-5492-8580-8	
定　　价	45.00 元	

版权所有　盗版必究（举报电话：027-82926804）
（如发现印装质量问题，请寄本社调换，电话 027-82926804）

原来沉入一望无底的深海，也是能够遇到光的。

放学铃响,许约搓了把脸站在前门的位置,

教室里比起以前确实整洁了许多,

讲台一角的铁皮被擦得锃亮,

上面堆放着的粉笔盒同样摆放得极其整齐,

就连每个小组桌凳之间的距离都像是用尺子量好的一样。

后排的黑板也被擦得干干净净,

阳光穿过玻璃窗印在墙上,

看着都比以往更加刺眼。

许约忍不住往自己的座位看了几眼,

两张单人桌也不知道什么时候被人搬走

换回了之前的双人桌。

眼前的一切就像初来乍到之时那般,

既熟悉又陌生。

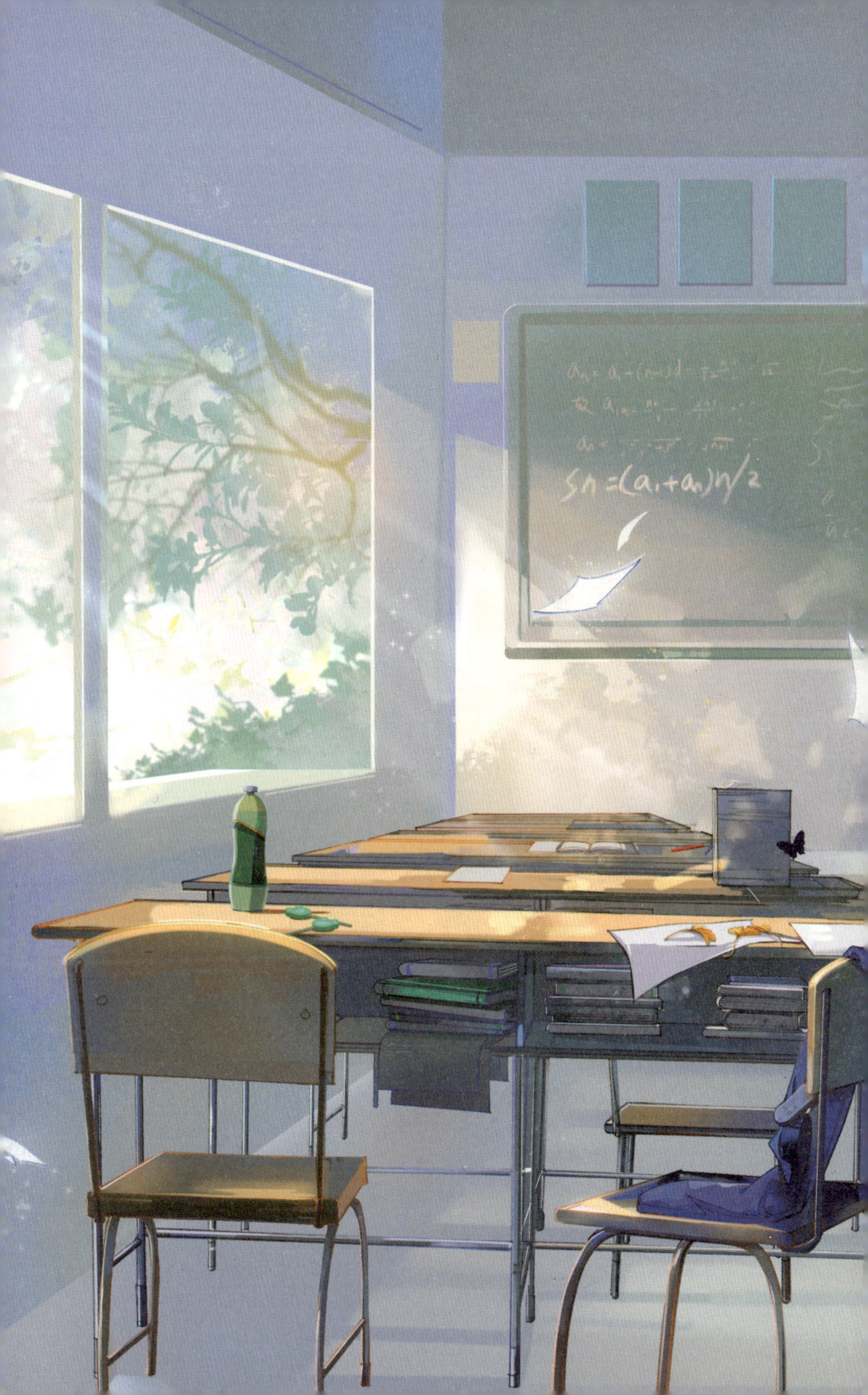
Sn =(a1+an)n/2

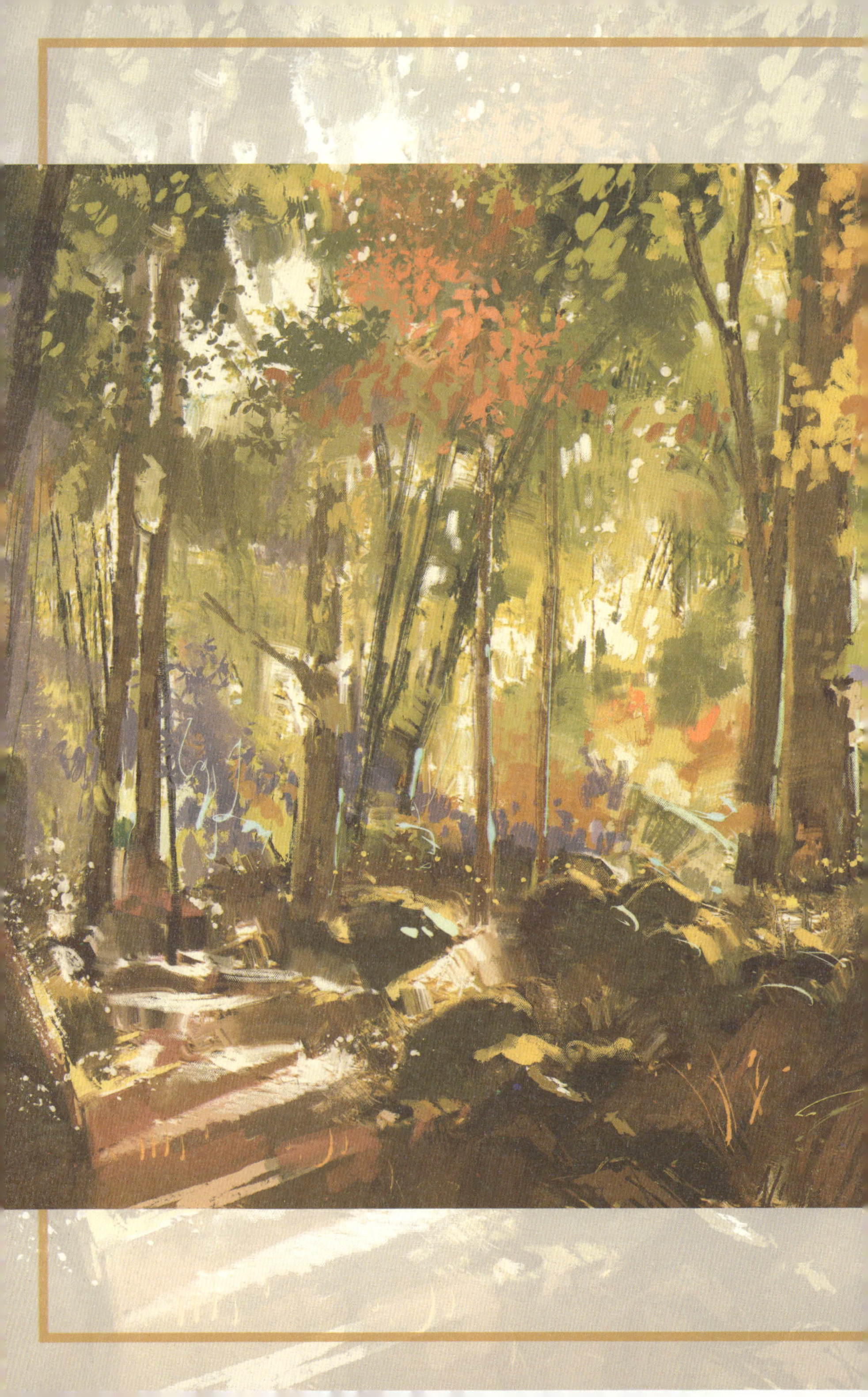

目 录

contents

第一章　转学　　001

第二章　课本　　035

第三章　求和　　069

第四章　校牌　　107

第五章　选择　　157

第六章　赌约　　193

第七章　成绩　　223

第八章　生疏　　265

番　外　　　　　299

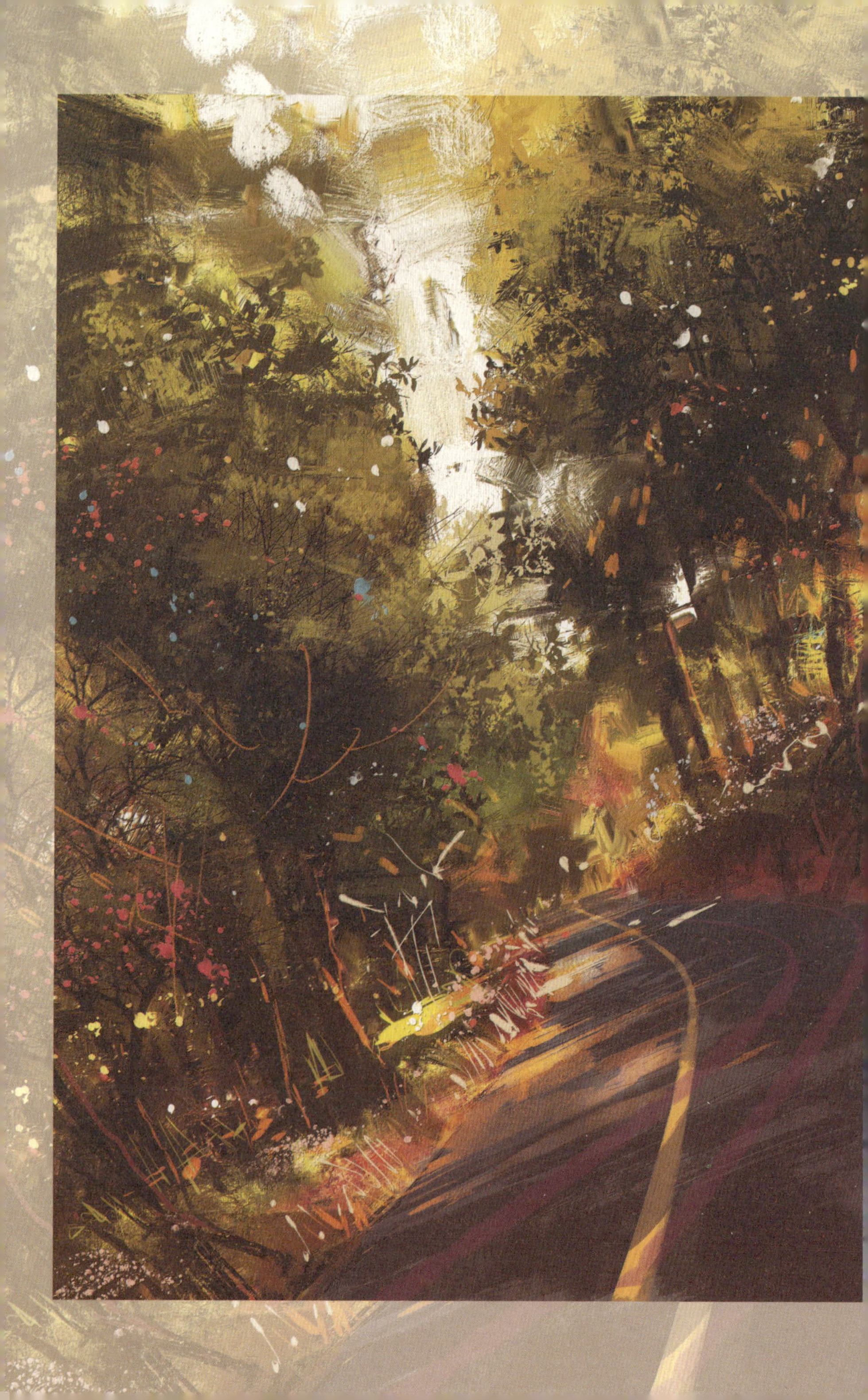

第一章 转学

第一章 转学

沉默持续了大概十几秒,夜风趁机溜进了院子。

男生垂眸,终于忍不住踢了踢停靠在脚边的行李箱。箱子中等型号,里面能容纳的东西并不算多。但许约知道,这是他留在这个家的全部。

"爸,你还是回去吧,外面风太大,挺冷的。你……"许约抬眼,对上了一双布满了红血丝的眸子。

许约突然叹了口气:"你别再这么看我,我已经不是小孩子了。"

男人张了张嘴,胳膊颤了两下。

许约闭了闭眼睛,心里还是忍不住骂了句脏话。

"小约……"面前的中年男人终于开了口,"你夏阿姨也是为你好。新的环境新的开始,去海市读书也能认识新的朋友,这几天你过去住的宾馆你夏阿姨也提前安排好了……小约,如果哪天生活费不够了,你就给爸爸打电话,行吗?"

许约没有任何回应,只是安静地盯着许陆的眼睛。

有那么一瞬,他好像不再认识眼前这个一脸沧桑的中年男人,但又好像哪里都不曾改变过。他还跟以前一样懦弱。

许约下意识搓了把脸,强迫自己清醒一些。

"小约……那你能不能答应爸爸……"许陆站在门口喋喋不休说个不停,中途却被许约打断。

"我知道你想说什么,我答应你,去了海市一定好好读书绝不惹事,行吗?我能带走的东西也没剩什么了,到时候还有什么东西落下的话,记得先拍张照片给我,有用的就寄到学校,没用的……就当垃圾丢了吧。"许约抬起头，嘴角微微上扬，"我走了。再晚一会儿赶不上高铁了，爸，你回吧。"

许约低下头，右手轻抚过身旁的楼梯把手，重新按在了行李箱的拉杆上。

许陆伸了伸手，最后还是转头看了一眼站在客厅里的女人。

许约想笑，却笑不出来，只能轻扯嘴角小声道："我知道夏岚她不喜欢我。"

"小约……"

"对了，我妈的玉镯……能让我带走吗？"

"你……"许陆突然叹了口气，转身进了屋。

屋里隐约传来几句争吵，其中还伴随着婴儿的啼哭声。

许约烦躁极了。

可这些与他何干呢？许约心里暗暗说道，他现在只想带着母亲的遗物一起滚，离这破败不堪的家越远越好。

几分钟后，中年男人的手里多了个暗红色的首饰盒，盒子的棱角有些破旧，看样子有些年头。

许约二话没说接过盒子，拎起脚边的行李箱，头也不回地出了门。

在路口等了大概半小时，许约终于拦下一辆出租车。

他将行李塞进后备厢后，拉开车门，一股温热的气息扑面而来。

"这天，可真够冷的。"

出租车司机回头看了他一眼，很快转过头，抬着胳膊在右边的表盘上拧了几下，似乎将暖气开得更足了些。

"小伙子这么晚了是要去哪儿？"

"高铁站。"

许约揉了揉太阳穴，仿佛所有的力气在此刻被抽离得一干二净。

他闭眼瘫了下去，虚弱地说道："师傅麻烦你快点，我怕时间来不及。"

"得嘞。"

车子疾驰而去，留下路口的一抹黑影。

司机大叔偶尔跟着广播哼几句歌，可惜有些跑调，许约坐在后排听得尴尬，时不时轻咳几声。

　　车里不透气，又闷又热，许约歪了歪头，扯下围巾，而后又忍不住长长叹了口气。

　　"小伙子，怎么了？你好像……心情不太好？"司机大叔抬了抬眼，"你们这个年纪的男生大多都有自己的心事，而且憋在心里不爱跟任何人说，我儿子也是。"

　　"嗯。"许约有气无力地回了一句，不知是对大叔的哪句话表示肯定。

　　车子在高架上行驶了二十分钟后，司机大叔忍不住唠起了家常。

　　"我儿子跟你年纪差不多大，不过你可比他强多了……"

　　后来司机大叔又说了些什么，许约实在听不进去。车窗上覆盖着一层水雾，他忍不住抬手用指腹抹了过去。各色的霓虹灯一路快速倒退，晃得人眼睛疼。

　　正当他回想着以前种种的时候，车子停了。

　　他重新擦了擦玻璃上的水雾，抬头看向窗外。

　　"小伙子，到了。外面冷，一定要戴好围巾。对了，后备厢的东西也都带好了，别落下。"

　　"谢谢。"

　　许约付了钱，推开车门下了车。刺骨的冷风直往领口灌，他缩了缩脖子，半张脸埋进围巾里。

　　许约在高铁上迷迷糊糊睡了半个多小时，到站后他迫不及待地关掉免打扰模式。

　　已经过了夜里十二点，许约皱着眉，心里却偷摸着将夏岚骂了好几千个来回。

　　一想到夏岚那副嘴脸，许约一阵恶心。

　　肚子发出的惨叫声将他强行拉回了现实，他已经七个小时没吃东西了，胃炎怕是要犯了。

　　许约犹豫着拿出手机搜索着最近的饭馆。他不想因为没吃东西胃疼进医院,他不想丢人。

新的城市并没有给他带来任何新鲜感,许约拎着行李箱出现在小饭馆门口的时候,顾渊正拿着抹布清理着桌上的烂菜叶,丝毫没有注意身后的人。

许约不满的情绪充斥着整个身体。

"要关门了?"

"嗯。"

"能帮我做份炒饭吗?钱可以付你双倍……麻烦了,我胃不舒服。"许约左手捂着胃,皱着眉头,脸色惨白,仿佛下一秒就要两眼一黑直接和地面来个亲密接触。

他真的没力气再找下一家了,如果被拒绝,那就医院见吧。既然吃不到饭,我就不信你还见死不救。

"不是都说了要关门……"顾渊啧了一声放下了手里的抹布,说着话转过身来,看到面前许约摇摇欲坠的身板,实在狠不下心继续说下去。

眼看着面前这人就快倒下,顾渊一把拽住他的胳膊。

顾渊把人扶到凳子上,靠在旁边的桌沿上看了眼许约。

许约缓缓睁开眼睛,动了动嘴,发出沙哑又难听的声音。

"谢谢……"

"坐这等着吧。我去后厨跟赵姐说一声。"

眼前的人一动不动,要不是能听到微弱的呼吸声,他大概以为面前坐着个假人。

许约大概是没听到最后这句,他实在不想动也不想说话,睁开眼睛对现在的他来说都是一件非常困难的事情。

"三倍……"

"什么三倍?"顾渊凑近了点问。

"一份炒饭,三倍价钱。行吗?我有钱。"

许约狼吞虎咽地吃完炒饭,仰头灌了一大杯热水,最后缓了半天才低下头。

下一秒，许约对上了顾渊那双明亮的眼睛。

他愣了一下，如果人的眼睛里真的可以藏进一片星辰大海，大概就是他这样的吧。

"吃完了？"

"嗯。"

"喝饱了？"顾渊敲了敲玻璃杯的边缘。

"嗯。"许约收回目光，看了眼手机，已经过了凌晨一点，"那个，扫哪？"

"一共四十五元。"顾渊随手将墙上挂着二维码的塑料牌子扯下来扔到桌上。

"嗯。"许约想都没想转了五十元过去，毕竟害人家耽误了回家的时间，不管出于什么原因，许约非常过意不去。

他付好钱转身就走，却在门口的位置突然停了下来："那个……这附近哪里有宾馆？"

对于夏岚帮他安排好的地方，许约一点兴趣都没有。当然，他也不想跟那个女人还有任何瓜葛。

"有。我依稀记得人民大道左手边就有一个，凑合能睡。"

依稀？许约不明所以，凑合能睡又是什么意思。

外面那些乞丐流浪汉随便卷个毯子窝在墙角也可以称为"凑合能睡"。与其告诉他这个，这还不如直接告诉他床大不大，软不软，躺着舒服不舒服更实际。

"你家不在这附近？"

"不在。"顾渊活动了两下肩膀，歪着头冲许约笑了一声，"警惕性这么高？还是说，你不相信我？"

许约确实不信，沉默着摸出手机搜索着人民大道的具体位置。

"外地来的？人民大道不知道？"顾渊放下手里的餐盘，斜靠在墙边。

"嗯，不知道。"

"哦。"顾渊将盘子放进水池，随意挤了挤旁边的洗洁剂。

顾渊摸出手机，打了通电话："妈，我今天晚上就不回去了。"

挂掉电话，顾渊将手机塞回兜里，一边单手冲着盘子一边回头看着许约，话语间飘散着寒气："先坐那等着。洗完了我带你过去。"

"知道了。"

"你叫什么？"顾渊刷完了盘子用抹布擦了擦手，解开围在腰上的围裙。

"许约。"

"哦，我叫顾渊。页字旁的顾，深渊的渊。"顾渊擦了下手，继续说道，"不过听上去，你爸妈比我爸妈可有文化多了。"

"那我是不是还要替他们谢谢你？"许约转身不再看他，"其实我的名字，是我妈一个人取的。"

尽管许约背对着他，但是顾渊依旧能感受到一股强烈的怨气从他的身体里散发出来，如同一团黑雾包裹着他。

他一向看人很准。

顾渊套上羽绒外套，戴好围巾，走过来推了挡在门口的许约一把："发什么呆，走了。"

许约往前跟跄了一步，很快回头瞪了顾渊一眼。不过是萍水相逢，偶然说过几句话，这人居然这么自来熟？还直接上手。

"我跟你熟吗？"许约说。

"不熟啊。"

"那你推我？"

"推一下怎么了？刚刚叫你又没反应，不推你你得在店门口站多久，你不想走人家赵姐还等着锁门回家呢。"顾渊被问烦了，直接将许约一把推出了门外。

许约回过头，一个大大的笑脸映入眼帘，面前瘦小到好像随时都会被风吹倒的女人一脸尴尬地看着他。

"不好意思，刚走神了。"

"没事没事，我听你们说要去找宾馆，还不快去。这么晚了，早点休息，看你脸色也不太好，是不是生病了？"赵姐一边说一边伸着胳膊去够卷帘门，无奈因为矮了点，够了半天没够到。

顾渊抬手将卷帘门拉了下来："赵姐，你看你这要是没了我，都锁不了门。"

"就你嘴贫。赶紧回家去吧，要是被你妈知道了又得挨说。还有你，小伙子以后可以常来阿姨这吃饭啊。下次来我就不收你钱了。"赵姐朝许约挥了挥手，收好钥匙转身消失在了巷子里。

顾渊弯下腰，锁好门，朝冻得通红的手哈了口气："嘶，真冷……按理说，我不该问，但是我又实在有些想不通，大晚上的，你一个外地的跑海市来干什么？"

句句扎心，还一针见血。

"我、我去亲戚家不行吗？"

"哪有去亲戚家还要自己找宾馆住的？你当所有人跟你一样傻吗？算数都算不好。"

"什么？"许约一脸疑惑。

"你刚转账的时候我瞅了一眼，多给了五块。你数学该不会是体育老师教的吧？"

许约这下彻底不想跟顾渊讲话了。他沉着脸，拎着行李箱转身就走。

许约低头在手机自带的地图导航里搜索着人民大道的具体位置。

这巷子有些空旷，除了行李箱滑轮滚动的声音，还有专属于鞋底摩擦发出的一阵沙沙声。但又有些杂乱，显然不是一个人的脚步声。

许约愣了下，回过头，看到了五米开外的顾渊。

许约按灭了手机，扭头冷声道："跟着我干吗？"

顾渊摘了耳机，一脸疑惑道："什么？"

许约怔了下，身后明明跟着这么个大活人，自己为什么还要用手机查位置。他将手机塞回兜里，缩了缩脖子。

"喂，你知道人民大道往哪走吗？"

许约不动，顾渊也跟着没动，他重新戴好耳机，指了指前面："往前一直走就是，最近的宾馆就在那条街上。"

第一章 转学

"哦。"

许约重新拉起行李箱，朝着顾渊所指的方向走去，身后依旧传来轻轻的沙沙声。

许约向来喜欢自己一个人走路，懒得看手机的时候就开始数数，在他数到三百的时候，一个灯牌坏掉一半的破旧牌子出现在马路边，许约眯了眯眼睛，看了半天，推测这家宾馆的名字应该是叫作"小芳"。

他不顾身后的顾渊，拎着行李箱进了门。

招牌虽然破旧了些，但里面还不错，起码看着干净。

他走向前台，透过玻璃窗看到一位头发有些花白的老太太正坐在里屋床上看着电视。见有人来，她裹了裹身上的毯子，连带着一起走了出来。

"也嘎的？"老太太头也没抬，从一旁拿起几张纸，翻来覆去找笔。

许约知道是方言，但他听不懂。

老太太见他不答话，以为他没听清，又重复了一遍，抬起头笑着看他。

许约满脸尴尬，他舔了舔嘴唇，无意间看到了顾渊的身影从门口经过，迅速追了出去。

"喂！"

顾渊回过头，往旁边瞥了几眼，最后盯着许约："在叫我？"

"嗯……那什么，能不能过来帮我翻译一下。"许约看向别的地方，稍微提高了音量。

顾渊倒是不太在意："我说，以前没人教你求人帮忙的时候，要带个请字吗？"

"那请。"许约翻了个白眼，朝大门位置摆了摆手继续说道，"你们这儿的方言，我听不太懂。"

"哦。"

老太太依旧保持着微笑，伸出手来，说了一句方言。

许约回头看了眼靠在门框边的顾渊。

"让你拿身份证。"

许约二话没说从裤兜里摸出身份证递了过去。

"登都扫森光?"

"问你住多久?"

"哦,大概五天。"

"咦兹哈宁?"老太太盯着顾渊的脸看了很久,缓缓道。

"我就是个路人。"顾渊一愣,大概是没想到自己会被问,"他一个人住。"

办理好入住手续,许约拿着房卡走到顾渊面前:"谢了。"

顾渊没说话,也没动。

许约愣了下,将行李箱拉杆放下去一半。出于礼貌,他还是问了句:"你真不回家?"

"不回。"

"那你睡哪儿?"许约不自觉问了出来,突然意识到两人并不是很熟,又补了一句,"当我没问。"

顾渊挑了挑眉站直身子:"许约,你会打游戏吗?"

许约已经困到不行,眼睛都快睁不开的他本想跟顾渊简单道谢之后赶紧去好好睡一觉。

他不爽地踢了踢自己的箱子:"不打,再见。"

许约二话没说拎着行李箱就上了楼。

许约半眯着眼一间一间找了个遍,终于在角落位置找到了自己的房间,他刷了卡,烦躁地将箱子丢了进去,顾不上换鞋。关上门,他直奔大床。

许约捂着耳朵在床上翻来覆去十五分钟后,实在忍不住下了楼。

他敲了两下前台后面的玻璃窗。

老太太心里虽然不满,但还是裹着毯子出来了。

许约也不管自己能不能听懂,直接敲着前台的桌子:"阿婆,我房间隔壁是对情侣您怎么不早点告诉我啊?"

老太太说了几句,许约依旧没听懂。

这种想吵一架却吵不起来的感觉实在太难受了，许约猛地拉上拉链，直接推门而出。

在路边站了一分钟，许约重新推开了门："阿婆，这边哪有便利店？二十四小时营业的那种。"

老太太这回连里屋的门都没出，直接从窗户往外看了眼，往左手边指了指，回头继续嗑瓜子看电视去了。

一阵冷风吹来，瞌睡也被吹去了一半，许约叹了口气，双手插兜往左边看了看，隐约能看到五颜六色一闪而过的霓虹灯光。

兜里的手机振了两下，不用想都知道是谁发的短信。

许约抽出手机，半只手藏在袖子里，只露出三根手指在外面点着屏幕。

许陆：已经到了吗？

许陆：小约？

许陆：到了的话就给家里报个平安。

许约叹了口气，一键删除了所有短信，重新将手机塞回兜里。

许约长舒了口气，假装刚刚什么都没看到，往便利店的方向踏着缓慢的步伐走去。

便利店的人不算多，有几个忙碌了一整天的外卖小哥正靠在旁边的木椅上休息。推门而入，前台的女生抬头冲许约嘘了一声。

泡面的味道有些冲鼻子，许约忍不住皱了皱眉，环顾了周围一圈。

女生冲许约挤了挤眼睛，示意他小点声："那边休息的那几个外卖小哥刚睡着，小点声别吵醒他们。"

许约站在原地没动，几秒之后才轻轻点了点头。

不知过了多久，女生轻轻拍了下许约的右肩膀，压着嗓子问道："帅哥，你想买点什么东西？"

买什么东西……

许约还真没想好，他只是不太想一个人在宾馆里待着而已。

许约舔了舔嘴唇，忍不住偏头往里侧的过道看了一眼。

这一眼，还真看出来点不太一样的东西。跟其他二十四小时营业的便利店有些不同，远处的角落里好像摆放着几个红木的书架，有些突兀。

许约忍不住多看了一眼。

"你应该是第一次来我们便利店吧？Ａ区是食品区，Ｂ区是生活用品区，后面的Ｃ区就是你刚刚看的那个地方，其实是个小型的书店，虽然里面的书不太多。"女生笑了笑，抬手指了指许约刚刚瞥过的方向，"左手边那排都是漫画，右手边是最近新发行的各种言情小说，不过我猜，你应该不感兴趣。"

许约有些尴尬地笑了两声："旁边的楼梯是？"

"通往二楼的，那里面都是初高中的学习资料。"

"谢谢。"许约冲女生点了点头，整理好了衣角往Ｃ区走了过去。走到一半，许约又重新返回了前台，他指了指女生身后的冰柜，说道，"帮我拿一罐冰咖啡。"

"来，拿好。"

"谢谢。"

直到许约的背影消失在楼梯拐角，女生才回过神，不禁感叹道："今天晚上也是奇怪了，平时这大半夜的连只流浪猫都碰不到。今天倒好，一下子碰见了两个长相出众让人一眼就很心动的帅哥。"

女生拍了拍自己的脸，清了两下嗓子，低头忙起了自己的事。

楼梯是铁质的，踩上去会发出清脆的声音。为了不打扰到前台附近几个休息的外卖小哥，许约小心翼翼地按着扶手往上一步步挪。

他站在二楼楼梯口，往里面看了眼。书架上的学习资料还没看到，倒是看到了熟悉的身影。虽说是侧着身子……但就冲这优越的身高和逆天的颜值，除了顾渊还能是谁。

许约忍不住心想，真够巧的。

站在楼梯口的时间确实久了些，许约轻轻咳了两声。

顾渊这才回过头，合上手里的书皱着眉头死死盯着许约。

许约有些不自在，往前走了几步。

"真巧。"顾渊突然懒散地靠在墙上，将手里的书重新放回了书架，"下次能不能别这么吓人，你这人走路一点声音都没有吗？"

随后，顾渊摸出自己的手机看了一眼时间："不是已经办理好宾馆的入住手续了吗？怎么？睡不着？"

"我认床，所以睡不着。"许约回答，又往前走了两步从另一边的书架上抽了本高中生物习题册。

接下来又是一阵沉默。

许约眨了下眼，抬起头，看着顾渊已经坐在圆凳上，打开了手机游戏。

"你刚刚是在这里看书？"

"没有，我也睡不着，想翻几本带字的自我催眠一下。"

要不是许约亲眼看到，他可能还真会信顾渊的这番鬼话。不过，他也没打算当场拆穿。

"那现在呢？"许约问，"不准备催眠了？"

"现在？你还好意思问，麻烦下次不要在别人快要睡着的时候一声不响地站在人身后，你知不知道'人吓人，吓死人'？"

许约没打算反驳，只是耸了两下肩膀，低头翻开了学习资料。

墙上的钟表短针顺时针越了三十度，许约合了书皱起了眉。

顾渊依旧一脸认真地盯着自己的手机屏幕。

"我这都匹配的什么破队友，打得又不好，嘴还欠。"顾渊抬眸，愣了一下，"啧，你这么看着我干吗？没见过人打游戏？"

"见过，但我没见过大半夜跑来便利店打游戏的。"许约放下书，拉开顾渊旁边的木椅，"脚，拿开。"

顾渊收回脚，仍然低头玩着手机："切，少来。我也没见过有人大半夜不睡觉来便利店学习的。"

书肯定是看不下去了，许约又低头瞅了一眼顾渊，他注意到顾渊的鼻尖有颗黑色的小痣。

"在打什么？"许约从兜里掏出手机，斜了一眼顾渊。

"什么？"顾渊头也没抬，轻声回答道。

"我说，什么游戏？"许约轻轻叹了口气。

顾渊左手移了下，给许约看了眼屏幕："你该不会真没玩过游戏吧，我还以为你只是随口敷衍我的。"

"没敷衍你。"许约点开手机应用商店，"以前很少玩。"

"哦。"顾渊终于抬起了头，"这么看来，你大半夜不睡觉跑来学习，我好像突然能理解了。"

许约点开刚下载的游戏，准备回头拿自己的罐装咖啡，却对上了顾渊的怪异目光。

"怎么了？"

"我还是很好奇，那宾馆到底怎么了，能让你一个困到睁不开眼的人走两百多米来便利店看书？"

"你去住一晚上不就知道了？"

许约瞪了他一眼，一目十行地看完新手须知，最后选择了游客登录。

"哥，这都二十一世纪了，还有人游客登录？"顾渊往他旁边的手机屏幕瞟了一眼，瞬间笑了出来。

许约懒得跟他计较，过了几个新手任务后，又打开网页开始搜索着自己的新学校。

"海市附中？"顾渊目不斜视看着自己的游戏界面随口说道，"转学？"

"啊。"许约应了一声，滑动着屏幕往下翻看学校简介。看了两眼，顺手拿过咖啡灌了几口。

顾渊没再说话，专注在手机上，时不时扯扯自己的发带。

学校新的简介看着不错，满满的正能量，连网页最上方都挂着"希望与未来"几个大字。许约又往下翻了翻，密密麻麻的文字催眠似的在他眼前晃着，又慢慢变得歪七竖八直往他眼里冲。

"喂，顾渊。"

"干吗？"

"你到底是做什么的？"许约按灭了手机，转头对上顾渊的眼睛，

"为什么有家也不回？"

"学生。"

很明显，顾渊并不准备回应他的后半句。

许约脸都黑了，他想知道的确实不止这些。

许约仿佛听了一个天大的笑话，转过头看了一眼顾渊："就你这样的……要是学生，我直接跟着你姓。"

"真的假的？"顾渊疯狂摁着手机屏幕，在结束的瞬间看向许约，"你确定？"

许约一时间不知道该如何反应。

"啧，兄弟，看不出来啊，你这人对自己还真挺狠的。但是有一说一，你可能真得跟我姓了。"顾渊笑了一声，从裤兜摸出一张塑料牌子丢到桌上，"自己看吧。"

许约迟疑了一下，翻开桌上带着蓝色绳子的塑料牌。

顾渊。

海市附中。

高二（1）班。

这座城市近海，夜里的风有些急，其中还夹杂着令人难以忍受的湿气。

许约轻咬下唇，将手里的附中校牌按回到顾渊胸前，随后撇开脸"哦"了一声。

顾渊转了下眼珠，左手自然而然落在许约的肩上。

"所以……以后都跟我姓了？顾……"

"约"字还没来得及说出口，顾渊就被许约重新按回到木椅上。

"喂……不带你这么玩的吧。"

"顾什么顾，好好坐着继续玩你的。"许约抬了下肩，目光不自觉掠过顾渊身后的那排书架，"我去找本书看。"

不知是自己的心思过于敏感，还是今日运气不错，许约盯着书架上折了一个角的练习册看了许久。这本书的位置有些偏，很像是有人匆忙之中胡乱塞进去的。

所以……

顾渊刚刚看的，应该就是这本书吧。

许约偏头斜了一眼顾渊，随后抬手将那本书拿了出来。

书的封面上整齐排列着一行黑色斜体字。再往下，就是一串英文。

"国际英语测试真题上册？"许约缓缓念了出来。

许约皱了下眉，又往后翻了几页。

"喂。"

"嗯？"顾渊依旧低着头，指腹快速地滑动着手机屏幕。

见许约没了回应，顾渊才勉强抬眼："干吗？"

许约又翻了几页英语真题："你很喜欢英语？"

顾渊的肩膀突然一僵，右手也跟着停下来，按灭了手机。虽然他们才认识短短几个小时，但许约却能清晰地感受到对方这种熟悉的颓败感。

可顾渊却只是吸了吸鼻子，一脸轻松冲着许约咧了咧嘴角："关你什么事。"

这一瞬间，许约想说的话还是被顾渊简单的回应强行压了回去。

楼梯口墙壁上挂着的报时器突然响了起来，打破了他们之间僵持的某种沉寂。

顾渊有些尴尬，清了下嗓，看了一眼手机屏幕。

"啧，这时间过得还真是快。我就玩了一会儿，就早上四点了。"

随后，顾渊抬着胳膊伸了个懒腰，按了按眼角。

许约依旧沉默，几秒过后，他将那本英语真题重新放回书架。

不过这次，许约特意按了按那片被顾渊一不小心折过角的地方。

"是啊，已经四点了。"许约说，"天都快亮了。"

再过几个小时，等太阳升起，从某种意义上来说，他也算是真正的重新开始了。

"不过可惜了，天气预报说今天阴转小雨。"顾渊低头"啧"了一声，"鬼天气。"

话毕，顾渊突然扭过头："还认识了一个奇怪的人。"

这人，是故意的吧？许约突然有些不想搭理眼前这人。顾渊虽说长得不错，但可惜长了张不怎么会说话的嘴。

　　"对了，你饿不饿？"顾渊歪了歪头，"一楼就是食品区，看在我们刚认识的份上，我请你吃泡面？"

　　"不饿。"

　　"咕……"

　　"不饿？"顾渊轻笑道。

　　"现在饿了。"

　　顾渊飘了个白眼过去。

　　一楼食品区的圆桌上空荡荡的，只放着一张崭新的饮料单。前台的女生似乎刚醒，揉着眼睛盯着从二楼下来的两个男生。

　　"你们两个……"女生眨了眨眼，"不会真在楼上一直学到现在吧……"

　　话毕，女生又抬头看了一眼时间。

　　"当然。"顾渊说。

　　"没有。"许约说。

　　顾渊笑着按了下眉心，胳膊往右轻轻一靠。

　　"喂，我又没真的让你跟我姓，你干吗非要跟我对着干？"

　　"我没你那么闲。"许约面无表情，从食品区的架子上拿了两桶自热火锅出来，"只是实话实说罢了，如果你觉得打游戏也算是学习的话，当我没说……两桶自热火锅，多少钱？"

　　女生似乎还在发愣，犹豫了几秒才接过许约手里的东西。

　　"一共六十八块钱。"

　　"谢谢。"

　　许约往后退了两步，随后冲站在原地的顾渊努了努嘴。

　　"干吗这么看着我？"

　　顾渊觉得许约这人压根就没安什么好心。

　　"你刚不是说要请我吃东西吗？"

　　"我是说请你吃泡面，可不是这家店里最贵的自热火锅。"

许约没说话，耸了两下肩膀，转身往休息区走去。

顾渊双手环在胸前，后背轻轻靠在前台的橱柜上。在女生略带诧异的眼神下，顾渊轻轻一笑，摸出自己的手机："他这人就这样，喜欢口是心非，你别介意。"

女生摇了摇头："没有，我只是觉得你们两个人的关系真好，就像是……亲兄弟一样。"

顾渊轻哼一声，付好钱转头往休息区看了一眼："我俩要真是亲兄弟，那肯定只能活一个人。"

凌晨五点，天色稍微亮了些。许约抬头瞥了一眼窗外厚重的云层，觉得有些压抑。

顾渊像个没事人一样，低头扒拉着吃的。

"慢慢吃，我出去透口气。"

不等顾渊反应，许约伸手推开了玻璃门。

凉风依旧，不过没有夜里那般刺骨。便利店旁边有个小区，大门有些破旧，栏杆上铺满了猩红的铁锈。

人民大道的尽头空荡荡的，只有几个小推车逆风而行。

顾渊不知道什么时候站在了许约身后，深吸了一口气伸了伸手："没下雨？"

"没有，不过快了。"许约依旧站在原地一动不动。

从巷口窜出来的疾风突然汇集在便利店的门口，角落里堆积的树叶不停地在空中打着旋，最后又散落一地。

直到小货车停在他们面前挡去了大半的视线，许约才微微睁开眼睛。

"哎，你们两个应该就是这家便利店的专职员工吧，快别站在那愣着了，赶紧过来搬东西。"司机大叔按了两下喇叭，从车窗里探出了头。

顾渊没动，只是抬手指向自己："我？"

"对。"司机大叔打开车门跳了下来，随后搓了搓微微泛红的鼻尖，"今年冬天可真够冷的……"

"跟他？"顾渊打断了大叔的抱怨，又用食指指向了许约，"我们？专职员工？"

"有问题吗？"司机大叔似乎有些不耐烦了，大步向前扯了一下许约的胳膊，"前几天就已经跟你们老板打好招呼了，你们看上去年纪轻轻，怎么比我还能磨叽。"

许约回头看了一眼正趴在前台不停打哈欠的女生，叹了口气："来了。"

货物其实并不多，都是些新进的零食和饮料。许约和顾渊搬了有十几分钟，搬到最后顾渊甩着胳膊回头看了一眼。

"这用木架包起来的又是什么东西？"顾渊盯着车后的几箱东西忍不住问，"也是这家便利店的货？"

司机大叔点了点头，冲顾渊挥了挥手。

顾渊一脸不解，直到那木架被人横放在他的肩膀上……

"怎么这么重，这里面到底装的什么东西？"

"酒。"大叔皱了皱眉，又将另外的木架挪下车，"都是玻璃瓶的，可别弄坏了。哦对了，你们老板说这些酒是放在后面仓库里的。"

"仓库？"顾渊傻眼了。

"新来的吧？连仓库都不知道。"大叔整理了一下自己的衣服，指了指旁边的巷子，"穿过那个巷子走两步路就能看到。"

直到货车自行离开，消失在人民大道的尽头，许约才抬手按了下自己的脖子。

"搬吧。"许约深吸一口气，"便利店今天的员工就只有那个女生，你总不能指望她一个女孩子搬这么重的东西吧？"

顾渊突然觉得自己最近有些倒霉，但许约说的不无道理。

"算了，好人当到底。"顾渊挪了挪肩上的木箱。

"这木箱太重，一人一个太危险，我们还是换着来吧。"

"嗯。"顾渊点了点头。

巷子里偶尔能听到几声流浪猫的叫声，嘶哑而绝望，在冬日里显得有些凄惨。

许约总觉得，他跟这些流浪猫没什么区别。

"许约。"顾渊往前跨了一步，同许约并肩走成一排。本就不太宽阔的巷子，突然拥挤起来。

"怎么了？"许约下意识往墙边挪了一些。

"你……到底是因为什么才来海市的？"

许约脸色忽然一沉："你是不是不知道什么是转学？"

许约的语气并不和善，但出于礼貌，他还是转身瞥了一眼顾渊，轻声道："我爸跟我说，海市附中往年的升学率都很高。我来这儿，只是为了以后能考个好大学罢了。"

"真的只是因为这个？我还以为你跟家里……"

"顾渊！"

许约突然停下来，挡在了顾渊身前。

他转过身，盯着顾渊的眼睛："那你呢？你又是因为什么？如果没搞错的话，我们认识不过几个小时。"

许约突然苦笑了下。

短短几个小时，一个陌生人都会问他些有的没的。而他的生身父亲，留给他的只有一张车票。

"顾渊，你不会真觉得我们说过几句话就是朋友了吧？"

一秒……

两秒……

三秒……

顾渊的脸色终于恢复如常，喉结微微滑动了两下，随后斜过脸继续向前走去。

旧小区的巷子无人清扫，左右两侧总会堆些杂物。

顾渊在前面走得踉跄，不知木箱撞上了什么东西，突然失去了平衡，整个人连带着木箱往左侧倒了下去。

"顾渊！"

许约往前跨了三步，迅速冲过去，右手捏住了顾渊的胳膊，左手则死死地按在了木箱的一侧。

无奈箱子太重，又因为顾渊瞬间失去平衡的原因，木制的箱角猛地擦过许约的后脖颈。有些烫，好像有什么东西顺着他的锁骨流了下去。

许约没动，只是皱着眉将木箱稳稳地放在旁边的空处。

"还好箱子里的东西……"

"先别乱动。"顾渊的眼睛有些发红，从兜里摸出几张纸巾轻轻按在许约的脖子上，"你的脖子……出血了。"

"啊？"许约下意识抬手，却被顾渊按了回去。

染过血的几个小纸团被顾渊顺手丢在旁边的垃圾堆里，他一脸无奈："你傻吗？你知不知道这箱子多重，还自己一个人去接，你……"

"我不知道。"许约打断了顾渊，目光沉得厉害，"我只知道这箱东西今天如果摔在这，我们就要赔很多钱。"

"我赔得起。"

"但我不行！"许约突然推开顾渊，胸口起伏得厉害，"我不是你。"

抑制许久的怨气突破了自身的屏障，一涌而出，环绕在许约周围。

巷子深处有零星的灯火，在薄雾中忽明忽暗。雷声轰然而来，蓝色的闪电将这片云霭分裂开来。

许约看向顾渊，眼里带着一丝歉意："对不起，我……我其实不是那个意思……"

"滚。"顾渊扬起脸，细雨顺着他的鼻尖滑了下去，他重新搬起地上的木箱，头也没回地走出巷子。

地上的浅滩里映出两人的倒影，就像是一面镜子，顾渊在其中，看到了另一个自己，挣扎着，也痛苦着。

可以的话，以后别再碰到了。

顾渊心想。

许约回到自己的房间，拉上窗帘，整个屋子密不透风一片漆黑。他重重地摔在床上，捂着脖子将脸埋进枕头里。

从拎着行李箱出了高铁站到现在为止，似乎没有一件顺利的事情发生在他身上。

许约连睡觉都噩梦连连，惊醒了好几次。最后一次醒的时候，他往墙上看了一眼，已经晚上七点四十分了。

一天没吃东西的他肚子叫得极其难听，许约摸出手机点了份外卖。

宾馆离便利店不远，出门有百分之五十碰到顾渊的可能。许约选择不出门，愣是把这百分之五十变成零。

在陌生的环境之下，许约越发烦躁不安。

也许是因为即将开学，又或许是因为初春的到来，路上的车辆行人逐渐多了起来。

许约裹了裹衣服，头也不回地坐进了出租车。

司机说了一大堆，许约依旧没有听懂。他拿出手机查了学校的具体位置，将屏幕转向前排："师傅，去这就行。"

事实证明，不止他一个人会选择提前一天住进学校。

许约拎着行李箱站在宿舍楼下，宿管阿姨冷不丁朝他瞥了一眼。

"脖子上的伤是打架弄的吧？"

"啊？"许约又懒得解释，"不是。"

宿管阿姨并未深究，好像真的打算放他一马。

"你是刚转学来的是吧？以前你是怎么样我管不着，但是现在，既然进了我们学校，如果被发现有打架斗殴的迹象，别管你有没有动手，我们可都是会上报学校办公室的。听清楚了吗？"宿管阿姨拿出一张住宿申请表递给许约，还不忘多瞅了他几眼。

许约一边填着表一边听着宿管阿姨的念叨，内容已经从打架斗殴转移到了某班某某学生因为某某事件被怎么处分。

"填好了。"许约把申请表放在桌上，伸了伸手，"钥匙。"

"我看看啊，你叫许约是吧，二楼 207 室。"宿管大妈翻了翻桌上的住宿生表格，"宿舍钥匙押金十块钱，扫墙上的二维码就行，还有，以后钥匙丢了的话记得来我这登记。"

许约偏着头看了一眼左侧，摸出手机扫码付钱。

"来，拿好。"

"哦对了，阿姨，您这能不能看分班表。我还不知道明天要去哪个班报到。"许约顺嘴问了一句，"要是没有的话就算了。"

"有，那边公示栏就有分班情况，都是去年上半学期贴的，前几天好像新换了几张，上面应该已经有你的名字了，你去那看看。"宿管阿姨的语气终于平缓了一些，她指了指宿舍楼的右边。

许约说了声谢谢，就朝公示栏走去。

公示栏不大，上面贴满了高一到高三的所有分班情况，以及申请住宿的宿舍表。

因为许久没人打理的原因，透明玻璃上的灰尘铺了厚厚一层，只有最下面的那张纸是干净的。

许约弯了弯腰，盯着那张表格，表格的最后一行写着他的名字。他又顺势往上看了几行。

熟悉的名字让他瞬间傻了眼。

顾 渊	男	高二（1）班	未申请住宿
周 辉	男	高二（1）班	男生宿舍207室
李然然	男	高二（1）班	男生宿舍207室
许 约	男	高二（1）班	男生宿舍207室

顾渊？

同班？还是跟别人撞名了？

"简直就是阴魂不散啊……"

许约翻了个白眼，拎着行李箱上了楼。

许约推开门的瞬间，一股木质霉味扑面而来，他忍不住咳了几声。

扑面而来的除了这发霉的气味，还有屋内人审视的目光。

"你就是班群里前几天传得很火的那个转学生？"矮个男生直直盯着站在门口的许约，眼睛发亮，"好帅……哦对了，我叫李然然，跟你一样也是1班的，以后大家就是兄弟了。"

"然？"许约缓缓念道，"哪个然？"

"然后的然。"李然然靠近了些，将许约的行李箱推了进去，"老杨前几天在群里发了几条消息，说是这学期会有转学生，叫许约，别说，你这名字真的特好听！"

"谢谢。"许约有些好奇，明明他们两个人完全不认识，哪能这么自来熟，"那个，你住上铺？"

"嗯，就靠窗那个。"李然然似乎也闻到了那股霉味，他吸吸鼻子皱了下眉，迅速打开窗户通风，"每回放个寒假回来宿舍都这个味道，开几天窗就好了，你别介意。"

话毕，李然然又冲着许约眨了两下眼睛："我下午刚好要出去，到时候带瓶空气清新剂回来。"

许约将行李箱放在架子上，朝房间另一侧空着的床铺走去："这里上下都没人？"

"嗯，那个床铺一直都没人。我下铺是周辉，他还没到，估计是堵车了。"李然然凑过来冲许约笑了笑，"反正今天也没什么事，要不晚点等他来了，我们去旁边夜市吃烧烤去？"

也许是李然然笑得过于热情，许约实在狠不下心拒绝他。

"随便。"许约回了一个笑脸。

"你脖子后面怎么了？跟人打架了？谁啊，下手这么重。"李然然随口问道。

"之前不小心磕的，擦过药了。"许约摸出手机看了一眼时间，"都快四点了，我出……"

砰——

"我的小然然！爷回来了，你想不想……这是……"

宿舍门被人从外猛地推开，一个短发男生坐在自己的行李箱上，双手张开看着房间里站着的许约，话卡在了喉咙里。

许约回头，看着这个满脸挂着"要抱抱"三个字的男生愣了一下。

"哈哈哈，周辉你是不是神经病，赶紧进来别在宿舍门口丢人了。哦对，这就是老杨前几天提到的那个转学生，许约。"李然然忍不住笑了起来，他用胳膊肘撞了下许约，"他就是我刚刚跟你说的周辉……偷偷告诉你，这人贼傻。"

没等许约说话，门口的周辉倒是一下子站起来，咳了几声走过来冲许约伸过来一只拳头。

许约不解，见过初次见面握手的，这上来直接比个拳头。是要打一架的意思？

见许约没动，李然然有些尴尬："这是我们几个之间的问好方式，就像这样。"

他伸手握拳轻轻撞了一下周辉的拳头。

许约满脸黑线，电视剧里热血高校的剧情居然有一天真的会发生在他头上。有点傻，甚至还有点弱智。

可是傻归傻，许约还是伸出了拳头。

"许约。"

"周辉，以后我们就是207宿舍的好兄弟了。"

等到周辉和李然然两人铺好了床铺，许约才意识到，他除了自己本人和几件衣服以外，其他的生活用品全都没有。

"要不让你家里人给你寄过来，近的话大概明后天就能到。"李然然开了瓶新的矿泉水丢了过来，"给，先喝点水。"

周辉躺在床上，一只脚耷拉在半空，听到这突然坐起来，因为起得太猛，周辉的头一下撞在了墙上。

"哎哟，这床也太低了吧。疼死我了。"周辉揉着自己的额头，往放着行李箱的架子走去，"给，我这有套新买的床上用品，你先拿去用吧。李然然你快帮我看看肿了没？"

李然然往前凑了凑："没有，挺白净一脑门。"

"谢了。"许约接过周辉手里的袋子，放在自己床上，"不是吃烧烤吗，什么时候去？我请客。"

"哦对！差点忘了这事。开学我妈刚给我的零花钱，走走走，你一个新来的怎么好意思让你请客。"周辉瞬间忘了自己磕到头这事，摸出手机点了几下，"要不我打个电话叫下渊哥，看他来不来，人多热闹一些，而且他家离学校挺近的。"

许约对"顾渊"二字有些敏感,以至于听到一个"渊"字,他立马就拉下了脸。

他深呼吸了下,调整好心态。

又不是只有顾渊一个人的名字里会带个"渊"字,万一是什么王渊、赵渊、李渊呢。

"可以,渊哥说他一会儿也来。走走走,冲!"周辉轻轻推了一把许约的肩膀,一个不小心直接按在了许约脖子的瘀青上。

"嘶——"许约往后退了两步缩了缩脖子。

"你这怎么搞的?跟谁干架了?"周辉瞬间瞪大了双眼。

这两人还真不愧为上下铺的好兄弟,连问的问题都如出一辙。

"之前不小心磕的,已经去医院处理过了,过几天应该就没什么事了。"许约将衣领拉了上去,"走了走了。"

三人从学校出来,沿着路边走了差不多十分钟,中间还拐了两个弯。

"到了,我们先进去等着吧。"李然然说了一句。

"小然然你去找老板娘把菜单要过来,好久都没吃他们家的烤面筋了,先给我来五串!"周辉选了个稍微靠里的座位,"来,许约,别傻站着了,坐这儿。"

"嗯。"许约应了一声,跟着坐了过去。

这家烧烤摊店面不大,所以店铺外面甚至是巷子里都摆满了大大小小的圆桌椅,老板娘正拿着菜单站在旁边那桌写写画画,完全顾不上他们新来的几个人。

不远处有两个看起来不太干净的烧烤架,时不时跳出一团火焰。

浓烟熏得许约忍不住眯起眼睛,他从桌上的抽纸盒里扯出一张纸巾擦了擦鼻子。

"许约,你想吃点什么?"李然然问道。

"菜单都没拿过来,你们都已经点好了?"许约有些惊讶。

"吃烧烤还需要看菜单吗?"周辉从旁边冰柜里拿出一瓶冰镇可乐,"烧烤看菜单那肯定是没有灵魂的!像我,每次开学来这必点烤面筋。"

许约愣了下："那我跟你一样吧，一串就够了。"

周辉一愣。

李然然似乎也有些惊讶，他凑过来缓缓道："许约，你爸妈是不是不让你吃烧烤？"

"啊？嗯，是。"许约应道。

不过李然然说的不是没有道理。首先将许陆排除在外，因为他从小吃什么穿什么许陆从来不管，只有母亲，从小就不让许约吃这种烟熏的烧烤，说是会影响健康。

后来许约长大后虽然叛逆了点，但是依旧会听母亲的话从不吃这些。

"那你也太惨了，烧烤都没吃过。今天我陪你吃个够！"周辉喊道，"等会儿，你脖子上的伤口应该没事吧？据说吃太油腻的东西容易发炎，要不……要不我们今天还是去吃清淡的好了，别因为吃顿烧烤再进趟医院那就亏了。"

许约听着想笑，因为从小胃不好的缘故，对他来说，时不时进个医院倒也不算什么大事。

"已经结痂了，不会发炎的，放心吧。"

"那就行！那我帮你多点一些素的吧，对伤口好。"周辉自己在纸上写写画画，"然然，渊哥他是不是不喜欢吃金针菇。"

"好像没见他吃过。"

"那就划了吧，他那嘴太挑。"

许约看着面前这两人自行在纸上写下一大堆菜品，忍不住笑了起来。

后来李然然和周辉又问了些其他零碎的问题。问他以前的成绩排名，问他为什么到了下半学期才转学。又问他这伤口的由来。

许约全部回答了一遍，但最终还是没有提及顾渊的名字。

倒是李然然跟周辉两个人在那拿着筷子敲了半天桌子，抱怨着"渊哥太慢"。

"用不用给你们一人一个碗出去跪那儿敲？从巷子口一进来大老远就听到你俩的声音了，这又是谁？"

顾渊的声音从许约背后传来，话还没说完，许约猛地回头看了他一眼。

还真是冤家路窄。哪有什么王渊、赵渊、李渊，来的正是那个跟他八字不合的顾渊。

顾渊同样一副不爽的表情。他绕过许约，一屁股坐在了周辉旁边的凳子上。

李然然有些惊讶，他放下筷子，看着顾渊扯着自己的发带。

"渊哥，许约，你俩……认识？"

"不认识。"顾渊看都没看许约一眼。

"那你干吗反应这么大，吓死我了。"周辉又敲了一下桌子。

顾渊没说话，只是用力掰开了放在桌上的木筷。

"那个，我去把菜单给老板娘。"许约拿起桌上的那张纸看了一眼。

这都写的什么？乱七八糟的，这真的是高二学生能写出来的字？除了几个数字，其他的许约是一点都没看懂。

而且这样的字真的不会影响考试成绩吗？

许约觉得起码语文老师第一个不喜欢。

他将纸拿到了隔壁桌："我们点好了，这是单子。"

"十串烤面筋，两个烤翅，四个烤肠……"

许约忍不住往前凑了凑，他盯着那张纸看了半天："这您都看得懂？"

老板娘冲他笑了笑："那几个附中的小男生经常来，每回都点这些，不看单子背都能背出来了。行了，一会儿就给你们拿过去。哦对了，想喝什么饮料，你们自己拿就行，我先去忙了。"

一口气说完，老板娘转身就走，许约卡在喉咙里的"谢谢"二字又咽了回去。

顾渊从背后直勾勾盯着许约，表情依旧不爽。

"你们俩又是怎么认识他的？"

"谁？你说许约？"李然然问道，"你不知道吗？"

"你没看班群吗？前几天老杨发的消息，说是有个转学生开学会进我们班。"周辉打开班群记录放在桌上，用手指了指，"自己看，就这条。这都一周前发的了。你居然不知道？你手机不会没有联网吧？"

"你什么时候见我看过班群？"顾渊拿出手机，点开了一向屏蔽的班群，"再说了，多来个人这点事还要特意发个消息通知一下？"

"要是跟你一样上课睡觉成绩倒数，那肯定不会发这样的通知。估计老杨就是看许约是个学霸，成绩不错，在原来的学校里能排到全校前几名。"

"成绩好能怎么样？还不是嘴太欠了。"大概是瞥到许约后脖颈上的伤口，顾渊的气焰瞬间消了一半。

这都过去有半个月了，许约脖子上的伤口，怎么看上去反而严重了许多……

"渊哥……你说别人嘴欠是认真的吗？"

许约回到自己的位置，看了顾渊一眼，拿出手机自顾自地翻起了微博。

下一秒，冰凉的触感突然覆盖在他的皮肤上。

"顾渊你干什么！"

顾渊的手很凉，许约腾地站起来，缩了缩脖子。

"废什么话……"顾渊斜眼看着他，"等会儿跟我去医院。"

许约没说话，抖了抖衣领重新坐了回去。

这下彻底轮到李然然和周辉两个人傻眼了。

周辉认真啃着他的几串烤面筋，顾渊闷在桌前喝饮料，许约捏着筷子一声不吭。

"渊哥，你这是怎么了？心情不好啊？"李然然说。

"吃你的。"顾渊推了一把他。

李然然还想问什么，最后也没问出来。

几个人三下五除二就把烧烤吃了个精光。

没过一会儿，周辉突然表情狰狞："我……不太行……"

李然然见此便知道周辉大概是吃坏了肚子："走吧，咱们回学校。"

顾渊看着桌前几人，又低头瞅了眼趴在桌上的周辉。

"散了散了，你们先回学校吧。"

"那你呢？"李然然说。

"你别管我了。"顾渊按着桌子站起来，拿起手机准备付钱。

这时许约缓缓站起身，朝老板娘走了过去。

除了顾渊，其余两个人吃起东西来毫不含糊，一顿烧烤愣是吃了许约三百块钱。

许约看了看手机上显示的余额，有些后悔离家的那天没管许陆多要一点。到头来，受罪的还是自己。

"渊哥，那我们先回宿舍了。你也早点……"

"你俩先回去，许约留下。"顾渊没抬头，直到李然然惊讶的"啊"了一声后，又缓缓说道，"你没看见他那脖子？还回什么宿舍啊？"

"哦……忘了。那渊哥，你跟许约先去医院看看，他那伤也太严重了。我跟周辉先回去。"李然然扶着周辉，两人起身离开。

许约不喜欢别人替他做决定，他有些无语地看着顾渊。

医院急诊室里，许约坐得端端正正，一脸紧张地盯着放在面前闪着冷光的医用器械。

"医生，我这就是不小心被木箱蹭破了点皮，应该还不至于动刀子吧？"

戴着口罩的女医生听到这笑出了声，她戴好一次性医用手套看向许约："你这伤当时是怎么处理的？你看看这瘀血，你都没感觉吗？不疼？"

许约松了口气："疼，前几天就疼。"

"那你前几天怎么不来？"女医生说话声音很轻，很温柔。

"当时止了血以为没事了，就没怎么管。"

顾渊坐在一旁翻了个白眼："医生，你别搭理他。他弱智，脖子上顶的那玩意儿可能不叫脑子。"

女医生忍不住笑了几声。

"我给你开点抹的药膏吧，这几天尽量不要碰水，外敷，早晚各一次。够不到的话就让你朋友帮你，千万别把结痂的地方又弄开了。"

女医生看了一眼坐在一旁的顾渊，转头又看了看许约："一定要全部擦一遍。"

许约有些犹豫，心想着如果现在说出"他们不是朋友"这话会不会挨顾渊一拳。

付了钱，许约手里捏着药膏出了医院大门，没走几步就停在了原地。

许约转身，看向跟在身后的顾渊："之前我觉得碰到你真的挺倒霉的……"

许约看着面前穿着黑色卫衣，额间依旧戴着黑色发带的顾渊，他鼻尖那一小颗痣竟然衬得他有了一丝温柔的气息。许约一下子想起顾渊的那张学生照。他突然觉得，自己好像也没那么倒霉了。

顾渊往前走了几步："是吗？那就先倒霉着吧。毕竟以后咱们抬头不见低头见的。快点走，送你回学校。已经这么晚了，别耽误我时间。"

许约的脸瞬间拉了下来。

不知为何，他有点庆幸自己把刚刚差点脱口而出的话憋了回去。

"用不着你送，我自己有腿，也认识路。"

"我管你有没有腿认不认路，我只是顺路回家。"顾渊一脸平静地看着许约，"走不走？不走我先走了。"

话毕，顾渊转身往前迈去。

两人一前一后，一路上一句话都没再说。

到了附中门口，顾渊才回过头看了一眼许约。一阵北风吹来，许约下意识缩了缩脖子。

"到了，进去吧。"

不等许约回答，顾渊又扭头跟门卫大爷说了些什么，最后穿过人行道拐进旁边的小巷，直到消失在许约的视线里。

校门距离宿舍楼有一段距离，因为没有正式开学，路灯有一半是熄灭的，残留的几盏散发着微弱的光照在许约身上。

手机振了两次，许约低头看了一眼，是李然然发来的微信。

这是他微信里第三个好友。

李然然：许约，回来没？路过医务室的话买点退烧药。

李然然：周辉现在有点低烧。

许约往两旁看了眼，不远处亮着灯的那两间好像正是医务室。

许许如生：行。

许约推门而入，坐在凳子上正在看电视的年轻女人回过头看了他一眼。

"怎么了？哪不舒服？"

"发烧。"许约说。

"桌上有体温计，先自己量一量。"

这回，年轻女人连头都没回。

许约勉强挤出一个笑容："发烧的不是我。"

"那是谁？多少度？"

许约想了想，他又发了条微信给李然然。

许许如生：多少度。

李然然迅速回复。

李然然：三十七度九。

"三十七度九。"许约在桌上敲了两下，"您能不能稍微快点……"

"马上马上，还有几分钟就大结局了。同学你先在凳子上坐一会儿，我马上就好。"年轻女人依旧头也没回，目不转睛地盯着电视机。

两分钟后，电视里终于显示出了全剧终三个大字，年轻女人偷偷抹了一下眼角，站起身，从架子上拿了一盒冲剂。

"这个管用。让你朋友喝完药之后盖好被子捂着，出一身汗烧就退了。"

"冲剂二十。"

许约付好钱，拿着药出了医务室。

回到宿舍，李然然已经在门口等着了。他接过许约手里的冲剂，倒进杯子里。

"怎么样？现在还烧？"许约问道。

"烧。"

"医生说让他多捂一会儿，出过汗就好了。"

"嗯。"李然然叫醒了周辉，逼着他喝下了半杯退烧药。转头看向许约，"不早了，明天还要上课，赶紧睡吧。"

许约点了下头，爬上自己的床铺。似乎又想起什么，他脱下外套挂在旁边的衣架上。

"李然然，要不……你问问顾渊他……回家了没有？"

"嗯？哦……我马上问。"

李然然在手机屏幕上点了几下。

"叮——"

许约抬眸看向李然然。

"渊哥说他刚到家，放心吧许约。"李然然笑了几声，放下手机。

"他回家就回家，我放什么心。"

许约清了清嗓子，扯着被子的一角溜了进去没再说话。

第二章 课本

第二章 课本

清早,许约的闹钟还没响,就被同寝室的李然然拽着胳膊硬生生推进了浴室。

"快起快起,老杨说让我今天上课之前先把你带到他办公室去。"

许约胡乱地抓了两下头发,将李然然推出浴室。他闭着眼双手撑着墙上的镜子,缓了好半天。

不爽。

没睡醒。

这才几点!

许约伸手拧开了水龙头。冰凉的透明水柱在他手背上溅开,许约惊呼一声触电似的甩了甩手腕。

浴室外的李然然被许约的声音吓了一跳,紧张地敲了敲门。

"许约!你怎么了?是不是又碰到伤口了?"

"啊?没事,就是水太凉了。"许约突然很怀念家里的全自动感应水龙头。

李然然站在门外愣了一下,轻咳道:"左边是热水,右边是凉水,那个把手是可以左右转的。哥哥你快点啊,真的要迟到了。"

许约"哦"了一声,将水龙头把手微微往左边转了下:"有了。"

浴室里的许约不紧不慢,门外的李然然趴在门上一副尿急样,他时不时看一眼墙上的钟:"许约!来不及了!你快点!我不想开学第一天就惹老杨啊。"

许约一边刷牙一边想,这个老杨很大概率就是他以后的班主任。

"别催了,完事了。"许约擦了把脸打开门,还没反应过来就被李然然推出了宿舍门。

"那个，我说，我这什么东西都没带，就带个手机直接去班上？"许约微微回过头问道，"你确定这样不会被那个老杨骂？"

"别管那么多，先带上人就行了。"李然然怀里抱着几本书，他推着许约随口回答了一句，"哦对了，手机装好了，别被老杨看到，不然就得叫家长去他那领了。"

从宿舍到教学楼的路程大概有十分钟，愣是被李然然强行缩短到了五分钟。期间还不小心撞到好几个高一女生。

李然然终于松开了许约的胳膊，他朝前面那间门外放着一盆兰花的办公室努努嘴。

"就那，你自己进去吧。我就不去了……我不想开学第一天早上就看到老杨。"李然然往许约耳边凑了凑，小声说道，"他话多，瞎操心，而且还特能唠叨。"

许约没在意，心想话不多的估计也当不了班主任。

"行了你先回吧。"

许约站直了身子，敲了两下门："报告！"

办公室不大，门口的架子上整齐地放着一排绿植，最底下的那排倒是红的粉的绿的应有尽有。一个中年男人正拿着喷壶凑在架子跟前，看到许约后，他笑了笑将喷壶放在窗台上，推了下自己的眼镜。

"进来吧，你就是许约？"

"嗯，许诺的许，约定的约。"许约往前走了几步到中年男人跟前，"转学生。"

中年男人坐回椅子上，伸手拿起桌上空着的茶杯："我知道，年级主任已经提前打过招呼了。"

这个主任，应该就是许陆嘴里说的那个老朋友吧，不然也不会有任何人对他一个转校生上心。

许约笑了笑，那还真是沾了点光。

"今天开学第一天，课本领了吗？哦对，还没有给你简单介绍，我是高二（1）班的班主任，教你们数学。大家都叫我杨老师。"

"李然然之前都跟我说过了。"许约说，"课本昨天没来得及领。"昨天整个宿舍脑子里只有烧烤，哪还顾得上什么课本。

"李然然那个活宝？一会儿可得好好检查一下他的假期作业写完了没有。"老杨往茶杯里倒了半杯热水，送到嘴边吹了吹，"一会儿我带你去教室。你先填下表格，还有正式开学之后出入都需要学生证，既然你跟李然然熟，让他抽空带你去办一个。课本的话，也让他带你去领。"

"嗯。"许约应了一声，将毛衣领子往上拉了拉，一方面是办公室面向朝北，阳光最多只能照到办公桌上，脖子有些冷。另一方面是怕被老杨看到脖子上的瘀青又得问这问那。

"我了解了一下你之前的各科成绩情况，按照你之前的分数可能在咱们班上能排个第七、第八名的样子。稍微努力一点还是可以进全班前五名的。"老杨手里捏着一份关于许约转学之前的资料信息，上面清楚地记录着许约的各科成绩以及一项说严重又不怎么严重的处分，"成绩不错是不错，就是这个处分……看着白白净净挺正经一孩子，怎么在以前的学校还跟同学起过冲突？这种事情以后不允许了啊。这处分我就先不报上去了。既然转学了就重新开始，记住了吗？"

许约抬起头看了眼老杨，心里多少有点感激。

"哦，以后不会了。"

老杨还想说些什么，却被一阵急促的上课铃声打断。他忙咽了几口茶，随手拿了几本书，朝许约点点头。

"走吧，去教室。"

办公室在二楼，教室却在三楼。

老杨走得很慢，许约跟在他身后，放慢了步子。楼梯拐角处，李然然的脑袋探了出来又很快缩了回去。

第二章 课本

许约不太清楚老杨有没有看到,但他却看清了李然然那副欠揍的表情。

果然,两人还没进门,教室里就传来一阵乱哄哄的打闹声,其中夹杂着李然然的声音:"老杨来了!"

许约跟在老杨身后,眼看着他一大步跨上讲台。许约抬起的前脚又退了回去,站在门口有些尴尬。

他差点直接跟着上了讲台,进也不是,退也不是,只好将目光转向教室内,四处打量。

倒是后排的李然然和周辉两人冲他不停地挥着手。

前排几个女生看着许约,掩着嘴议论些什么,还时不时偷笑几声。

老杨敲了敲桌子:"安静!开学第一天我可不想冲大家发火。"

瞬间,整个班级里鸦雀无声。

"这是许约,前几天跟大家在群里提过一嘴。来,许约,先做个自我介绍。"老杨前半句是冲班里其他同学说的,后半句是看着许约说的。

"我叫许约。"

李然然和周辉愣了几秒,然后迅速鼓起掌来。很快,其他同学也跟着鼓起掌来。

老杨轻咳了下,往许约跟前靠了靠:"许约同学,自我介绍可以包括你的姓名、性别、爱好什么的。"

性别?

他的性别不够明显吗?是个人都能看出来吧?

掌声停止,许约叹了口气,环视四周,开口道:"大家好,我叫许约,许诺的许,约定的约,性别男,爱好女。"许约清了清嗓子,转头看了眼老杨,"老师您看这样成吗?"

老杨似乎还没从那句"爱好女"中缓过神来,他点了点头,指着后排的那个空着的桌子:"你先坐那去吧,那怎么还空着一个?"

老杨往讲台下走去。

"顾渊呢?这都几点了,开学第一天就迟到?"

"报告老师,我早上来的路上看到渊哥了,正吃早餐呢。"前排一个扎着马尾辫的女生站了起来。

"吃到现在?他是不知道几点上课?"

后门不知道什么时候被人从外面打开,顾渊单肩挎着背包靠在门框上,他看了一眼讲台旁边的许约,将发带往上稍微拉了一下。

"报告老师,不小心起晚了。"

顾渊连迟到的理由都懒得想,实话实说。

"顾渊,你看看几点了,开学第一天就敢迟到?是不是把老师的话当耳旁风啊!"老杨敲了敲旁边的桌子,另一只手拿着课本指着顾渊的脸,"全班这么多同学,就你不知道!不会自己定闹钟吗?起晚了还这么理直气壮的?惯的你,给我后排站着去。今天早上四节课站着听。班长,你监督好他。"

老杨回头看了一下站起来的那个女生。

"啊?哦……"女生瞪大了眼睛,低头撇了撇嘴,小声说道,"我能管得住他?"

老杨没听到,许约倒是听得清清楚楚。他皱着眉,往最后一排空着的座位走去。

顾渊将背包丢在桌上,看着一旁的许约。

"你怎么坐这儿?"

这个人果然跟之前一样,开口就欠揍。

当然,许约也并不想回答。

"我让新同学坐那儿的,你有意见?有意见也给我憋回去。"老杨站在顾渊身后,脸色有些难看,"站一早上是不是还不够,还想站一天?"

站一天,怎么说腿也得废一半。

许约压根不信顾渊会乖乖听话。

第二章 课本

顾渊低了低头，没再说话。他将书包塞进桌兜，随便摸了一本书出来。

顾渊都没来得及看清封面上的字，老杨就提高音量，胸口起伏："这节什么课你不知道啊，数学课！你拿英语书干什么？啊？"

"哦。"顾渊将手里的英语书塞回书包，翻了半天才缓缓拿出数学课本。

老杨不满地看了他一眼，转身回到讲台上。

"其他人别往后看了！上课！都给我坐好了，李然然你那脖子再伸长一点，你就干脆跟顾渊一起站后面去得了。一个个的开学第一天就这样！来，书翻开，今天我们讲第一章……"

许约被拽出宿舍的时候，除了兜里装着一个手机，其他什么也没带。

他只好空着手看向窗外。

顾渊站在旁边，忍不住翻了个白眼。他往许约旁边靠了靠。

"上课你连书都不带？"

"你管我……"

"你现在坐的可是我的位置。"顾渊说。

"你横向长的？需要占用两个人的地方？"许约瞅了他一眼，气不打一处来，"你要是不乐意的话，就去找老杨给你弄个单人桌，你爱坐哪儿坐哪儿去。你就是坐讲台上我都没意见。"

许约往四周看了看，全部都是排列整齐的双人桌，他有些不爽地踢了踢下前排的凳子。

李然然和周辉举着课本往后看了一眼。

"干什么？这节是老杨的课！你们两个千万别搞事。"

"你们学校都是这种双人桌？有没有单独的？"许约身子往前凑了凑。

"啊？"李然然愣了下，很快侧着身看了过去，"不是……你们两个昨天不还是好好的吗？怎么今天这么快就……"

"错觉。"

"李然然你是不是没睡醒?"顾渊冷不丁丢过来一句。

这一凑,四人低头围成一圈瞬间就成了全班的亮点。

老杨丢了半根粉笔过来,直接砸在了周辉头上。

"我……"

"李然然,周辉,许约,你们挤在一起干什么呢?这还没下课呢。我的课上不允许交头接耳。有什么事下课再说。还有顾渊,站就好好站着,动什么动!"

"报告老师。"顾渊嘴角微微上扬,"我同桌他没有课本,我是不是可以坐回去跟他一起看……"

老杨放下手里的书,看了站在后排的顾渊一眼:"那就把你的课本给许约,反正你也看不进去。你不想学,有的是人想学。"

顾渊"哦"了一声。反正拿着也挺累人的,他将书扔在桌上,顺便瞪了许约一眼。

那个眼神有些熟悉,许约翻了几下斜着眼看向顾渊。

顾渊对着许约张了张嘴,用口形告诉他:"哥哥我赏给你的课本,千万别跟我客气。"

老杨的上课方式极其独特,活动范围几乎不出黑板三米以外,他时不时捏着粉笔看看站在后面的顾渊,然后转头在黑板上写写画画,圈圈点点。

每句话之后都会跟一句"对不对""是不是"。

"这个方程式是不是就轻易解出来了,对不对?"

"你们其他人不看黑板是不是已经都会了,不用学了是不是?"

许约越听越困,他将手机夹在课本中间,点开网页准备看今日新闻。无奈页面上白色的圆圈转了半天,缓缓显示出来一句"网络不好"的提示。

许约又点了几下手机,依旧还是这句提示。

这栋教学楼是特意装了网络屏蔽仪吗?

许约喷了一声,将手机装回兜里,看了一眼靠在墙上的顾渊,他的肩膀上有墙灰。

"你肩膀。"

顾渊没理他。

许约觉得自己就是被狗咬了的吕洞宾。

一节课下来,许约彻底对数学失去了兴趣。

老杨走了,顾渊才伸了伸胳膊,歪了下头,坐回许约旁边。

顾渊伸手从许约胳膊底下抽回数学书,翻了几下,除了第一页写着他的名字以外,其他地方就跟刚从印刷厂送出来的一样:"书给你,你连个笔记都不会做?"

"我为什么要做笔记?"许约问。

"不做笔记那你看什么书?"顾渊说。

"是老杨让你给我的,又不是我非要看的。"许约将书推到顾渊面前,"而且就算我做了笔记,你会看?"

顾渊要是会看笔记,他就把这本书吃了,一页不剩。

"我不看你就不写?"顾渊有些怀疑他之前的学霸称号是不是都是考试抄来的,"笔记都不做,你还当学霸?"

许约脸色瞬间僵了一下:"我说我是学霸了?"

眼看着这两人又快要打起来,周辉回过头看着顾渊强行转移了话题:"渊哥,中午打球去吗?跟3班的一起。他们寒假的时候就跟我说好几回了。"

"随便。"顾渊没再看许约,将书塞回书包里,直接趴在桌上胳膊架在脖子上闭眼睡觉去了。

第二节的英语课极其顺利,大概是因为英语老师长得好看说话声音好听还温柔,许约认真听完了一整节课。

顾渊胳膊肘压着半本英语书,蒙眬中往左边推了推。转过头,脸冲着许约。

许约第一次这么近距离看顾渊的整张脸。以前只是觉得他眼睛好看，没想到这人的皮肤也这么好。许约一时不知道该夸他保养得好还是基因强大了。

顾渊微微皱着眉，眉尾稍稍翘起。眼窝处有淡淡的棕色，不知是不是熬夜留下的黑眼圈，鼻尖上有颗小黑痣。

许约转头不再看他。

"啊！"许约猛地睁开眼，力度太大后脑勺直接撞在了旁边的窗台上。脖子传来一阵火辣辣的疼，"嘶——"

"许约你醒了啊，第三节课都上完了。刚刚老师下来看了你一眼，估计看你是新来的没好意思管。"李然然往他桌上扔了颗话梅糖，"渊哥课间去小卖部买的。有点酸，你吃吗？"

许约二话没说剥开丢进嘴里，整个人瞬间清醒了不少。

"顾渊人呢？"

等等，顾渊在哪里，跟他有什么关系。

"下节什么课？"许约敲了敲桌强行转移话题，"借我本书，你俩看一本。"

"语文。"周辉拿着自己的书犹豫了半天，"李烨的课，没书会死得很惨。你一个新来的应该不要紧吧，而且你和渊哥两人有一本书就行了啊。先说好啊，不是我不借，是真的借不了。不信你问李然然。"

许约觉得周辉那句话的言外之意就是——你没书不看你同桌的干吗非看我们的？

一提到李烨二字，李然然整个后背都僵了一下。

"妈呀……下节课是语文啊。我假期作文还没写完，完了完了。"李然然从桌兜里摸出作文本，用嘴咬着笔帽回头看了一眼许约，"由衷地提醒你一下，千万不要得罪李烨，小命要紧。"

顾渊不知什么时候出现在教室后面，他看了一眼许约，转头看向前面奋笔疾书的李然然。

"什么小命？李烨怎么了？"

"渊哥你回来了，你寒假作文写完了吗？就三千字的那个。"

"三千字？"许约抬眸，"高考作文才八百字吧。"

"所以都跟你说了千万别惹李烨！上学期期末考试语文低于85分的要写一篇三千字的作文。题材内容自己选，只要是积极向上的就行。"李然然没回头，笔杆不停地晃着，"我这写了一个多月，到现在还差了六百字。"

"那是作文，又不是检讨书。至于吗你们？"顾渊觉得有些可笑，没当回事，"没写，假期光顾着去赵姐那打零工了。哪顾得上什么作文！再说了，假期这么长，说不定她自己都忘了让我们写作文的事。"

许约忍不住眯了眯眼。

"看我干吗？"顾渊问。

"看看都不行？实在不行你把脸藏起来别给其他人看。"许约靠在桌上满脸的不耐烦。

"你说话能不带刺吗？"

"那你最好别跟我说话。"

"'学霸'是不是都是你这种没良心的？"

许约愣了下，没再回应。

周辉感觉顾渊的拳头都已经就位，就差乘胜追击了。

好在上课铃及时响了起来，顾渊瞪了许约一眼缓缓坐下。

李烨是北方人，身材高挑面相看上去有些不太好相处。她一手拿着语文教材另一只手推开了高二（1）班教室的前门。

一瞬间，所有人站了起来。

"老师好。"

许约坐在最后一排还没来得及站起来，顾渊却抢先一步站起来顺带踢了踢板凳腿。

"喂，先站起来。"

班里过分安静，顾渊的声音很小，尽管很小，还是被站在讲台上的李烨听到了。

"新来的那个。"

许约抬了抬头，站起来。

"对，就是你。你对我有什么意见？"

许约一脸茫然："没有。"

"其他人都站起来了，为什么就你一个人坐着？"李烨放下课本，双手撑着讲台。

许约沉默了半天，李烨再次开口。

"既然你腿脚都是好的，那就站着上课。其他人坐好，把书翻开。"

顾渊翻开书，斜眼抬眸，把自己的课本往桌子中间推了推。

许约莫名其妙被说了一顿，现在特别不爽，他低头将课本推回顾渊面前："自己看吧，我不需要。"

反正已经被罚站了，有没有书对他来说没所谓。

"你是真有病啊，头一回见你这么头铁的。"顾渊说。

许约愣了下："三千字作文不够你写的是吧？要不找她再给你加点？"

"哦，那随你。"顾渊说完，将书牢牢压在自己胳膊下。

李烨讲课很认真，认真到一边在黑板上写字一边还能发现底下学生偷偷摸摸做小动作，比如现在。

"李然然，站起来。第一堂语文课你就在那打瞌睡，昨晚干吗去了？"

"还有后面那个新来的。你课本呢？上课连个课本都不带，合着你自己在这听天书呢？你俩给我站到过道上来。"

许约瞪了李然然一眼，踢开凳子站了出去。

"你叫什么？"李烨朝他走了过来。

"许约。"

"许约是吧?今天的事你认识到自己的错误了吗?"

什么错误?

许约有些茫然地看着李烨。

"不知道。"

"不知道?不知道是吧?那我来告诉你。"

"老师,我就是个新来的转学生,这是我第一次上您的课。您上课有什么要求或者其他需要注意的地方我肯定不知道。如果您觉得我冒犯了您,那我在这跟您说一声对不起。"许约打断了李烨的话,"我刚转学过来,课本还没有来得及领,不是我对您有意见。"

听到许约的话,李烨一时有些错愕。

一时间整个教室变得沸腾起来。

李烨一言不发走回讲台,重新拿起课本:"记得领课本,其他人吵什么吵,给我看黑板。这首词要求全文背诵。"

李然然站在许约前面,他举起书捂着嘴,小声说道:"你可真厉害,全年级就你敢这么跟她说话。以后除了渊哥,你也是我哥。许哥?约哥?嗯,约哥好像更好听点。"

"约什么约,你往前站。还嫌事不够大是吗?"许约从后面轻轻推了一把李然然,"离下课还多久?"

"八分钟。但是她喜欢拖堂,就没准时下过课。"李然然说。

"拖堂?"

人有三急,我可不管你拖不拖堂。

还有,这话梅糖过期的吧,就吃了一小块,现在胃开始不舒服了。

许约看了一眼顾渊,心想以后再吃经过顾渊手里的任何东西,他就不是人。

胃越来越疼,许约忍不住弯了弯腰,单手扶着桌子一角。

"怎么?又胃疼?"顾渊问。

"嗯。"许约懒得再跟他吵。

"给。"顾渊从桌兜里摸出一板儿童健胃消食片递了过来,"据说这个能治胃疼。"

终于捱到下课,李烨破天荒的没有拖堂,大概是觉得新学期第一节课拖堂说不过去。

许约并未多想,捂着肚子直奔教学楼角落的厕所。

周辉四处看了看,摸出手机把跟3班文体委员的聊天记录给顾渊看了几眼。

"渊哥你看,时间是午饭结束,地点在2号篮球场。"

"行我知道了,他们约时间也不约个正常时间?吃了午饭去打球是想让所有人胃下垂吗?非要搞得跟许约那身体似的才满意?"顾渊盯着后门看了半天,"就一颗话梅糖而已,怎么还胃疼了……"

从厕所出来,许约站在楼道里缓了半天。

最后一节课是生物,许约随手从顾渊桌兜里抽出生物书翻了几页。

"你不是不看吗?"顾渊说,"怎么?现在知道装好学生了?"

"生物都是一些专业知识。"许约答。

"怎么?你还偏科?还是生物不好?"顾渊第一反应就是这人生物没学好,现在急需大补习。

"是吗?如果94分算不好的话。"许约翻着书,头都没抬,"那就不好吧。"

"多少?吹吧,满分也才70分。"顾渊说。

"是吗,我们那里100分的卷子,我94分。按照你们这里70分来算的话,那我就是65.8分。这么一看,你说我中下水平确实没错了。"

"约哥你还是个人吗?65.8分……上学期我生物勉勉强强刚过50分及格线,我妈才没揍我。对了渊哥,你好像比我还低是不是?

诶诶诶！别动手啊，都是自家人，说出来又不丢人。"李然然摸着下巴。

"谁跟你自家人，李然然，你再转过来一次我就打得你眼冒金星。"顾渊面子上挂不住，他推了一把李然然，强行将他转了回去，"坐好。"

铃声响起，许约合了书目不斜视地盯着黑板等着老师的到来。

"除了语数外，剩下的随便选三门，你是不是准备全选理科？"顾渊看着许约。

"大概吧，我不怎么喜欢背东西。"许约这回倒没有嫌弃身边这位学渣，"政治历史这些我不太感兴趣，所以不爱学。老师来了，别吵吵。"

顾渊还想说什么，也硬生生咽了下去。

"同学们好，新学期咱们进度依旧不能拖着啊，话不多说，今天直接开始讲第二章，关于基因和染色体之间的关系。那么现在，我们来看第一节的减数分裂……"

"哇！终于讲到基因了！"

全班炸开了锅。

许约觉得没什么，倒是前排李然然和周辉两个人捂着嘴笑个不停，时不时撞两下他们的桌子。

撞到第三下的时候，顾渊实在忍不住伸腿踢了一脚他们的凳子。

"你们两个能不能在前面好好坐着别撞桌子，你们什么时候对基因这么感兴趣了？"顾渊说。

周辉依旧笑个不停，肩膀一抖一抖的。他突然转过头看向顾渊："渊哥，你说李然然他长到一半突然不长了是不是基因的原因？"

许约忍不住偏头憋笑。

"周辉你这人到底会不会说话？不会说话就把嘴闭上。"李然然白了周辉一眼，"我这叫还没来得及长开行吗……你等着看吧，再过个两三年，说不定我能赶上渊哥那身高。"

"哦……"周辉愣了下，吸了两下鼻子，点了点头，"那行，我一定等着你超越渊哥。"

顾渊伸了个懒腰，随后揉了两下眼睛："行了你们两个，好好听课，别动不动就转过来影响我学习。"

"啧，渊哥，你这话说得可就不对了啊。你是不是忘了你自己的生物成绩……"周辉依旧不死心。

"滚。"顾渊将桌子往后撤了撤，许约跟着把自己那边也往后撤了一下。

"哦。"李然然回过头去，凳子往前挪了挪，跟许约、顾渊的桌子保持一定距离。

"对了，你生物学得那么好，那你肯定知道老师讲的那些咯？"顾渊随意地往后翻了两下课本，胡乱地指在了某个地方。

顾渊心想，下周才要学的生物内容，我就不信你会。

他下意识眯了眯眼睛，斜了许约一眼："那这个……什么减数分裂，有丝分裂，细胞什么的，你会吗？"

"需要我讲给你听吗？"许约瞥了一眼顾渊，然后将自己的课本直接翻到那一页，用手指了指其中一张图，"首先看细胞中的染色体数目，如果细胞中染色体数目为奇数，则一定是减数第二次分裂，然后……"

"行了，你还是自己看吧，我对这些完全没兴趣。"顾渊忍不住翻了个白眼打断了许约，一脸嫌弃地看了一眼书上的内容，低头玩起了自己的手机。

许约怔然，将书挪回自己这边，往前翻了好几页。

前面那两个人一堂生物课有说有笑，桌子都往后撤了几厘米还是被他们晃个不停。

许约只好拿着课本趴在窗台上，第二章的大概内容都看懂了，他又往后翻了几页开始预习第三章的内容。

顾渊依旧低着头玩手机，似乎没再去管那晃个不停的桌子。

第二章 课本

下课铃响起,许约透过窗户往教室外看了一眼,两幢教学楼,楼上楼下的过道里瞬间挤满了人,推推嚷嚷。

而他们整个高二(1)班还沉迷在这堂极其有趣的生物课里。

没一个人意识到下课,都盯着桌上的书拿着笔勾着老师刚讲过的重点知识。

顾渊放下手机看了他一眼,微微抬了抬头。

"放学了?"

"嗯。"许约还了书回答道。

"你们怎么说?去外面吃还是跟着高一的一起挤食堂?"李然然看了一眼窗外,搓了搓鼻尖。

顾渊推了一把前面的李然然:"你往外看看这些人,就你这身板,今天去食堂还能吃到饭吗?"

"那要不,我们今天中午出去吃吧。旁边弄堂后面新开了一家川菜,试试去?"周辉装好了书,回头道,"许约去不去,一起啊?"

"你们去吧,我去食堂就行。"许约摇了摇头,"校牌还没办好。"

"没有校牌也能出去,如果有人查,大不了就从操场后面翻石墙进来。校牌那就是个装饰品,没什么用。"顾渊眯了眯眼睛,笑了笑,"所以,去不去?"

"不去。"

许约的性格就是这样,你软他软,你硬他比你更硬。

"行,那到时候别说我们几个没叫你。走了李然然。"

李然然应了一句,立马屁颠屁颠跟上顾渊出了教室。

许约还没反应过来,整个教室就只剩他一个人。

许约穿过一片花园,终于看到了印着食堂两个大字的高楼。

他深呼吸了下,迅速从大门走了进去。

不进去不知道,一进去确实吓了他一跳。三条长队都排到了大门口,其中还有手里捧着三个陶瓷碗的。还有几个高个男生将碗举过头顶,一路喊着"让让"。

许约彻底傻眼了,见过图书馆帮忙占座的,没见过食堂里帮着打饭的。

挤来挤去,许约实在没了胃口。早知道跟着李然然他们一起出去吃了。

现在后悔还来得及吗?

要不发个微信问问李然然?

犹豫半天,许约还是拿出手机点开了李然然的头像框。

许许如生:李然然,你们到了吗?

李然然正抱着手机,看到许约的消息之后迅速回复。

李然然:到了。

李然然:你真应该跟我们出来,这里环境挺好,人也少。

李然然:就是菜有点贵,不过我们有渊哥。哈哈。

李然然:许约,来吗?

最后还加了个坏笑的表情。

许约听这句话的意思是,顾渊请客,他们蹭饭。

许许如生:算了。

他可不想再欠顾渊人情。

许约瞬间打消了一起吃午饭的念头。他出了食堂拐进旁边的超市,随便从食品区拿了几个面包后重新回到教室。

空荡荡的教室,风从窗户吹了进来,桌上的书顺势翻过去好几页。

就在这时,许约手机振了一下,他点开发现居然是一条好友申请。

许约看着这个黑色的动漫头像,犹豫半天,点了拒绝。

过了一会儿,李然然发了条微信给他。

李然然:你点个同意有那么难?

看这语气,不用猜也知道拿着李然然手机的人是谁了。

许约咬了口面包,打字的速度也慢下来。

许许如生：不写备注怪谁？

李然然：行，你厉害。

一分钟后，许约的手机上又出现了同一条好友申请，这次空白格里多了两个字——顾渊。

顾渊：食堂的饭好吃吗？

许约皱着眉，紧紧捏了捏手里的面包。

许许如生：好吃。

顾渊：哦，是吗。好吃就行。

顾渊：我刚刚还在担心你这个外地来的吃不惯呢。

许约这回直接将手机设置成了免打扰模式。

住宿生一般吃过午饭都会回宿舍午休，像许约这种吃了饭直接回教室的也是少见。整栋楼就没几个人，安静得有些过分。

可这种安静仅仅持续了十分钟，校广播站就开始每日一次的"校园之声"，先讲新闻，再说校园趣事。

"诶？顾渊不在啊？"教室后门突然冒出几个脑袋吓了许约一跳。

自己班的同学他还没认全，这又来了几个更眼生的。

"他们中午出去吃饭了，有事？"

"哦，我们是3班的，中午约了打球。"一个男生抱着篮球，手里戴着护腕，他冲许约笑了笑继续说道，"你是新来的吧？以前没见过。你跟顾渊同桌？"

"嗯。"

"那你打球吗？要不等下一起？"男生走了进来，冲许约挥了下手，"我是3班的文体委员赵晨，跟你前面的周辉关系很好。"

"嗯。"许约一脸茫然，这种自爆家底的还是头一次见，"许约。"

"那我们先过去，等顾渊回来，你跟他们说让他们直接来篮球馆好了。先走了。"

许约坐在座位上昏昏欲睡，面包很不合口味，但他又懒得再去食堂一次，肚子饿得开始不停叫唤。

好在顾渊周辉他们回来得不晚。

顾渊看了一眼趴在桌上的许约，随手扔过去一个饭团，还是热的。

"给你，开学第一天挤食堂的也就你这个傻子了。"

许约心想，难不成食堂里那几百个活生生的人在他眼里全都是傻子？

他也顾不上形象，直接拆开桌上的饭团塞进嘴里。

许约一边吃着顾渊带回来的饭团，一边含糊不清地将3班赵晨刚刚来过的事简单复述了一遍。中途还不小心噎了一口。

顾渊从桌兜里拿了瓶新的矿泉水放在他面前。

"给，早上买的。没动过。"

许约对顾渊的抵触感稍微退了一些，他拧开矿泉水喝了一口还说了声谢谢。

"你刚说什么？我没听错？你居然还会说谢谢？"顾渊侧身往跟前凑了凑，"我还以为你这人一直狼心狗肺，不识好歹。"

许约翻了个白眼，一口吞下了剩下的饭团。

"许约你会打球吗？"周辉活动了下手腕，原地跳了几下，"打的话咱们一起去啊。反正目前就我们仨，到那里还得临时凑人。"

许约会，但他不想去。他摇了摇头："不会。"

其他人信不信不知道，反正顾渊信了。

"他连个游戏都不会打，你觉得他会打球？"顾渊面无表情道，"要不你跟我们一起过去。教室没人，你连书都没有，待这儿干吗？"

此时校园广播又开始播放新闻。

许约皱了皱眉。

"篮球馆里面有没有校园广播？"

"没有。"周辉指了指另一幢教学楼，"高三那边也没有，就我们这栋楼有，每天中午放个不停，而且有个男生的普通话都不怎么标准。反正我听着都替他们尴尬。所以渊哥，我们到底走不走啊？"

顾渊推了一把许约的肩膀:"走啊。愣着干吗?听广播上瘾了?"

许约白了他一眼。

"那走吧。"

许约将饭团的塑料袋揉成一团丢进垃圾桶。

篮球馆跟教学楼有些距离,走过去也得有十分钟。一路上周辉比谁都要激动,要么往前跑一段再折回来,要么原地反复练习弹跳力。

反正有模有样,看着像是个好苗子。

顾渊跟他并排走着,双手随意插进兜里,活像一副去讨债的样子。

"怎么?我脸上印着生物学习资料?"顾渊的目光移到许约身上,"别老用这种眼神看我,怪瘆人的,今天我不想跟你开战,比赛要紧。"

许约愣了下,"哦"了一声加快脚步。

顾渊有些好奇,心想许约今天居然没有开口反驳自己,还因为一个饭团跟他说了谢谢。他跟了上去,用胳膊撞了下许约。

"你还是许约吗?"

"你瞎吗?"许约看都没看他一眼自顾自答道。

顾渊这才放慢脚步。

对,没错,这才是他认识的许约。

那个不噎他一两句就会死的许约。

体育馆在室内,场地却出奇的大,许约跟着周辉经过室内羽毛球室又拐了几个弯才来到2号篮球场。

"平时学校有大型比赛的时候这里能容下好多班,现在刚开学没什么人来打球。那边看台上那些都是3班的。"李然然指了指对面看台上坐着的几个女生。

"看看人家,再看看我们。3班都自带啦啦队了,我们班这么穷酸，就我一个？"

顾渊正低头重新系鞋带，听到这话缓缓抬了抬头。

许约觉得有些好笑，挑了个干净的位置一屁股坐了下来。

"什么啦啦队，那些女生是来看比赛的吗？她们就是单纯来看渊哥的。"周辉说，"渊哥，你这简直就是犯规，太拉仇恨了。"

"腿长在人家身上，跟我有什么关系。"顾渊站起身晃了两下手腕，"赶紧换衣服去，别站在这里感叹了。"

许约不是没有过这样的待遇，高一的时候，他还担任过学校篮球队副队长。

"许约，许约，喂！"顾渊伸手在许约眼前晃了两下，见他没有反应直接拍了一把他的肩膀。

"想什么想得这么入神？"李然然已经换好了篮球队服，挨着许约坐下来。"

"啊？啊！没什么。"许约随口说了一句。

顾渊脱了外套想都没想就扔到许约腿上，他拿出队服直接套在了短袖外面。

短袖？

这才三月初。

虽说整个场馆有中央空调，那也不至于穿件短袖吧？

同样惊讶的不止许约一个，李然然整个人都看傻了呆在原地一动不动。

周辉过来推了他一把："你们一个个的能不能别像老年痴呆一样，3班都已经准备好了。"

"渊哥你不冷啊？别感冒了。"周辉还是提醒了下顾渊。

"不冷，打打球就热了。"顾渊答。

"顾渊，好了没？"那个叫赵晨的男生带着球从中线位置跑了过来，朝许约这边挥了挥手，"你们那差几个人啊？"

顾渊低头看了一眼许约，回头应道："就我们三个人。你那边再凑两个人出来吧。"

许约突然觉得胸口一闷,良心有点过意不去,垂眸不再看顾渊。他从兜里拿出手机,点开了录像界面,准备随时将他们三人的飒爽英姿给录下来,到时候作为补偿再还回去。

顾渊下了看台,很快吸引了体育馆里的所有人,就连隔壁打羽毛球的也跑了过来。

1号球场几个高三的男生也停了下来,趴在一边的栏杆上冲下面吹口哨。

很快,2号篮球场附近聚满了人。就连几个体育老师也坐了过来,其中还有一位自愿担任裁判。

叫赵晨的男生跟旁边两个脸上冒痘的男生说了几句,然后将他们带到顾渊身边。

顾渊听了几句朝那俩人点点头,抬头看了眼看台。

许约一下子就对上了他投来的眼神,轻咳了几下,迅速转头移开了目光。

许约看着自己周围围了一圈的女生,一阵头晕。

音浪起伏猛地钻进耳朵里,一波比一波来得强烈。

许约看着顾渊的外套愣了几秒,站起身来甩了一下直接盖到自己头上。

隔层布料应该能稍微挡住一点这撕心裂肺的助威声。

比赛正式开始,顾渊和赵晨站在中间位置等待着跳球。

吁——

哨声刚落,顾渊摸了下发带微微半蹲,随后直接迅速跳了起来。

顾渊本身就高,这一跳愣是高出赵晨半个身位。

"李然然!接球!"顾渊单手将球直接扔向站在五米开外等候多时的李然然,"周辉!还有那个脸上长痘的,你俩往前攻!"

"……什么玩意儿?人家叫王毅!"周辉忍不住按了按眉心。

这一喊,整个球场的气氛瞬间被带动了起来。看台上的人个个眼睛瞪得跟铜铃一般，双手放在嘴边大喊着："顾渊！加油！"

许约捂着耳朵站起来，顺着楼梯往下走了几阶，靠在了一侧的墙边。

位置刚好能看清场上所有人。

赵晨个子虽然不及顾渊，但反应速度却快得离谱。李然然带球跑到篮筐下准备起跳的时候才发现，赵晨比他先一步跳了起来，整个身体完全覆盖住了篮筐。

这样下去，很有可能直接被赵晨盖掉球。

"李然然！球传过来。"另一侧左边的周辉已经冲破3班其他两个人的防守正往篮筐下赶，"后面！"

"周辉！"

"李然然！"顾渊大声喊道。

李然然看清了顾渊和周辉两个人的位置，右手运球途中却将球从身后绕到左手然后再往后推了出去。

球落在了三分线外的顾渊手里。

"好球！这球传得漂亮！"场外有几个旁观的男生大喊。

"这个球一开始就没打算传给周辉吗？怎么可能，都到篮筐下了居然还把球回传……"赵晨眼里充满了惊讶，"不好！快！快点回防顾渊！"

话音刚落，赵晨跟3班其他几个男生迅速回头往顾渊的位置跑去。他们速度很快，球鞋摩擦地板发出刺耳的吱吱声。

顾渊的位置很靠后，他运着球又往后撤了两步，然后迅速带球起跳。

许约不自觉瞪大眼睛，三分球命中要么是靠运气，要么就得有百分之百命中的觉悟……顾渊为了保证自己有足够的起跳时间居然还往后撤了两步？

"现在才发现？你们这样回防也太慢了！"顾渊扬起嘴角，起跳的瞬间将球抛了出去。

一道接近完美的抛物线，许约直直地盯着空中旋转的篮球。

哐——

球直直落入篮框内，连边框篮网碰都不曾碰一下。

裁判哨声响起："1班！3分！"

李然然激动地跑过去拍了一下顾渊的后背，没等说话，倒先迎来顾渊恶狠狠的眼神。

"你干吗！别动手动脚的！"

周辉一顿猛笑："哈哈哈……李然然谁给你的勇气敢直接上手啊。"

"我激动一下都不行啊？这个球太帅了！"李然然微微喘着气，胸口起伏，"诶？你们就不夸夸我？这球可是我传的啊……"

"夸你，行了别废话了，盯紧赵晨。"顾渊往赵晨的位置看了一眼，"怎么说他也是校篮球队的大前锋。你们也别太小看人家。"

赵晨一边运球一边看着前来防守的顾渊，笑了下："喂喂，这才刚开始，你们要不要这么激进。搞得我都快控制不住自己了。"

话还没说完，赵晨将球运到左边，身子却从右侧穿了过去。

靠在墙上的许约猛地一下站直了身子。

这速度，太快了。

快到顾渊根本没来得及看清，就直接被赵晨突了过去。

"李然然！周辉！防守！"被过掉的顾渊猛地转过身，"快！"

李然然和周辉半路突破过来，直接强行逼停赵晨，两人包夹。

赵晨咬了下唇，不停地运着球。

本以为自己的速度已经很快了，没想到顾渊的反应能力如此之快。

"来真的啊你们……不至于吧，两个人盯我。"赵晨被围，连基本的运球都做不到，只好将球传给了其他队友。

"我说你小子，也别太小看我们两个了。"周辉冲赵晨笑了笑，迅速跑开去盯防下一个人。

顾渊依旧站在中线位置，旁边还有两个盯防他的人。他往左，那两人同样往左。完全不给顾渊任何碰到球的机会。

李然然不知道在什么时候截下了球，将球带到了顾渊身后三米处。

"渊哥！跳！"

顾渊手上没球，为何让他现在起跳？

两个包夹顾渊的男生一时间没反应过来。

顾渊扯了下嘴角，浅蹲之后迅速起跳。

"这是什么？顾渊在干吗？"许约身后几个从1号球场过来的高三男生看得眼睛发直，"这是……假动作吗？"

"不，是传球。"许约说道。

果不其然，顾渊跳离地面的瞬间，身后的李然然将球扔向空中。

不偏不歪，球的位置刚好跟顾渊双手的位置重叠。

"怎么……"防守的男生眼睁睁看着球在空中落到顾渊的手里，迅速跟着跳了起来。

"你们又晚了。"

又是一道接近完美的抛物线，球在篮筐上转了几圈，然后缓慢落入网中。

"又一个3分！"

赵晨擦了擦额头，急促地呼着气，他缓缓走到顾渊面前："可以啊顾渊，不愧被称为海市附中第一'零失误得分后卫'。"

上半场结束，双方比分只差了3分。

顾渊虽然每次都是百分百命中，但3班的赵晨动作灵活运球速度也快，半场下来两个班的比分咬得依旧很紧。

顾渊的体力有些吃不消了，持续的起跳投球消耗实在太大，他坐在旁边不停地喘着粗气。

已经有几个3班的同学去给顾渊拿水了。

许约看着手里刚买的几瓶水。

买这么多干吗？一瓶不够自己喝的吗？

他蹲下来，将瓶子排列整齐放在了地上。低眸间，就看到一双手朝他伸了过来。

"放地上干吗？那可是要进嘴里的东西。"顾渊气息不稳，缓缓说道，"给我啊，没看到我手伸半天了啊。"

"怎么？那些水有毒？"许约拿了一瓶塞进他手里，往他身后看了看，"不都是同一个牌子的矿泉水？"

"没注意。"顾渊随着许约的目光往后看了几眼，啧了一声，"哦，现在看到了。"

"但我比较认人。"

顾渊喝了半瓶水，拧好盖子后又丢给许约，然后迅速跑回球场上。

什么意思？

许约没反应过来，就被哨声给打断。

下半场比赛开始，顾渊依旧跳球。但这次不知为何，没能优先抢到球。

"渊哥？"李然然有些不太相信，这是他们第一次失去了优先权。

"愣着干吗！防守！"顾渊完全没在意，他转身就往篮板下撤。

既然拿不到主动权，只要对方不进球，就对他们没什么影响。

赵晨体力也有消耗，他带着球过了中线，眼神四处张望寻找突破口。

1班的站位很警惕，几乎一个人紧盯另一个人，唯独顾渊站在篮板下微微弯着腰，死死地盯着赵晨手里的球。

"顾渊防守？"3班一个男生张大了嘴巴，"不是吧……明明上半场的消耗已经那么大了，怎么下半场还能防守？他到底是什么怪物。"

"得分后卫也有得不了分的时候，一般这种情况下，他就得迅速防守。许多得分后卫是可以兼任小前锋的。"赵晨顿了下,他看着顾渊此时准备起跳的姿势,"想不到他还能跳得起来,既然这样……"

"队长,怎么办?"

"顾渊确实很厉害,但是我的校队也不是白进的好吗!"赵晨站在三分线外突然将球举过头顶,他冲顾渊笑了下,迅速起跳。

"渊哥!赵晨这个位置!"

"李然然!防守!"顾渊往前跨了一步。

"不行啊渊哥,来不及了。"

离赵晨最近的周辉迅速往他的位置移动,无奈赶到之时,球已经被抛了出去。

"3班,3分!"

看台上瞬间欢呼起来。

许约看了一眼顾渊,他将盖在头上的外套拿了下去,径直走下楼梯。

"许约?你怎么下来了?"周辉抹了把汗,一脸诧异地看向许约。

顾渊当即请求暂停,皱着眉随便从旁边拿过一瓶水灌了几口,看到许约后差点喷了出来。

"有事?"

"没事不能下来?这块地方你家买的?"许约说,"还有最后一节,我换你吧。"

顾渊说:"什么意思?换我?你……你会打篮球?"

周辉瞥了眼顾渊,仿佛在说,我们拿你当兄弟,你把我们当傻子。

"刚看会的。"许约随便应付了几句,伸手就要扯顾渊身上的篮球队服,"我换你。"

"换个屁,我又不是不能打。"顾渊推了一把许约,搓了把脸,"要换,你从那两个不认识的人里面换一个。我脸盲,不好传球。"

许约翻了个白眼,你明明就没给那两人传过球好吗?

顾渊现在状态看着还行,许约也没多说什么,只是走过去跟那两个男生打了声招呼。

"好了,我说过了。我打前锋的,最后一节你心思放在怎么得分上就行了。其他的不用你管。"许约活动了下手腕,"李然然跟周辉你俩多盯着对面那个,那个赵……"

"赵晨。"顾渊抿了下嘴唇。

"嗯,多盯着他就行。"许约换好了队服,搓了搓胳膊。

"你不也穿的短袖?"顾渊站了起来,接过裁判扔来的篮球,回头看了一眼许约。

最后一节开始,顾渊往前走了两步准备跳球,却被许约摁了回来。

"我来。"

"准备!"

吁——

哨音刚落,许约猛地跳了起来,直接拦下了球,瞥见李然然的位置后,直接扔了过去。

"李然然,传!"

周辉在另一侧篮筐下喊了一句,却不想赵晨先一步出现在他跟前。

"这么快。"顾渊看了一眼许约。

"你往中线那走。对面肯定两个人防你,自己想办法。"许约路过顾渊的时候,丢下这么一句。

节奏突然加快,李然然没有反应过来,一时不知该传给谁,只好带球往许约的位置跑了几步。

"李然然!后面!"顾渊看着赵晨突然脱离周辉一个转身直接突到李然然身后,伸手直接打掉了球,"李然然!你发什么呆!"

"周辉,防守!"许约也有些意外,赵晨的断球速度居然如此之快。

他看了一眼身边防他的男生,嘴角微微上扬。

"能防得住我的人……

"我还没遇到过。"

防守的男生个子不矮,力气也足够大,反应更是没得说。

正是因为他反应快,许约眼神往左边位置移了下,迅速从右边侧身过去。

"过了?"顾渊忍不住瞪大了双眼,自己都有些头疼的敌方防守,许约居然这么轻易就过了。

许约低着身子,大步往前,在赵晨跳起来的瞬间同时起跳,直接从后面打掉了即将进入篮筐的球。

篮板之下的周辉抢到球,迅速往顾渊的位置丢过去。

"渊哥!"

三分线外的顾渊早已做好了准备,球入手的瞬间,他再次跳了起来。

"1班!3分!"

赵晨的速度已经惊人的快,没想到的是,许约更胜一筹。

很快,顾渊的三分球伴随着比赛结束的哨声,精准入筐。

看台上瞬间沸腾起来,许约忍不住捂了捂耳朵。

午自习的铃声响起,体育馆看台上的人群一拥而散往大门口挤去。

赵晨抱着球满脸是汗地跑了过来,顺带撞了一下周辉的胳膊。

"可以啊你们,你叫许约是吗?技术可以。"赵晨冲许约笑了笑,"考不考虑加入我们校篮球队?"

"之前挖不到我们渊哥也就算了,现在又来挖许约。"周辉推了一把赵晨,"走哪都不忘给校篮球队收人啊你,这个队长给你真没白当。"

"我这叫替附中招收人才好吗?"赵晨将球一把塞进周辉手里,回过头才发现,顾渊和许约两个人早都溜没影了。

"他们俩怎么溜这么快,要不是你在这耽误时间,说不定他俩都愿意加入校篮球队了!"

"顾渊能进校篮球队我就把我头卸下来。"李然然说,"许约我不知道,反正顾渊不进,他……估计也不会进。"

"他们关系有这么好吗?"

"有。"

顾渊、许约两人出现在教室后门的时候,李烨正在讲台上站着。

"哟?两个大忙人还知道回来?看看几点了?"

许约低着头,小声问道:"第一节不是午自习吗?她来干吗?"

"你问我,我问谁?"顾渊说。

靠近后门位置的男生故意弄掉一支笔,弯腰捡的时候小声冲他俩说道:"第一节自习换成语文了,五分钟前她亲自来班上通知的。你们干吗去了,这都敢迟到。"

"张蒙,你要是再跟他俩多说一句,你也跟他们一起站着。"

男生迅速捡起笔,低头继续写练习题。

"李然然和周辉呢?"李烨缓缓走下讲台,"他俩跟你们也是一起的?"

"不知道。"顾渊极其烦躁。

许约想笑,忍不住低头把脸转向门外。

"许约!你在笑什么?嗯?有什么好笑的!说出来让大家也一起笑一笑。"李烨说。

"报告,我没笑。"许约轻咳了一下,重新将头转了回来。

就在三人僵持不下的时候,李然然跟周辉两个人有说有笑还抱着个篮球出现在走廊上。

顾渊猛咳了几下,引起两人的注意,但无奈顾渊和许约两人堵在后门,周辉完全没有注意到站在前面的李烨。

"渊哥,许约,你俩站这干吗呢?"周辉拍了两下球,"这是在比谁更高?"

顾渊闭了闭眼,忍不住抬起脚往后踹向周辉的小腿。

"渊哥你干什么……"

"渊什么渊,你俩给我把门口让开!"李烨听到这气不打一处来,她拽着顾渊的衣领一把扯进门。

周辉愣了一下,迅速站直身子瞪向顾渊。

——李烨在教室你怎么不早说?

——我也是刚知道的好吗?

——那你俩长那么高堵在门口干吗!

——没看到是李烨不让我们进吗!

一顿眼神交流之后,周辉低下了头,一副破罐子破摔的表情。

"对不起老师,我错了。"

李烨长叹口气,开始长篇大论。

"你们已经高二了,明年就是高三了,还整天这么贪玩,家长把你们送到学校里是让你们学习的知道吗!"

最后一句话,李烨是冲着全班说的。

当然,全班同学也给足了她面子。

"知道!"

顾渊瞅了许约一眼,背对着李烨耸了耸肩膀。

"今天我就不罚你们了,都回去坐好,如果还有下次,就直接跟我去老杨那。"李烨拍了拍旁边男生的肩膀。

李烨回头看了一眼许约,又瞪了顾渊一眼,然后回到讲台上翻开了课本:"你们几个回去坐着,课本打开我们继续……"

许约趴在桌上一动不动，中午拳头大的饭团就跟没吃似的。尤其是打完篮球之后，许约有气无力，整张脸都贴在桌子上。

"还有吃的没？"

"没。"顾渊翻开书，看了许约一眼，"你中午到底吃的什么？就那面包？"

"就那面包还没吃几口。"许约说，"外加你带的那个饭团。"

"那么大点饭团还能当饭吃？你是傻吗？我买那个纯粹就是当零食的。"顾渊笑了笑。

"哦……你不说我几句会死啊？"许约低声道。

"不会啊。"顾渊重新看着他，"但不知道为什么，就是想说你。"

第三章 求和

第三章 求和

　　许约彻底不想理顾渊了,他闭着眼侧脸紧紧贴在桌上,左手捂着胃。
　　他觉得晚上该去趟医务室买点常用的胃药,时刻备在桌兜里。
　　想到这里,许约忍不住皱了下眉。
　　这一皱就被坐在一旁的顾渊看了去。
　　顾渊啧了一声,举手站了起来。
　　"报告!"
　　李烨正讲到文章的关键部分,突然被打断,她咬着牙,腮帮子明显鼓了起来。
　　"顾渊,你又怎么了?"
　　"老师,我肚子有点不舒服,能不能去趟厕所?"顾渊说完,微微弯了弯腰,右手揉着肚子,时不时瞥一眼李烨。
　　许约忍不住白了他一眼,装得还挺像那么回事。
　　"那就快去快回,我这节课讲的都是一些重点,不可能因为你一个人再重新讲一遍。"李烨无奈地挥了挥手,转身继续在黑板上写板书。
　　"你想吃什么?"顾渊低头道。
　　"你去上厕所,你问我想吃什么?"许约一度怀疑顾渊是不是脑子被驴踢了,要么就是被高二(1)班的教室门给夹过。
　　"顾渊,你没事吧?"许约低声道。
　　"算了,就当我没问。"顾渊懒得回许约,随手摸了几张抽纸出了教室门。

顾渊下了楼梯直奔超市去,他看了眼时间,还有十分钟下课。于是他在超市磨叽够了十分钟,挑了一大堆零食,面包、薯片、酸奶还有几袋软糖……

"给。"顾渊将一大袋零食丢到课桌上,用手戳了戳侧头睡着的许约,"醒醒。"

许约没动。

"喂!"

许约依旧没睁眼。

"李烨来了!"顾渊往许约跟前凑了凑,大声喊道。

许约猛地抬起头,一下撞上了顾渊的下巴。

"啊!"顾渊被撞得眼前发黑,手背抵着下巴斜了许约一眼,"你干什么?别这么一惊一乍的行吗?疼死我了……"

"你这下巴到底哪整的啊,这么尖?"许约捂着后脑勺,低声骂着。

"我这要是整的,早都已经被你撞得没眼看了好吗?"顾渊捂着嘴,连带着整个下巴都藏在他的右手里,"真疼……"

两人互相瞪着眼睛对骂了两分钟后,许约的视线终于挪到了桌上那些堆得跟小山似的零食上。

"顾渊你可以啊。"许约问,"去个厕所还有人给你送零食?口味这么独特。"

送零食?

顾渊有些后悔去超市了,花了钱不说,他这同桌根本就没有一点想感谢他的意思。

"你要不要?不要就直接扔了,垃圾桶就在门后面。"顾渊瞅了一眼许约,"你废话可真多。"

许约愣了下,他看到那堆零食中间夹杂着一张长长的小票。

是顾渊自己去买的。

"给我吧,白给的我为什么不要?"许约拿出几个袋装小面包丢到前面桌上，又随手拿了盒酸奶，刚插好吸管还没送进嘴里，就被顾渊一把抢了过去。

"你！"许约刚到手的零食就这么飞了，他皱着眉语气有些冲，"那还有那么多吃的，你拿我手里的干吗？欠不欠？"

"收费，行不行？"顾渊随口说道，"酸奶不都是饭后帮助消化的吗？你胃里有东西吗，就直接消化？你直肠子啊？"

"我觉得你还是闭嘴别说话最好，酸奶还我。"许约直接一把抢了回来猛吸了几口。

喝完酸奶还不忘吸了几下空盒子，一副欠打的表情仿佛在告诉顾渊，我就喝怎么着。

顾渊抿着嘴点了下头："行，你厉害。"

接下来的几节课许约都在睡觉。直到第三节课结束，有个其他班的女生站在教室后门喊了一句："哪个是许约？"

许约睁了睁眼，又重新闭上。

倒是顾渊回过头看了一眼："怎么，找他有事？"

"哦……那个，杨老师让我上来通知一下你们班的许约，让他现在去政教处办新校牌。"女生不敢直视顾渊，低着头缓缓说道。

"哦，知道了。"许约抬头看了那女生一眼，"谢谢。"

这回顾渊彻底不高兴了。

"别人就给你带句话你都知道说个谢谢，我特地跑到超市去买了整整一百八十块钱的零食，你就给我来一句欠不欠？"顾渊说，"怎么着？你还有性别歧视？还是单纯看我不爽？"

许约听完，认真地思考了一下。

"你想多了。"不知为何，许约的心情突然变好了一些，挪开凳子站起来伸了个懒腰，"我都没正眼看过你，哪里来的爽不爽？"

顾渊发誓，以后许约就是饿死疼死，都跟他没有一点关系。

不对，半点关系都没有。

许约走到门口突然回头看了眼顾渊："你不走吗？"

"走哪?"顾渊抬眸。

"刚刚那个女生不是说让我去政教处吗?"许约纳闷道,"你没听?"顾渊有些郁闷,又不是来找我的。

"没听。"

许约表情一僵:"那不重要,你只要认得路就行。"

顾渊没有站起来,倒是从前门回到座位的李然然站了起来。他看了看桌上扔着几个标价十二块钱的面包和许约桌上一大袋零食,顿时就明白了。

"谢谢约哥!约哥大气!约哥年年发大财。"李然然抱拳道,"约哥这是要出门?去哪?认路吗?不认识小弟我带你去啊。"

顾渊伸手想说什么被李然然直接按了回去。

"渊哥,你先别说话。现在我的眼里,只有我约哥。"

许约忍不住笑了笑。

"约你个头啊,你手里那些东西都是我买的。"顾渊咬着笔帽猛地站了起来,腿一伸直接跨过凳子,他单手拽着许约的袖子出了教室门。

李然然冲两人的背影眨了眨眼睛,然后拆开一袋面包咬了一大口,含糊不清道:"没关系,大家都是一家人。大不了以后你俩都是我哥。"

政教处在一楼,顾渊靠在墙上,指了指靠里面的那间办公室:"就那。"

许约嗯了一声,敲了敲门打了声报告。

惊人的是老杨居然也在,见许约进来,直接搭上了许约的肩膀。

"看,我说的就是他。成绩好不说,你瞅瞅这大高个,长得多水灵……"

水灵……

许约听着整张脸都黑了,不会夸人您就别夸。

相比之下，他反而更愿意听李烨骂人。

不过所有的数学老师好像都是这样。

"许约，等下你就在学校旁边的摄影室去照个相就行。"老杨夸完了，回头拍了拍许约的肩膀。

"知道了。"

"那我先走了。你拍完照片直接回教室就行，估计明天校牌就能到手了。"老杨说完就出了门，转角却碰到了双手插兜的顾渊。

"顾渊？你在这干什么？"

"等人。"

"等谁？哦……等你同桌啊？"老杨愣了下，然后很快露出一个笑容，"看来你跟许约相处得不错啊，那正好，以后好好跟你同桌多学学。课业上有什么不会的多问问他，他成绩好，而且还不会跟你一样偏科。"

"偏科……"

顾渊脸色突然沉了下来，并没打算反驳什么。

两分钟后，老杨大概是说烦了，扭头回了自己的办公室。

相处得不错？

见面就快打起来的两个人，您是从哪里看出来相处不错的？

顾渊觉得老杨多半是被许约的外表给迷惑了。他简直就是披着羊皮的狼，时不时还会笑着啃你一口的狼。

从政教处回来，顾渊没再跟许约多说一句话。随便拿了本练习册趴在上面一动不动。

"你怎么了？"许约有些好奇，刚刚还恨不得扑过来打他的人，现在居然这么无精打采，"不过就是下了趟楼，谁又惹到你了？"

顾渊睁开眼。

心想还能有谁，麻烦你有些自知之明吧。

"你家是不是住海边啊？管得这么宽？反正不是你就对了。"顾渊重新闭上了眼睛。

"哦。"许约觉得莫名其妙。

顾渊这人虽然平时嘴确实是欠了点，但每次都是有理由的。像现在这么不耐烦，许约还是头一次见。

"刚刚在一楼，你碰到谁了？"许约问，"老杨？他跟你说什么了？"

"你烦不烦？"顾渊十分烦躁，他站了起来，"你不是之前就问李然然他们有没有单人桌吗？有，就在5班隔壁。最中间那个多媒体教室里面有很多高三不用的单人桌，你自己去搬一个回来。"

许约彻底无语了。

顾渊声音很大，班里前几排的同学全部回过头来盯着他俩。

许约有些茫然：" 为什么是我？不应该是你自己去吗？"

丢不丢人先不说，没道理的事情许约从来不做。

顾渊踹了一脚周辉的凳子："李然然，周辉，你们俩去多媒体教室搬两个单人桌过来，快点。"

许约不去，自然有人会去。

李然然和周辉还没来得及问清缘由就被顾渊一个眼神直接瞪出了教室。

五分钟后，他俩一人扛着一个桌子回了教室。身后还跟着一堆围观群众。

"看什么看啊，没见过吵架啊？"李然然露出个脑袋冲身后几个男生喊了一句，"都散了散了。作业写完没啊就出来八卦？"

走廊路过的学生装没听见，一路挤着往前，最后凑到1班的后门往里张望着。

周辉放下桌子，舒了口气。

"所……所以，我说你俩到，到底……怎么了？怎么还……还突然分……"周辉大喘气，缓了好半天才缓缓道出下半句，"分桌了……"

顾渊表情有些难看。

许约将门口的单人桌搬了进来，一脸不爽地看着门外几个不认识的面孔，冷言道："看够了吗？要不要进来看？"

开学第一天，许约过得简直水深火热，顾渊正常的时候两个人还能当个普通同桌，不正常的时候，那就是个定时炸弹。

许约一度怀疑顾渊今天是受了什么刺激，大脑充血。

两人换好了单人桌后，许约特地往左边挪了十厘米，生怕挨到顾渊半点。

直到最后一节课结束，顾渊都没再看许约一眼。

附中的自习有些特别，走读生是不用上晚自习的，但是住校生就得在教室待到晚上九点钟。当然，顾渊就是那个不用上晚自习的。

他整理好背包直接甩到背后，推了一把前排的李然然："我买了新游戏机，要不要去玩？"

李然然转了转眼珠有些心动，右胳膊撞了一下周辉："一起吗？"

许约没抬头："几点回来？还要给你们留门吗？"

"不用，他们今晚住我家。"顾渊语气冰冷，好像此时此刻许约欠了他钱似的，"他们去哪儿你也要管？"

"懒得跟你废话。"许约转了下笔，"不回来的话到时候查宿我就直接说你们今天回家住了。明早第一节课是老杨的，看着时间别迟到被抓了。"

顾渊整张脸都白了。

听完这些，李然然已经低着头开始犹豫顾渊替他做的这个决定。

周辉"嗯"了半天，心有余悸开口道："渊哥，要不……我们周末再去？明天老杨的课，你再迟到一回他真能撕了你信不信？"

"那我自己一个人打。"顾渊骂了一句直接拎包走人。

走之前还不忘瞪许约一眼。

许约正好在整理衣领，顾渊这一回头刚巧看到了许约脖子上的瘀青，虽说已经没那么严重了，但顾渊还是觉得心里不舒服。

他轻轻咳了下返回教室。

许约抬眸："还有什么事？"

"别动,让我看一下你脖子上的伤口。"

许约愣了下,似乎有些意外。眼看着顾渊的手就要伸到自己脖子上,他条件反射地一把拍开。

顾渊皱了下眉:"你干吗?"

"医生说过不要碰那。"许约将衣领往上拉了拉,站了起来,"你还不走?"

好心被当成驴肝肺,顾渊收回手紧紧攥着背包肩带,头也不回地出了教室。

后排突然安静下来,许约叹了口气坐回自己的位置,一边转着笔一边偏头看着窗边已经冒出嫩芽的柳树。

"春天要来了啊。"许约小声地感叹道。

天色逐渐暗了下来,教学楼旁边的那条小道两侧亮起了路灯,暗黄的灯光洒在平整的水泥地面上印出好几条长影,也铺在骑着单车路过的少年身上。

许约盯着看了几分钟,一道熟悉的身影突然出现在他的视线里,他轻声咳了几下。

不得不说,顾渊这身高,跟其他人相比起来确实出众许多,是属于丢进人堆里一眼就能看见的那种。

等到顾渊完全消失在那条路的尽头,他才缓缓回过头看了眼前排的李然然。

"李然然,那条路有没有名字?"

"啊?"李然然正忙着补落下的作文,头也没回,"哪条?"

"就是去食堂要经过的那条,旁边有很多香樟树的那个。"许约往他的本子上瞄了一眼,"你俩真的没有因为字丑而被李烨叫去办公室过?"

李然然跟周辉两人关系向来不错,性格相同,要不是因为长相和姓氏,说他俩是一个妈生的都不奇怪。就连这横七竖八满篇爬的字，都有相似之处。"

"怎么没有，上学期他都不知道被教育多少回了。"周辉咬着笔转了过来，"李烨看不过去，还自己掏钱给他买了本《三十天教你学会写钢笔字》，就是一个练字的字帖。然后李然然觉得自己被羞辱了，转头就直接给咱们学校废品站那老头了。"

李然然摔了下笔，胳膊肘朝着周辉的肚子来了一下："你自己又能比我好到哪去！不说话没人把你当哑巴。你以后要是再当着许约的面黑我，我保证你会死得很难看……"

李然然强行将周辉的脸推了回去，然后转过来看着许约。

"你刚刚说的哪条路？"

"哦，就那个。"许约往窗外指了指。

"那个啊，林荫路。"李然然叹了一口气，"我还以为你说哪条路呢。那条路之前叫绿荫，后来李烨自己觉得太俗了没有艺术感，就跟学校领导商量了一下，最后改成林荫了。高三教学区那边的路上还立了个路牌。"

"她一个语文老师还管这个？"许约说，"我以前学校的老师，上课注意范围从来都不会超过教室前三排。"

"她什么不管。你以为我们之前说让你别惹她是故意吓唬你玩的啊？"周辉合上练习册站起来伸了个懒腰，"对了许约，你课本是不是还没领啊？已经六点四十五了，再不去图书馆那边都要关门了。"

"忘了，现在就去。"许约站起来，走了两步又回过头来，"图书馆在哪？"

李然然无语："沿着林荫路一直走，最里头有棵很大的银杏树，然后左边那栋楼就是图书馆。跑着去吧，一会真来不及了。"

许约"哦"了一声转身离开，连下楼梯都是两阶两阶跨着下去的。

由于出来比较急，许约什么东西都没带，直到进了图书馆，眼睁睁看着几个女生帮他搬出一人高的高二课本，他整个人都傻了。

这些是高二的课本？怕不是连高三的课本都一起发了吧……

"就你自己一个人来的吗?"一个女生歪头看了许约一眼。

"啊,是。"许约答。

"那你可能得多跑两趟了。"女生低头指了指脚旁的练习册,"还有这一堆练习册呢。"

许约身子往前倾,下意识往女生的脚边瞅了几眼,随后皱着眉啧了一声。

早知道就叫李然然和周辉跟着一起来了。

"行,那我搬两趟吧。"许约伸手准备将一半课本塞进怀里。

"许约?真是你?我还以为认错人了?"

许约回过头,是今天早上班里那个站起来的女生。他依稀记得,老杨喊她班长。

至于名字……李然然没跟他提起过。

"啊,你是……"许约面无表情地回道。

"哦,我叫佳真,1班的班长。刚还完书,你这是……"那个叫佳真的女生笑了笑,指了指桌上的新课本,"这一天都快过完了,怎么现在才来领书?"

"忘了。"许约一向不擅长与女生交流,说了几句话手心里已经爬满了细汗。

"这都能忘,刚好我要回教室,帮你拿一些吧?这样你不用再往这里跑一趟了。"佳真抢先一步拿过桌上的几本书,"一起走吗?"

不走看来是不行了,许约吸了口气,半个身子贴在桌上伸手将里层地上的练习册拿了出来,直接放在被拿走了一半的课本上。

"好。"

佳真怀里抱着书,一边走一边回头跟许约讲些班里其他老师跟同学的事情,搞笑的不搞笑的反正许约听着很尴尬。

而且还都是些他没听过的名字,就算有几个熟悉一点的名字,他也对不上号。

许约只好跟在她身后陪着笑了一路。

周辉已经写完了今天老师布置的作业,此刻正趴在窗前盯着对面高三的教学楼发呆。

"你说大家都是学生,怎么区别就这么大?你看看隔壁那些高三的,一个个都快钻进书里去了,这还没到晚自习的时间呢。啧,用我妈的话说……"周辉将手伸出窗外指了指隔壁教学楼,"他们就是所谓的'别人家的孩子'!"

李然然顺势抬了抬头,转了转眼珠有感而发道:"致高三!他们,就像被囚禁在笼中的金丝雀,没了自由!他们,渴望能够在天空中自由自在地飞翔!夜色与他们为伍!嘶……周辉你推我干吗?"

周辉收回手,翻了个白眼:"你能别这么恶心吗?晚饭都要吐出来了。"

"羡慕我语文好就直说。"李然然的视线从高三的教学楼挪到了旁边的林荫路,盯着看了许久,猛地锤了周辉一拳,"嘿!嘿!嘿!"

"你这是又看到什么了?"周辉深吸了一口气。

"周辉你来看!那个!那里……路边跟那个女生走着的大高个!是不是许约?"李然然拽着周辉的衣领,恨不得把他的头塞出玻璃窗的防护栏,"就抱着书那个,我没看错吧?那是许约吧?"

"像……还真是许约……等等,他旁边那个女生……怎么看着也有点眼熟?"周辉说,"啊?班……班长?"

李然然忍不住感叹了好几声,迅速从兜里摸出手机,直接打开相机对着林荫路一顿狂拍。

李然然翻着相册,笑得合不拢嘴:"不行!我还是要把这照片发给渊哥!"

周辉觉得他这个同桌多少有些智商欠缺。

"我看你就是闲得慌,看热闹不嫌事大。到时候被骂了,别来找我哭就行了。"周辉冷不丁丢下这句话就趴在桌上闭目养神去了。

李然然一脸激动地点开了顾渊的微信。

第三章 求和

李然然：渊哥！有新情况！

此时的顾渊正半眯着眼瘫坐在家里的沙发上，右手捏着游戏机时不时按几下。

桌上的手机屏幕一亮，他坐直身子拿起手机。

顾渊：？

李然然：是许约。

一听到"许约"两个字，顾渊瞬间觉得自己的后脑勺微微泛疼。

顾渊：许约？他又怎么了？

顾渊盯着手机看了半天，就在以为李然然的手机卡了的时候，突然被发来的照片刷了屏。

一眼看去，照片里的内容一模一样，就连拍摄角度都完全一致。

顾渊懒得打字，直接按了聊天框左边的语音输入键。

"李然然！你下次要是再刷屏我就直接拉黑你。"

语音发送完毕，顾渊将聊天记录往上翻了翻，随便点开一张照片放大。

照片里那人是许约没错，旁边那个同学是他们班班长佳真也没错。

顾渊有些不理解李然然发给他这些照片的意义在何处。

顾渊：这照片怎么了？

李然然：渊哥，我现在可以确定你是直男癌晚期，根本没得救。

顾渊：有事快说，别打扰我打游戏。

李然然：你难道就不觉得他们两个，很像青春电影的感觉？

顾渊又重新点开那几张照片，放大看了好几遍。

下了晚自习，周辉非要拉着李然然一起去操场跑几圈，许约只好先一步回了宿舍。

回来早的唯一好处，就是不用三人挤同一间浴室。

许约洗完澡擦了擦头发，一阵风从窗户缝里吹了进来，他忍不住裹上床上的毯子。

等到他关好窗户，睡意迅速席卷而来。许约没精力等到头发自然干，直接一头扎进了枕头里。

他好像做了一个很长很长的梦。

梦里有人一直喊他的名字。

小约……小约……

声音很轻，又好像很熟悉。

长发略过他的脸庞，顺着风滑了下去。

小约，妈妈是永远站在你这边的。

小约，妈妈可能陪不了你多久了……

妈妈……

"许约！许约！"

"啊！"许约猛地睁开眼睛，侧身看了眼站在床边直勾勾盯着他的周辉和李然然，"你俩干吗？吓我一跳。"

"你这是做噩梦了？"李然然有些担心，递过来一张纸巾，"怎么出这么多汗？很热吗？要不开一会儿窗？"

许约这才感觉到自己整张脸已经湿了大半，汗水中夹杂着泪水。

"几点了？"

"快十二点了。"周辉说，"我们回来的时候你已经睡着了，怕吵醒你我俩都还没洗澡呢。怎么样，稍微好点没？还有哪不舒服？要不要喝点水？"

许约微微摇了摇头，左手捋了下头发："我没事，你俩先去洗漱吧。"

"真没事？"

"能有什么事，做了个梦而已。"许约缓缓坐起来，从枕头底下摸出手机点开看了一眼。

有两条未读消息，发送人都是顾渊。

见许约没事，李然然迅速钻进了浴室。周辉只好躺回自己床上。

"对了，刚刚你手机响了，应该是微信消息。不过你睡得熟，估计没听到。"周辉随手翻了翻床上放着的几本校园安全手册,"刚刚宿管大妈来过,给了几本这玩意儿,你要看吗?"

"不看。"许约说,"这种东西幼儿园的小朋友都知道。"

周辉不停地点头,跟着附和道:"你这简直说到我心里去了,我刚随便翻了几页。你知道吗?这上面写着过马路要看红绿灯,现在连家里养的宠物狗都会自己过马路了,居然还有人把这些整理出来写在纸上印成册给你看。简直就是在侮辱我们的智商好吗?"

许约瞬间被逗笑:"人家这不为了你们的安全着想吗。"

周辉晃了晃脑袋,继续翻几页,冲着浴室大喊道:"李然然,你快点。洗个澡怎么这么磨蹭。"

顾渊是在十点半的时候发的第一条信息,大概因为许约睡着了没回,又在二十分钟后发了个问号过来。

许约点了几下屏幕。

许许如生:有事?

顾渊:没事。

许许如生:哦。没事你大晚上发什么微信。

顾渊:我乐意,手长在我身上,我还不能发几个消息了吗?

许许如生:行,手长在我身上,那我直接拉黑你应该也没有意见吧?

顾渊愣了下,随后一把摘下耳机。大概过了十多秒,他才缓缓将李然然发给他的那些图片随便挑了一张转发给许约。

发完又跟了一个问号过去。

许许如生:你还偷拍我?

顾渊:我没那么闲,李然然拍的。

许许如生:我们是白天的时候在图书馆碰到的。

许约握着手机想了半天,将顾渊说过的话原封不动还了回去。

许许如生:你家住海边啊,管这么宽?

许约有些想笑,碍于周辉还在宿舍,硬是忍了下来。

一瞬间突然觉得顾渊这人除了脑子不会拐弯嘴欠了一点，还有一点点……幼稚。

许许如生：就是图书馆碰到，她帮我拿了几本书而已。

李然然这个傻子一丁点小事都能讲出一段神话了。顾渊越想越气，最后直接拨通了李然然电话。

"喂？渊哥，小然然他在洗澡呢。"周辉接了电话，"你怎么突然打电话给他啊，是有什么急事？"

"洗澡？"顾渊直接打断了周辉，"懒得跟你废话，你把电话给他。"

周辉愣了下，最终还是敲开浴室的门将手机从门缝塞了进去。

许约重新躺在床上，不用想也知道那是谁的电话，不过他睡意全无，只好呆呆地盯着天花板。

浴室留着一条缝隙，许约清楚地听到里面传出的几句电话音伴随着花洒的水声。

再后来，渐渐没了水声，只剩下了李然然略带委屈的声音。

好像，他未来的校园生活，也没想象中那么无聊了。

至少，他真的认识了一些朋友。

"喂？渊哥？怎么了？啊？照片？"

"不是，我那只说青春电影那个氛围啊。"

"哥哥，你先别急着说我啊，不是……行吧，那我错了，我以后不偷拍了成吗，你别拉黑我啊哥。"

"喂？喂？渊哥？我……不是吧，真给我删了啊。"

李然然出了浴室一头扎进自己的被子里，闷声道："周辉，许约，我被删好友了。我跟渊哥从高一开学到现在，两年兄弟情，说删就删，这大爷可真难伺候啊。"

许约忍不住笑了出来，想到他拍的那张照片："你这不是自找的吗？"

李然然有些不死心，他往上翻了几下聊天记录，举着手机放在许约眼前。

许约随手往下划了两下,直到看到一个红色感叹号。

"明天把他手机拿过来重新加上不就完了?多大点事,你赶紧擦头发去吧,水别滴到我床上,不然一会儿怎么睡觉。"

李然然"哦"了一声,将毛巾甩在头上:"那明天你帮我加,我不管。"

许约没有拒绝。

附中整整三幢宿舍楼,只有他们这幢规定晚上十二点熄灯。许约问过周辉为什么,他说学校给出的答复是电路故障,高一高二的宿舍楼固定时间熄灯。只有高三的宿舍楼是不需要熄灯的。

也许是因为睡太早,现在熄了灯许约反而特别精神。他翻了个身没过几秒又翻了回来,依旧睡不着。

因为午休时间打篮球的原因,李然然和周辉两人熄灯之后挨着枕头就睡着了。不到一会儿,整个宿舍就充斥着两人沉重而均匀的呼吸声。

还很有节奏感。

一片黑暗中,许约开始数起了数字,在数到八十九的时候,他终于忍不住又从枕头底下摸出了手机,直接点开了顾渊的微信。

许许如生:我睡不着,能不能教我打游戏?

许许如生:他们说你家就在附近,要不发我个定位。

顾渊心情似乎好了很多,左手不停地晃着摇杆,电视机屏幕上的英雄人物正在厮杀,完全忽略了一旁亮了几下的手机。

许约穿好衣服蹑手蹑脚下了床,直接出了宿舍。

整幢楼一片漆黑,只有旁边的林荫路有微弱的光透过玻璃窗照进宿舍楼里。许约又看了一眼手机,依旧没有回复。

校园里空荡荡的,跟白天里完全是两个模样,许约裹紧外套蹲在路边,时不时低头看两眼手机。

发信息不回,语音电话总该接吧?

许约直接拨通了顾渊的微信语音。

一秒……

五秒……

十秒……

直到屏幕上出现"对方手机可能不在身边"这几个字,许约才讪讪按了挂断。

虽说是入春,但其实还是在过冬天,一到晚上冷风呼呼地刮,尤其是过了夜里十二点。

许约缩了缩脖子,半张脸都埋进衣领里。他点开天气预报看了一眼。

时间一点点消逝,他站起身将手机塞回兜里。

真冷。

大半夜的睡不着躺在床上听听歌不好吗?

再不济数到几千几万不行吗?

为什么非得头脑一热发了两条微信,还没等到回复就直接裹着衣服出了宿舍呢?

许约突然觉得自己脑子不好使,多半是被某人给传染的。

在他犹豫着到底要不要回去的时候,顾渊终于回了两条信息过来。

顾渊:刚在打游戏。

顾渊:没看见。

两句话没有一句是有用的。许约烦躁地按灭手机返回宿舍。

正好,被半夜起来上厕所的宿管大妈抓了个正着。

"你是高二新来的那个,我记得你。"大妈半梦半醒地揉了揉眼睛往前走了几步。

许约皱着眉。

如果可以,他希望她一辈子都不要记住他。

"你看看这都几点了!你这是出去啊,还是刚回来?"

"回来。"许约想都没想随口答道。

"哦，刚回来啊。"宿管大妈眼睛一亮，立马清醒了不少，"那行，明天上午十点之前一千字检讨送到我这里来。"

"检讨？什么检讨？"

许约蒙了，检讨书是这么用的吗？

"今天晚上刚发的校园安全手册，合着你们压根就一眼都没看啊？上面红字特意标了申请住宿的学生熄灯之后不得外出以及不能晚归。"宿管大妈指了指放在值班室窗边的几本安全手册，跟周辉给他看的那本封面一模一样，"学校搞这些是为什么呢？啊？还不是为了你们的安全着想，都多大的人了也太不把自己当回事了！万一出点什么事情，谁负责？"

"放心，就是出了事，也没人来闹事。"许约听得心烦，直接打断了她，"安全手册没来得及看，但是从您这听得也差不多了。"

宿管大妈被噎了回去，一时竟不知如何反驳。

"知道就行，明早给我把检讨书按时交上来，不然我就直接上报学校后勤处，我管不了你们，那就让领导来。"

许约喷了一声，缓缓道："听见了。"

"听见了就行，上去吧。"

许约一步一步缓慢往楼梯口走，顾渊的语音电话打了进来。

"你怎么不回我信息，我家在……"

"滚，我挂了。"

"喂！喂？"

第二天许约起了个大早，到教学楼的时候没多少人，只有班长带着几个他并不怎么熟悉的同学正打扫教室内外的卫生。

"许约。"佳真站在凳子上正擦着窗户，透过玻璃窗冲教室里的许约挥了挥手，"今天来得挺早。"

许约回了句"早"便没了下文。

来这么早,还不是为了那一千字检讨书吗?

重点是,他长这么大就从没写过检讨。

许约坐下来,拿出崭新的还没来得及写名字的作文本翻到第二页,咬着笔帽,脸朝向窗外认真思考。

三分钟后,许约还是摸出手机,打开了网页。

"一千字检讨书怎……"

还没来得及打完后面的字,搜索栏倒是直接显示出来好几条相关的内容。

许约翻了几页,找了篇看起来稍微符合高中生的范文开始写起来。

顾渊来得挺早,从教室后门进来之后直奔自己座位。

他瞥了眼旁边奋笔疾书的许约:"来这么早?"

许约抬头看了他一眼,低头继续写。

顾渊不乐意了,先是昨晚被强行挂断电话,现在又直接被无视。他有些不满地将背包塞进桌兜,力气使大了,桌子晃了两下直接撞上许约的桌子。

呲啦——

许约看着本子上多出来的长条黑色笔墨划痕,火气瞬间四溢而出。

"顾渊你有病吧?都已经单人桌了,能不能离我远点。"许约猛地摔下笔,笔帽顺势弹到顾渊的桌上,最后滚落到地上。

"你又找什么事!"顾渊猛地往后靠了下,伸了下脚。

许约硬是把话憋了回去,他起身往旁边走了几步准备捡起笔帽。

咔——

顾渊想都没想一脚踩了上去,笔帽瞬间碎了一地,碎片直接蹦到了许约的裤腿上。

"顾渊!"许约骂了一句,直接握紧拳头冲着顾渊的脸去了。

在距离他的脸还有一厘米的地方,许约停了下来,他往顾渊身后看了几眼,缓缓放下了拳头。

"怎么?继续啊?"老杨不知道什么时候站在教室门外,死死盯

第三章 求和

着许约,"你怎么不继续了?"

"老师早。"

离上课还有一个小时,这么早就来抓迟到?许约从没见过比大多数学生来得还要早的班主任。

他啧了一声,看着面前站得端正的顾渊,许约深呼吸一下,缓缓退回去坐好,将已经写了一半的检讨书一把撕掉揉成一团扔进后面的垃圾桶。

作文本偏了些位置,桌上的手机直接暴露在老杨的眼皮子底下。许约觉得今天是非常倒霉。

"打架未遂,还往教室带手机。"老杨往前走了几步,进了教室,"看不出来啊许约,你胆子还挺大。校纪校规你不清楚?需不需要我单独给你上一课啊?给你亲自念一念?"

"不用。"许约说,"我自己会看。"

"我如果没来,你刚刚那一拳砸下去,打的是我的脸你知道吗?"老杨冷着脸,重重敲了几下桌子,"昨天我还跟政教处那几个老师说我们班转进来一个优等生,长得端正成绩还排在前面。怎么,现在是上赶着去给他们证明一下其实你四肢也挺发达?"

顾渊听到这,忍不住笑了起来。肩膀抖了几下,换来许约一个白眼。

老杨觉得许约属于那种话少的学生,自己一句接一句讲一大堆人生哲理他也只是简单回一个"嗯"字,如果再继续说下去倒显得自己有些斤斤计较。

"这是第一次,我就当没看见,如果还有下次,就叫家长来。你们听不进去我就不信家长也听不进去。"

"报告老师,我家长来不了。"许约的手顿了下,抬头对上了老杨不解的眼神,"您这么盯着我看也没用,真来不了。"

他轻咳了下,接着问道:"你家长怎么就来不了?这距离也不远吧?就算他再忙也要抽空了解一下自己孩子在学校的情况吧?你说说，怎么就来不了了？半天时间都腾不出来？"

许约沉默着，别说什么半天了，就是一秒钟，他都不想看见许陆那张跟他相似的脸。

许约觉得只要不回应，尴尬就追不上他。

果然，老杨自顾自说了一大堆，发现面前这俩人压根就没正眼看过他。他的声音越来越小，最后嘴里嘀咕些什么许约一句都没听。

好在李然然跟周辉来得快，他俩一路有说有笑，脚还没踏进教室门就能听到他俩一高一低的声音先传了进来，周辉胳膊还夹着篮球，看在老杨后条件反射地将球藏在了身后。

"藏什么藏，我都已经看到了。"老杨说。

周辉尴尬地笑了笑，挠了下脖子。

"老师……那个，我们下午有体育课，所以……下次保证不……"李然然的道歉来得比老杨突然出现更加猝不及防，就连周辉都愣在了一旁。

"打球归打球，但是要注意安全。该做的防护措施还是要做的。"老杨丢下这句话直接下了楼，留下身后李然然跟周辉瞪着眼睛满脸的不敢相信。

"啊？没了？就直接走了？这还是老杨吗？你们两位对他做了什么？"李然然看了眼顾渊拍了下他肩膀，"哥，你又用什么名句直击敌方心脏了？"

"手拿开。"顾渊冷声道，"跟我有什么关系，我站在这就没说过话。"

"不是你？"周辉说，"那是谁？许约？"

"这就两个人，除了我还能是谁？"顾渊坐了下去，不满地踹了几下桌子，硬生生踹回了原位。

许约拿起那根不带笔帽的中性笔，喷了一声将手机揣回兜里。

"这都听不出来啊？他说你俩不是人。"许约看了眼李然然跟周辉，"你俩脑子里能不能装点烤面筋以外的东西……"

这话刚说出来，许约就后悔了。

"你这么一说……我还真想吃烤面筋了。"

"我早饭都没吃呢。要不我们今晚去夜市撮一顿吧。"

顾渊被这前面两个人吵得心烦，从包里拿出蓝牙耳机戴好直接趴在桌上补觉去了。

第二节课之后是个二十分钟的大课间，按照学校规定，所有人必须做完时长五分钟的眼保健操才能离开教室。

但高一高二所有学生听着铃声，一个个就跟打了鸡血似的，直接蹿出了教室，哪还顾得上其他要求。

许约也同样冲出了教室。

出教室的时候许约往墙上看了一眼，长针的位置已经过了十一。距离十点还有不到五分钟的时间。

许约要在这短短的几分钟里跑回宿舍把千字检讨书交到宿管值班室，以至于他着急出教室不小心带倒了凳子。

顾渊恰好是被这声巨响给吵醒的，他缓缓睁开眼看了一眼四周。

"人呢？"顾渊冲前面喊了一声。

"你说许约？刚刚下课铃响就出去了。看样子挺着急的，估计去厕所了吧。"周辉伸了个懒腰，转过身来，"对了渊哥，昨晚你们到底干吗去了？都不带上我们，还是不是兄弟了。"

"哪来的我们？"顾渊疑惑道，"我昨晚就在家里啊，一个人。"

"啊？你们没一起啊？"李然然翻着书，"昨晚许约好像出去了一趟，我还以为他是去找你了。"

"他没找你，那他去干吗了？"周辉说，"他刚来除了我们也没有其他认识的人了吧，咱班的人他都还没认全。"

他猛地拿出手机打开了昨晚跟许约的聊天记录，看了一眼时间。

"等等……他昨天几点出门的？"

"不清楚，那会儿我们早都睡着了。反正肯定是十二点以后了。

我起来上厕所的时候他就已经不在宿舍了。那会儿……差不多凌晨一两点吧。"

"所以许约给我发消息的时候，已经出宿舍楼了？"顾渊瞪大了双眼。

许约走出宿舍楼，给他发了消息。但是自己当时打游戏太入迷完全没有注意到，不仅消息没回，电话也没接到。

要死。

顾渊下意识抿了抿唇，咽了下口水。

"所以，许约昨晚在外面……冻了两个多小时？"顾渊站起身猛搓了把脸，"我说怎么电话打过去他第一句就直接让我滚呢……"

李然然听完，整个人都傻了。他抿了下唇，缓缓说道："渊哥，祝你好运。我要是许约，就不仅仅是嘴上让你滚了。"

说完，李然然还不忘冲顾渊比了个大拇指。

许约迟到了几分钟，好在宿管大妈没说什么，只是提醒了几句下不为例就放人了。

他重新回到教室，顾渊挺直腰看了他一眼。

果然，许约看都没看他直接回了自己的座位。

整整一上午，许约不是趴在桌上就是自己在看生物练习册，包括课间休息的时间也没跟李然然和周辉说些别的。

临近中午放学，顾渊冲周辉使了个眼色。

"许约，中午不去挤食堂吧。我们一起去粉星吃饭吧。"周辉撞了下许约的胳膊。

"粉星？那是什么？"许约合了书。

"哦，就学校里的便利店，名字叫粉星。"李然然往跟前凑了凑。

许约不想自己挤食堂，答应了。

周辉朝着顾渊挑了挑眉，言外之意像是在说"搞定"。

下课铃声响起，整栋教学楼都沸腾了起来。好几个高一的男生

第三章 求和

从楼梯扶手上快速滑了下去，途中还不停地大喊着"让一下"。

路过林荫路，许约往前走了几步跟周辉并排着，脸色极差。

五分钟后，他终于忍不住停下脚步转过身看着跟了他们一路的顾渊。

"你有事？"

顾渊摘了蓝牙耳机抬眸看着他："啊，没事。"

"没事能不能别跟着我们。"

"你！"顾渊有点想上前撕烂许约的嘴，但又想到毕竟是自己有错在先，硬是忍了下来，"我这是跟着你吗？我明明跟的是周辉好吗？"

锅来得太快，猝不及防地扣在了周辉头上。

"哦，你们三个串通好的啊？"许约不傻，自然猜得到这几个人安的什么心思，"那行，你们去吃吧，我看着你突然有些吃不下东西。"

说完，许约双手插兜转身就走。

顾渊咳了一声。

"渊哥……我们还去吗？"李然然小心翼翼地问。

"去啊，为什么不去，他自己想饿着就饿着呗，反正最后胃疼的又不是我。"顾渊说，"走，不管他了，爱干吗干吗去。"

顾渊转身往粉星的方向走了。

事实证明，顾渊的嘴是嘴，手是手，两者有着完全不相同的想法。

他随便买了几串关东煮就坐在一旁拿着手机看个不停。

李然然凑过来看了好几次都被他用手捂住屏幕。

"渊哥，你看的什么东西还不让我俩看啊？"周辉笑了下，咬了一口香菇，"你该不会大白天的看些……"

"滚，我又不是你们。"顾渊没抬头，"吃你们的吧，以后我的事你们少管。"

李然然吐了吐舌头，耸耸肩膀看向周辉。

"看见没，渊哥居然也有秘密了。"

"小然然赶紧吃你的吧,点这么多你能吃得完吗,你是猪吗?"

顾渊不停地翻着手机,看着网页上那乱七八糟的推荐回答,满脸黑线。

他觉得一定是自己打开的方式不太对,于是默默地将搜索栏里的"惹同桌生气了怎么办"修改成"如何用温和的方式求和好"。

页面刷新,顾渊眼前重新一亮,连忙将手机上那条内容复制了下来。

他点开跟许约的聊天框,点下了粘贴。

顾渊:首项加末项的和乘以项数除以二。

许约生气归生气,但还没到拉黑顾渊的地步。当然,他也没磨叽直接就回复了一条消息过来。

许许如生:?

顾渊:求个和。

刚从超市出来的许约眼睛直勾勾盯着手机屏幕上顾渊发来的两句话,左眼皮跳个不停。

太阳从西边出来的?

有人把刀架在顾渊脖子上逼他打出来的这句话?

还是顾渊的手机被人偷了?

由于思考得过于认真,以至于许约下楼梯时跟跄了一下,差点跪在地上。

好在午休时间周围没什么人,才不至于太丢人。

他一手拿着手机一手拎着塑料袋回了教室,看着满满一教室埋头写作业的同班同学愣了下。今天这都怎么了?一个个都魔怔了?

许约在前排的桌上翻出课表。

果然。

下午第一节自习课被李然然用笔划掉,旁边写着"LY"。许约猜,这是李烨的简称。换课已经完全跟李烨的名字挂上了钩。

顾渊他们还没回教室,许约坐在自己的位置上等了大概十分钟后依旧不见他们人影,他忍不住回了条信息过去。

许许如生:你们吃完没?

顾渊:还没。

许许如生:什么东西需要吃这么久?

从中午放学到现在怎么说也得有一个半小时了,就是去挤百人食堂也差不多该出来了吧。李然然他们居然还在吃……

顾渊:周辉他们说没吃饱,就跟他们出来买蛋糕了。

顾渊:怎么了?

许约脸都黑了。

居然还问怎么了,他懒得解释直接拍了张照片发过去。

许许如生:距离第一节课还有六分钟,你们看着办。

顾渊正低头站在蛋糕店的橱窗前,看清许约发来的那张图片之后,他猛地转身一巴掌拍在了李然然的脖子上。

"我……"李然然被吓了一跳,缩了缩脖子转过来,"渊哥你干吗?吓我一跳。怎么了?"

"你还好意思问?给!自己看。"顾渊伸手将手机屏幕转向李然然,"下午的自习改成语文了你怎么不早说!"

李然然瞅了半天觉得照片里的东西很是眼熟,后知后觉道:"这不是我的课表吗?我的课表……"

照片里的正是李然然的课表跟笔迹。为了防止忘记他还特意做了标记,结果最终还是给忘了。

"苍天!一顿关东煮给我吃忘了,几点了?还有五分钟,周辉你还吃个屁啊,赶紧回班了。"李然然踹了一脚还在旁边专心挑着蛋糕的周辉,直接拽着他的帽子往门外拉,一边拉一边回头道,"阿姨,不好意思,等我们放学再来买。"

顾渊今天穿了件薄一点的外套,拉链都来不及拉,出了店门就往学校冲。周辉跟在后面也顾不上自己的发型,面目狰狞地摆动着双臂。

三人出现在教学楼下喘着粗气的时候,李烨已经出现在二楼楼梯口的位置。

顾渊顾不上其他,直接发了条语音消息出去。

"兄弟,帮个忙,李烨已经在二楼拐角了,我们才刚到楼下。你想个办法拖一下她,我们从左边楼梯上去。"

许约一脸无奈,这个时候又成兄弟了?

还让他拖一下?

怎么拖?

连办法都没想好,许约已经下了楼梯,转角就跟李烨打了个照面。他闭了闭眼,觉得自己的腿跟脑子完全不在同一个频道。

"许约?现在去哪?马上上课了知不知道?"李烨被突然出现的许约吓了一跳,"去找你们班主任?有什么急事?"

"啊?没……我……我找您。"

"找我?什么事?"李烨有些意外,她对许约的第一印象并不是很好。

"我那个……就第一节课……我没去领课本确实不对,就想跟老师来……来道个歉。"许约直直地看着李烨,一本正经地编了几句。

一口气说完之后许约才觉得自己是真厉害。

头一次睁眼说瞎话就这么炉火纯青。

还极其顺口。

李烨比许约还蒙,她尴尬地笑了笑:"啊?就这事啊。没关系,你是新来的不知道也正常,不过现在知道了以后要多多注意。而且老师们说的话都是为你们好,不会害你们的,每个老师都希望你们能好好听讲,考个好成绩是不是……"

许约开始有些听不进去了。

从刚刚接到电话到现在,过去几分钟了?

顾渊他们应该差不多回教室了吧。

"老师,快上课了我们还是先回教室吧。"许约打断了李烨,"我爸肯定会十分感激您这番话的。"

"走吧！"

回到座位，李然然忍不住回头朝许约竖了个拇指，还不忘捂着嘴小声说道："约哥你真厉害。"

许约递了个白眼过去。

"看不出你真挺厉害的。"顾渊看了眼他，压低了声音，"居然拖了她整整五分钟。"

"五分钟很长吗？"许约有点不想理他。

"不长，对你来说可能也就去个厕所的时间，但是对她……"顾渊突然抬眸看了眼讲台，"五分钟她能讲完两小段文言文你信吗。"

许约"哦"了一声，直接从桌兜里掏出语文书。

"我特好奇你跟她都说了什么？她居然愿意浪费自己宝贵到不行的教学时间来听你胡说八道。"

"你不是已经知道了吗？"

"知道什么？"顾渊说。

许约打开语文书翻到李烨正在讲的那页。他转过头指着自己的脸说道："我跟她胡说八道了五分钟。"

这顿胡说八道倒是刷新了李烨对许约的认知，她开始觉得许约是一个叛逆期但知错能改的好学生。以至于上课期间，李烨会时不时冲许约笑一下。

当然，许约自己觉得有些恐怖。到后面几分钟，他干脆直接不抬头了。

一直到下课，看着李烨踩着高跟鞋下了楼，许约才长长舒了口气。

"我说……你们附中的所有老师都这样？"

"哪样？"顾渊有些不解。

"就李烨那样，讲课讲到一半突然冲你笑一下那种。"许约身子忍不住颤了一下。

"那倒不是，不过我们得提前恭喜你成了她新学期重点培养对象。"顾渊扯了扯嘴角,"对了,你语文成绩好吗?"

"也就那样。"许约不想跟他提什么关于成绩之类的话题,随口说了句,"怎么?"

"没,随口一问。"顾渊伸了伸胳膊,闷哼了一声,"下节体育课,先去操场吧。"

一起上体育课的除了几个高一高二的班级还有高三的。

许约有些不自在,往左边挪了挪。

顾渊摘了蓝牙耳机偏头看着许约:"怎么了?"

"我跟你站一起总有一种分分钟被盯死的感觉。"许约似乎觉得他俩之间的距离还是太近了些,又往左挪了一大步。

这回顾渊没给他这个机会,直接伸出胳膊搂着许约的脖子自己也跟了过去。

"你是有被迫害妄想症,还是狗血八点档电视剧看多了?"顾渊放下胳膊跟看傻子似的看着许约。

"顾渊!"

顾渊回头一看,就看到3班的赵晨抱着篮球朝他走了过来。

"啧,差点忘了我们跟他是同一节体育课了。"

许约不用想也知道赵晨来找他是为了什么。

"打球吗?"赵晨跟周辉对视了一眼,然后看向顾渊蹦出几个字,"我们体育老师让我来问问你们班。要不要这节课随便打场比赛?输了的人……请吃饭?"

"这事你找班长,班长不在的话你就找体委。"顾渊说,"找我干吗?怎么也轮不到我头上来。"

"你们班会打球的不就只有你们几个吗?不找你找谁?到底打不打?"赵晨活动了下手腕,"许约你呢,打吗?"

"他也不打。"顾渊往旁边看了几眼,"那边不是有高三的正在打吗?放着现成的不要,非要来找我们这些闲杂人等。"

这是顾渊头一次把许约归在了"我们"里面,这让他倍感意外。

"不打球那你们几个体育课干吗？"赵晨问道。

"我还有别的事。"顾渊回道，"你们班已经在查人了，回去吧你。"

赵晨回头看了一眼，迅速带着球跑回了3班的队伍。

许约朝顾渊看了一眼，没好气地说："什么时候轮到你替我做决定了？我说我不想打球了。"

顾渊瞥了他一眼："你？打球？你中午吃饭了吗就打球？"

被顾渊这么一说，许约才意识到自己中午没有吃午饭。

好巧不巧，肚子在这时不争气地叫了一声。

"行吧，那就不打吧，你刚不是说有别的事吗？怎么还不走？"许约揉了两下肚子往周围看了一眼，"老师还没来，一会儿来了你想走都走不了了。"

"那走吧。"顾渊重新戴上一只蓝牙耳机，点了几下手机。

"我？去哪儿？"许约问。

"带你去吃饭。"

一路上顾渊只是听着歌，没有说话。许约同样沉默了一路，也思考了一路。

顾渊的举动让他觉得很是不解。他们认识时间并不是很久，许约对顾渊的印象用两个字就能完全概括——极差。

但是最近，他突然觉得其实顾渊这人身上还是有很多可爱之处的，比如那个"求和"消息。

林荫路很长，长到看不到尽头，两边的香樟树叶密而幽绿。

许约慢下步子，跟在顾渊身后。

他突然觉得这人其实没有他想得那么糟糕。

十七八岁的少年正值叛逆期，但在顾渊身上，他反而有些看不清。他会瞪着眼睛非要跟他争个高低对错，也会低着头站在教室听老师一顿数落。

"干吗呢？快点。"顾渊顿了下，回头看着许约，"磨磨叽叽。"

"走那么快干吗？"许约轻咳道，"离下课还早。"

"你这是又不饿了？"顾渊扭头轻笑道。

"饿……"

许约加快脚步跟了上去。

进了粉星，顾渊随便找了个空着的位置坐下，回头看了眼站在门口一动不动盯着手机的许约。

"别看了，那有菜单，想吃什么自己点。"顾渊又看了一眼许约，起身走过去拽着他的袖子拽到了凳子上，"请你吃顿饭怎么这么费劲，坐着我去给你点。"

许约轻轻"嗯"了一句头也没抬。

他死死盯着手机屏幕上许陆发来的几条消息。有条时长四十秒的语音，许约懒得点开，直接略过看向底下的几行字。

许陆：小约，听说你跟新同学相处得不错，又开始打篮球了。

许陆：多交一些朋友总归是好的。

许陆：不要担心家里，家里一切都好，你夏阿姨也惦记着你。

"啧……"许约皱了下眉。

一条语音外加三条文字消息，对许约来说没有一条是有用的。

还不如直接把下个月的生活费打过来，他还有可能礼貌地回复几句。

"看什么东西看这么认真？从刚才进门到现在你眼睛就没离开过手机。"顾渊过来坐在许约对面，翘起了腿，"不知道你吃什么，随便帮你点了一份馄饨，没加香菜也没加葱，要的话就自己去跟老板说。"

许约按掉手机，轻声道："不加，谢了。"

顾渊拆薯片的手顿了下："哦。"

"你……心情不好的时候会抽烟吗？"许约抬眸看着顾渊问。

第三章　求和

顾渊有些意外，歪了歪头："未成年不能抽烟。"

"所以我才问你会吗。"许约浅声道。

顾渊将薯片包装袋轻轻捏了下放在桌上，他盯着许约看了几秒："等着。"

许约一脸迷茫，顾渊门都没出反而直接往旁边的食品区走去，最后消失在两排架子中间。

学校什么时候允许便利店出售香烟之类的东西了？

许约哑然。

"来，你的馄饨，慢用。"一个长发女生端着盘子走过来冲他笑了笑，然后很快离开。

许约猜这女生就是李然然他们口中那个长得很好看的店老板，看着年纪大不了他们几岁，面相和善。

她似乎是把自己当成了顾渊的好朋友。

大概过了两分钟，顾渊双手插兜重新坐了回来。然后摸出几根动物形状的棒棒糖直接丢到许约面前。

许约无语。

"别这么看我，不能抽烟，只能吃糖，不知道你喜欢什么口味的，我就每个都拿了，自己挑。"顾渊一边说一边扒拉了几下，"啧，榴梿味的都有，怎么就没有哈密瓜的。我不要了，都给你了。"

许约一边吃着馄饨一边抬头看了他一眼。

一个一米八几的大男生，居然喜欢吃这种哄三岁小孩玩的棒棒糖。

口味还这么挑。

"顾渊。"许约喊出了他的名字。

"啊？干吗？"

"这些。"许约指了指散了一桌的棒棒糖抿了下唇，"不是吃的，一般都是哄小孩子玩的。"

"啊？这样啊。我说怎么跟我之前吃的那些长得不太一样。"顾渊愣了下，靠着凳子晃了两下腿，"反正已经买了，人家也不给退，你要是不喜欢，就带回教室给李然然他们。"

许约不自觉地笑了笑，喝了一口汤。

他重新点开跟许陆的聊天框。

许许如生：我现在挺好的。

直到下课铃响，许约才慢吞吞地扯了张纸擦了擦嘴，站起来看了一眼坐在对面低头玩游戏的顾渊。

"走了。"

顾渊正玩得入迷，"哦"了一声头也没抬直接站起来，跟在许约身后出了粉星。

教室里，李然然额头抵着桌角不知在底下看些什么，旁边的周辉凑过去看了两眼就被按着头推了回去。

许约走到跟前，将兜里一大堆幼儿棒棒糖倒在了他们两人的桌上。

"给，顾渊专门给你们买的。"

顾渊愣了下，这回倒是舍得带上自己的名字了。

二十分钟内听到许约喊了两次自己的名字，顾渊想，既然能喊他名字，是不是代表他们的关系没有之前那么糟糕了？

"渊哥……"周辉盯着桌子看了许久，缓缓抬头道，"你……什么时候开始对这些感兴趣了？"

周辉自动脑补了一下画面，无论他怎么想，都没法把顾渊和棒棒糖联系到一起。

"怎么？"顾渊还没反应过来，"有什么问题？"

"没，渊哥厉害。谢谢渊哥。"周辉随便挑了一个塞进兜里，胳膊肘撞了下另一边低头偷偷看视频的李然然，"别看了，赶紧挑一个。"

李然然"嘶"了一声，抬起手随手抓了一根："嗯？这……渊哥，你换风格了？开始走可爱路线了？高冷霸气校草风玩腻了？"

顾渊没好气地说了句："剩下的你们给其他人分了吧，反正这么

第三章 求和

多你们又吃不完……"

"知道了,来!佳真、赵蒙,还有前排的同学们过来,渊哥请大家吃糖啦!"

过了一会儿,低头看手机的李然然猛地往后靠了下,嘴角都快歪到耳根了。

因为换课的缘故,下节课是自习。顾渊刚趴在桌上准备眯一会儿,就被李然然的鬼哭狼嚎给吓了一跳。

他直接从后面踹了李然然一脚,满脸戾气,跟刚刚抱着棒棒糖的那个顾渊根本就不是同一个人。

"李然然你干什么?"顾渊没忍住直接从桌兜里随便拿了本书丢了过去,刚好砸在了周辉后背上。

"我去!"周辉整个后背都绷直了,"哥,下回你能不能稍微瞄准点。别误伤队友啊。"

顾渊没看他,伸出手。

"拿过来。"

"哦"周辉捡起地上的课本递了过来。

课本前一秒刚到顾渊手上,后一秒就直接朝着李然然脑门飞了过去。

"我错了,对不起对不起。"李然然抱着头,从胳膊缝露出两个无辜的大眼睛,"不怪我,真不怪我。赵晨给我推荐了个动漫说特别好看,就这个。"

李然然将手机横过来放在顾渊的桌上。

许约也往右边靠了靠。

"这什么?"许约看着手机上满屏飘零的樱花,"少女动漫?原来你喜欢这种。"

"呸,要是少女动漫我还勉强能接受。我至于这么大惊小怪的被打吗!"李然然伸腿跨过凳子直接转过来,下巴贴在许约的桌子上,"赵晨跟我说这是恋爱动漫,超级甜。然后我就点开了。"

"然后？"顾渊又从桌兜摸出一本书举在手里，一脸不爽地盯着李然然。

"你先听我说完啊。你能不能别光想着怎么动手啊。你先把书放下……"李然然低头指了指手机屏幕，"你们猜怎么着，这居然是恐怖片！我觉得赵晨一定是故意来恶心我的！"

周辉听完，忍不住低了低头："什么动漫这么刺激？还好我没看。"

"就这？"顾渊举了举手里的书，视线落在李然然的手机屏幕上。

确实恐怖，但还不至于会大白天吓到人。

李然然关掉视频："渊哥你看着这种画面不会觉得恶心吗？这么多血……我都快吐了。"

"吐什么吐，憋回去。"顾渊放下书，"一个动漫而已，你能不能有点出息，看不了就别看，又没人逼着你看。还有，你要是再撞一下桌子……"

"知道知道，我错了哥。"

李然然立马闭紧了嘴，还不忘在嘴边做了个拉拉链的动作。

等到周辉也转了过去，许约才长舒口气，最后忍不住笑了两声。

顾渊被他笑得有些头皮发麻，他往后靠了靠："你干吗？突然这样很吓人的好吗？"

他还是头一次见许约这么笑。一向对他冷嘲热讽的人，居然……在他面前，毫无保留地露出一个高中生该有的笑容。

"没……哈哈，就是觉得有些好笑。"许约低了低头。

"笑什么？"顾渊扫视了一圈，确定身后没什么人之后他才回头看着许约，"你是不是笑话我？"

许约点了点头没说话。

"拿来。"

"什么东西？"许约看了眼桌上，"我这儿没你的书。"

"什么书，把我刚买的棒棒糖还我。"顾渊扯了扯发带。

"幼儿园还没毕业呢吧你？"许约愣了愣，眯了下眼，一张帅脸瞬间就崩了，"不给，从小我妈就教育我，送出去的东西绝对不能收回来，不绅士。"

"我妈没说过，不算……"

听着后排吵得不可开交的两个人，周辉忍不住用胳膊肘撞向李然然，小声说了句："这俩人不应该在这儿，应该去幼儿园。"

第四章 校牌

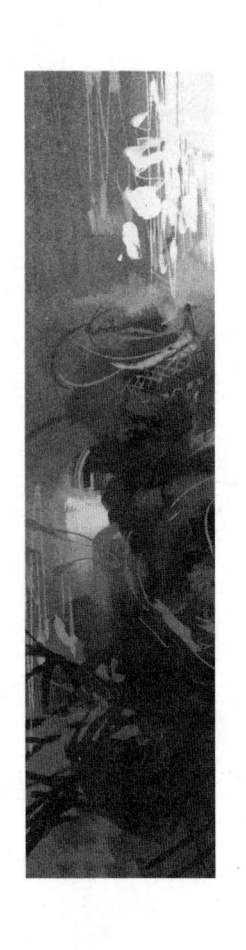

1

距离最后一节课结束还有三分钟。

"今天作业不多,我请你们吃饭,然后晚点去我家打游戏?如果结束很晚的话,许约就睡我家吧。"顾渊把桌上最后一本书扔进了书包,"明天早上没老杨的课,语文在最后一节。"

"嘶……"李然然蠢蠢欲动。

"不去。"许约说。

周辉听得眼睛都直了,他看了一眼许约:"小约约,去吧去吧!渊哥家的游戏可多了。"

顾渊刚喝进嘴里的可乐一下子喷了出来,喷了站在旁边的李然然一裤子。

"我?"李然然立马站定,无助地看着顾渊,"渊哥,你故意的吧?"

"咳咳咳,那什么,没忍住。"顾渊站起来从讲台旁边的工具箱里拿了块抹布过来,隔了好几米丢到李然然手里,"擦擦吧。"

"你刚叫我什么?"许约脸色极差,恶狠狠地盯着前面的周辉。

"那个,别生气别生气。"周辉立马站起来,生怕许约桌上的课本下一秒出现在自己脸上。

"周辉你是真不怕死。"顾渊忽然冒出一句,"平时欺负李然然就算了,你还敢挑衅到你身后这位头上来。"

许约抬头看了眼,他正站在周辉的后面。

哦,原来他就是那位了。

脖子上的疤虽说已经基本看不出了,但并不影响许约记住它的来源。

第四章 校牌

本想回宿舍写生物练习题的许约轻轻晃了下手腕说:"哦,那走吧。"

附中有个行为准则许约一直不太理解,就是无论是你进校门还是出校门,必须出示本人的学生牌。

周辉觉得没什么,从书包里拿出蓝色绳子挂在脖子上。

倒是顾渊,觉得太傻,每回都只是将塑料牌塞进裤兜,等到人家过来查的时候他才磨叽半天从兜里掏出来。

大概是因为长得过于出众,门卫轮流值班的几个大爷都记住了他这张脸,尽管他不出示学生牌,也能进出自如。

许约出来过几次,刚开始是因为没有学生牌,到后面跟大爷混熟了也同样享受到了这种待遇。他头一回觉得长得好看还是有点用处的。当然,这些都是在没有学生会查岗的情况下。

"凭什么渊哥跟许约出校门就不用查校牌啊。"李然然拉开书包拉链将学生牌塞了进去,"太不公平了,怎么看都应该多查查他俩的啊。"

"你闭嘴吧。"周辉翻了个白眼,骄傲地把印着自己照片的那面翻到外面来,"你要能长成他们那样,你也不用天天被大爷查校牌了。"

"怎么你还挺骄傲的呗?"李然然盯着身板挺得笔直的周辉,"一个学生牌都能给你戴出形象大使的感觉。"

"我就觉得我这张照片是有史以来证件照里最帅的一张。比身份证上的好看多了!"

"傻不傻。"

四人并排出了校门,都走出十几米了,突然听到后面好像有几个女生在叫他们。

许约停下来,回过头。

是三个胳膊上别着红色袖章的高三女生。

"你们两个,喊了你们半天了听不见吗?"带头的女生喘了口气,

"出示学生牌,其他人都戴了,就你们喜欢搞特殊是吗?"

离他们最近的几个女生也跟着停下脚步站在一边小声说着什么。

李然然抿着唇,凑近许约耳边说:"这几个好像是学生会的。不知道是看渊哥不爽还是想在他那找存在感,反正……之前就经常找他的事。"

许约"哦"了一声,侧身靠在旁边的路灯上,双手抱在胸前,一脸看热闹不嫌事大的表情。

带头的女生往他这边瞥了一眼:"你,学生牌。"

许约没动:"没有。"

顾渊双手插进兜里看着面前几个女生:"我也没有。"

周辉拉着李然然往后退了几步:"得,这没咱们什么事了。提前心疼这几个女生,你说说她们干什么不好非得惹这两位。"

李然然回答道:"不过渊哥今天怎么了?以往的话给她们看完然后二话不说直接走人,今天怎么这么有耐心?"

"不知道,看戏吧我们。"

那几个女生个头不高,在顾渊和许约面前显得十分矮小。

但很明显,人家并不畏惧。好像胳膊上挂着的那块红布给了她们无穷无尽的力量一样。

"你们俩,学生牌。顾渊,你的也拿出来。"女生提高了音量。

"你都知道我名字还看什么校牌。读书读坏脑子了?"顾渊一语惊人,旁边围观的几个男生跟在后面笑了起来。

能进去学生会的学生怎么说成绩首先得过关,不是全班前五名就是全校前二十名。

顾渊这话一出,后面两个女生瞬间红了脸。

身后好几个男生往前靠了靠,一副小弟模样站在顾渊身后。

"学生会的就是牛。"

"你就不怕被记名全校通报批评?"

"怕什么,这又不是学校里。我说几句话还不行了?是要把我嘴缝上？"

　　许约打了个哈欠，眯了眯眼睛。似乎等得有些不耐烦："还走不走了？"

　　话是对着顾渊说的，但很明显怒气是冲着那几个学生会去的。

　　顾渊垂眸道："我倒是想走，这不有人不让走吗？"

　　谈话间充满着火药味，带头的女生看向许约。

　　"你叫什么？"

　　许约没理她。

　　"我问你叫什么！哪个班的？"女生有些着急，"你们再不说，我可要找教导主任了啊。"

　　顾渊皱了皱眉，起身往前走了几步。

　　"没看人家压根都不想理你啊。"顾渊抬起胳膊指了指许约，"他高二（1）班的，李然然。"

　　女生犹豫了下，迅速拿出笔在本子上记下顾渊和李然然的名字，然后翻了个白眼带着身后那俩跟班进了校门。

　　李然然站在周辉旁边蒙了几秒，然后冲顾渊一顿咬牙切齿。

　　"渊哥，我是不是上辈子欠你的？说卖就卖。"

　　"你皮糙肉厚而且抗揍。"顾渊回过头，"他这身板不行，站几分钟都得靠着路灯。"

　　顾渊身子往李然然跟周辉这个方向倾了下："多半肾虚。"

　　许约瞪了他一眼，重新站好。

　　一到放学时间，学校外的这条街瞬间堵得水泄不通，平常顾渊都是提前走的，碰不上这么多人。今天这位少爷体验了一把什么叫人挤人，挤死人。

　　路边的非机动车道上挤满了自行车和电动车，甚至有些来接孩子的家长来不及停车，直接横叉在人行道上。

　　顾渊满脸不爽。

　　"渊哥，你要早点说我们下午出来吃，那我们提前一点出来也不至于这么挤,衣服都给我挤歪了。"李然然一手拉着书包,另一只手死死地捏着衣角,生怕有人朝他伸出罪恶的咸猪手。

"就你事多。"顾渊眉毛都要拧在一起了。

许约同样被挤得难受,对顾渊说:"以前怎么没发现这条路上这么多人。我突然觉得你每天放学提前走没什么毛病。"

顾渊心里一怔,想说什么最终没能说出口。

"咱们那会儿去吃烧烤的时候还没开学呢,人当然少。"周辉边走边往旁边看,"说真的,我都服了那些家长了,自己孩子都上高中了还要接送。怎么着怕天太黑他们找不着回家的路啊。"

"别说,我妈之前也说要来接我。说什么别人家长都去了,她如果不去就觉得不好意思。我不让她来她就开始说一大堆人生哲理。"李然然低头看着手机,马上要撞上垃圾桶的那刻被许约一把拽到了旁边,"啊,吓死我了。"

"后来呢?"顾渊问道。

"后来?后来我不就直接申请住宿了吗?"李然然拧着眉,"渊哥……我高一就住宿了,合着你心里压根就没在乎过我啊。"

"我没事闲的在乎你干吗?"顾渊翻了个白眼。

另一边的周辉捂着嘴笑个不停。

"所以你是为了躲你妈才住宿的?"许约轻轻拍了下李然然的后背,勉强算是安慰一下他在顾渊那里受伤的心灵。

"算是吧。她们这个年纪的人,都爱唠叨。我又不爱听。"

顾渊走在最前面,突然刹了一下,旁边两个女生没来得及停下直接撞上了他的胳膊,然后脸红着说了句对不起就继续往前走,时不时回头看几眼。

顾渊摸了摸鼻尖,突然扬起嘴角回头看向李然然。

"李然然,我没记错的话,你们宿舍之前就你跟周辉两个人住吧?"

"是啊,现在多了个许约。"李然然放下手机,"怎么?老杨又

第四章 校牌

摸底子了？"

"什么东西？摸底子？"许约一脸诧异，他只听过摸底考试，摸底子是什么他全然不知。

"通俗一点说就是老杨会时不时地私下找班里个别同学问，今天谁上课睡觉了，或者谁惹老师生气了，再或者问晚上查宿的时候咱们班谁不在宿舍……类似这些。"李然然解释了一遍，说完似乎想到了什么，瞬间瞪大了双眼，"我差点忘了。我们今晚不回去的话，我跟周辉理由好找，你怎么办？"

"什么我怎么办？"李然然话题跳跃性太强，许约一时没反应过来他说的是什么意思。

"李然然意思就是晚上会查宿，他俩可以随便找个回家的借口糊弄过去，但你不行。"顾渊摸出一个蓝牙耳机戴上，冲许约挑了下眉。

"我为什么不……"

许约突然明白过来，自己根本不可能回家。

"所以，意思就是，只有我一个人是要被查宿记名是吗？"

"聪明！"周辉肯定地点了下头，"不愧是你，理解能力满分。"

许约停下来，他拉了拉背包肩带缓缓说道："算了，你们几个去吧。我突然想起来我生物练习册还没写完。先回去了。"

说完头也不回地往回走。

顾渊一把拉住了他的胳膊："老师才讲到第二章，你第三章都快写完了吧。今年校级三好学生名额要是不给你，生物老师肯定第一个不同意。"

顾渊往后退了几步，拉着他的胳膊依旧没松开。他缓缓开口道："到时候如果查起来你就说……去我家给我补习生物。怎么样？理由都给你找好了。"

"顾渊……你故意的吧。"

附中旁边的小饭馆环境密闭，气氛有些压抑。再加上有几个抽烟的老头，一顿饭下来，许约东西没吃多少，愣是被呛饱了。

顾渊在前台站了许久，十分钟后才微微皱了下眉，伸手拽了下旁边捂着鼻子的许约："走，换一家。"

许约抬手推开玻璃门，嗓子才好转了些。夜色渐晚，穿堂风一阵阵。许约下意识朝李然然伸了手。

"啊？"李然然一脸蒙。

"你校服先借我一下，有点冷。"说完，许约将李然然转了个圈，从书包里取出了他的校服，直接披在身上。

许约缩了缩脖子，这才回头看向顾渊。

"渊哥，你跟前台那女生到底说什么了磨叽半天？"周辉有些不怀好意，"难不成又是一个给你表白的？"

"表白算不上吧，她就问我有没有女朋友。"顾渊满不在乎地扯了扯发带。

许约心想，这不算表白算什么？查户口吗？

"那你怎么说的啊？拒绝了没？"李然然从最右边转移到了顾渊旁边。

"拒绝了，我跟她说我已经有女朋友了。"

"你这理由可以啊。然后呢？你们不是聊了挺久吗？"

"她又跟我说没关系，然后问我介不介意多一个。"顾渊愣了下，"估计在跟我开玩笑呢。"

"多一个？"李然然似乎没有反应过来，他停下来一把抓住顾渊的胳膊，"多个什么？"

"女朋友。"许约缓缓道。

"对，她问我介不介意多一个女朋友？"顾渊冲许约笑了笑，这次连虎牙都露出来了。

这件事有这么好笑吗？能让他这么开心？

许约有些诧异："然后呢？"

"然后……我就跟她说……其实吧,我现在已经多出来一个了。"

顾渊挑了下眉,嘴角微微上扬,鼻尖的小黑痣在街灯下忽隐忽现。

许约说:"傻子。"

说完许约的手机振了两下,他点开看了一眼,是许陆发来的微信消息。

许陆:小约,你们宿管老师刚刚打电话过来。

许陆:你出学校了吗?是有什么事吗?

许陆的语气里全是小心翼翼。

他累,许约也累。

他突然觉得将所有的联系方式修改成自己的号码更容易让人接受。

许约懒得回,也不知该怎么回,他直接将手机递给了顾渊。

顾渊拿着手机先是一愣,然后看了几眼。

他清了清嗓,按下语音键。

"叔叔,我是许约的新同桌,我叫顾渊,许约现在正在我家……给我补课。"

李然然和周辉再一次呆愣,一脸无语。

许约说:"强……"

没等到许陆再回消息,顾渊直接将手机丢回许约怀里,还冲他挑了下眉。

"搞定了。"

果然不出几秒,许陆就发了几句客套话过来,许约懒得再看,直接将手机装回裤兜。

四人打闹着消失在漆黑的巷口。

路过十六中的校门口,许约忍不住往里瞅了一眼。门口那个警员叼着根烟坐在椅子上透过窗冷眼盯着他们几个。

仿佛下一秒就要拎着警棍冲过来一样。

同样都是高中,怎么区别就这么大呢。

校门口的路灯比其他地方要亮一些,许约回头看了一眼顾渊,突然发现,他的眼角下一小片泛着红,像是蹭破了皮。

许约猜测大概是刚刚出了小饭馆,在巷子里不小心蹭到了那些凹凸不平的墙皮留下的。

"我刚查了一下,从这再往前走个两百米还有一家饭店。"李然然依旧心心念念着他的晚餐。

但其余三人没有半点食欲。

顾渊瞅了眼手机:"算了,都这个点了还找什么饭店啊,我家里还有些零食,将就将就得了。"

周辉跟着点了点头表示赞同。

顾渊又顿了顿:"再往前走走就该到我家小区门口了。"

话是对许约说的,但是李然然听着比谁都激动。

"渊哥,都这么晚了,我俩如果现在突然回家,我妈肯定又要唠叨了。搞不好还可能去找老师。而且吧,万一明早老杨问许约去了哪,我俩还能给他作个人证。"李然然拍了下顾渊的肩膀,打了个哆嗦,"反正你自己住。"

顾渊笑了笑没说话。李然然说得不错,反正他是自己一个人住,多一个也是多,两个也是多,无所谓多几个。更何况大家都是男生,没什么方便不方便的。

许约扯下外套上套着的校服,塞进李然然怀里:"还是你穿着吧,别出来一趟回头又感冒了。"

夜风呼呼地吹着,周辉也忍不住打了个喷嚏,把自己的校服拿出来套在了身上。

顾渊从来不愿规规矩矩地穿校服,脱了校服自然也不会好好放进包里,他从书包肩带上解开了垂在腿边的校服举到许约面前:"给。"

许约道:"你不冷?"

顾渊表情僵了下,拽了拽书包肩带,轻声道:"我又不像你。"

许约觉得自己就多余问他。

沿着这条路又走了两米,顾渊带着人进了自家小区的大门,转头又进了电梯。按下了楼层按钮后,顾渊靠在电梯里微微闭上眼睛。

"你家里有酒精吗?"许约很纳闷,顾渊眼角下蹭到的那小片伤口越发红了,怎么他一脸平静好像一点感觉都没有。

顾渊没睁眼,看起来像是累了。他单手插兜,另一只手拽着书包稍稍侧着身。

"酒精?你怎么了?又受伤了?"周辉眼睛不由自主地往许约脖子那儿看,"你脖子那快好了吧?"

许约摇了摇头,转过脸抬头看向电梯间的数字逐步增加,直到停在了二十五层。

顾渊眯了眯眼,他揉了下眉心先一步走了出去。

"到了,就这。"他闭着眼右手覆上门把手,两秒之后门自动开了。

顾渊随手将书包丢在一旁的鞋柜上,然后整个人扑倒在沙发上。从进门到现在,他完全没睁开过眼睛,仿佛这些事情已经成了习惯。

李然然和周辉换好了鞋,直冲次卧。

看起来他们不像是第一次来。

许约叹了口气,脱掉自己的外套站在门口的脚垫上,环视四周。房间不大,普通的套房,装修风格简约,充满着现代感,各种家具色系偏冷调,倒是很符合顾渊的审美。

"你家有酒精吗?"许约又问了一遍。

这次顾渊倒是回了一句"没有"。

"那我现在出去一趟,别睡得太死,等下记得给我开门。"许约从顾渊的校服兜里摸出几张十块钱纸钞,转身离开,顺手带上了门。

出了电梯许约环视了下四周,这个小区虽说不大只有四幢高层,但是喷泉、花园、游泳池应有尽有。

等他买好东西返回楼下,站在电梯前伸手按下按钮没反应之后,他才长长叹了口气。他忘记高档小区的电梯都是需要刷卡的。

许约又摸了摸兜。

自己出门太急根本就没带手机出来。

许约重新返回小区门口的值班室,有个看着年纪不大的保安正趴在桌上睡觉。他收回了手,搓了一把脸。

他在寒风里站了十分钟,这个保安丝毫没有醒的预兆,许约终于忍不住敲了敲窗。

保安揉着眼睛眯眼看向他。

"你好,我忘了带电梯卡。"

"哦。哪个苑哪幢几楼的?叫什么?我这得先做个登记。"

许约无语。

"你不住这里?"保安眼神有了些警惕,他站起来,"这么晚了你找谁?"

"算了,这个是在旁边药店买的医用酒精。"许约将手里的袋子放在保安室的窗台上,回头指了指,"那幢,2503室,有人受了点伤需要酒精消毒,麻烦你帮我送上去吧,谢谢。"

这声谢谢来得太快,根本没有让人考虑的余地。

保安不情愿地接过袋子打开看了一眼,是医用酒精没错。

"那行吧,我现在帮你送上去。没其他事的话你可以走了。"

许约点了点头,转身离开。

转过身的那个瞬间,他还是忍不住低声骂了一句。

没现金,没手机,就连自己的外套也没带出来。

顾渊趴在沙发上睡得迷迷糊糊,半梦半醒。为了防止自己睡着,他选用一条胳膊撑着自己的脑袋。等了快三十分钟后他终于听到了敲门声。

顾渊缓缓起身,穿好拖鞋眯着眼从里面打开了门。

"你下楼买个东西怎么这么慢,你是不是有……你是哪位?"顾渊声音变得冷淡了些,他探出脑袋往门外看了看,"许约人呢?"

"哦,你朋友让我把这个给你送上来。"保安将手里的袋子递了过来,冲顾渊笑了下,似乎并没有打算离开,像是在等待顾渊的感谢。

"我问你许约呢?"

"许约是谁?"保安愣了下,"就刚刚楼下那个又高又帅说自己没带电梯卡的那个?"

"没带电梯卡?"顾渊说着就拨通了许约的微信通话。

很不巧,刺耳的电话提示音在他身旁的桌上响了起来。

"怎么出门连手机都不带?"顾渊立马清醒了不少,"他人呢?就你说的那个人现在在哪呢?"

"哦,刚走。"

"走了?往哪走了?"

"出了小区往东。"

顾渊愣了两秒,立马套上自己的外套甩掉拖鞋破门而出。

留下身后手足无措的小保安。

现在的时间点,回宿舍简直就是自投罗网,许约倒吸了口凉气,伸手凑到嘴边蹭着呼出来的一点点热气。他往前走了几步路过一家商店,想了半天他折了回来。

"老板,有自热火锅吗?随便拿一桶。"许约敲了敲前台的桌子,愣是将正在做梦的中年男人拉回现实。

"啊?"中年男人擦了擦嘴角,眼神涣散。

"我说,拿桶自热火锅。随便拿个就行。"许约重复道。

店老板哦了一句,打开橱窗挑了半天,最终丢了一桶过来:"六十块钱。"

"多少?"许约顿了下,看着手里已经拆开包装的自热火锅眨了眨眼睛,"这个?六十块钱?"真够随便的,随手一挑就是这里面最贵的。

许约低着头看了眼手里买完医用酒精仅剩的三十块钱。

"那个，大叔。你这……能赊账吗？"许约尴尬地摸了摸鼻子，轻声说道。

"我看你这小孩长得白白净净的，没有钱你买什么东西啊，还赊账。是不是霸王餐吃多了给你惯的啊，大晚上的真晦气。"店老板加重了语气，"你爸妈没教过你买东西得带够钱吗？没钱就找你爸妈来。"

许约眼角微微下撇。反正已经打开了，退肯定是不能退了。

他索性抬眸看向店老板："那热水有吗？"

"你这小子，是不是故意来找事的啊？"店老板似乎有些生气，转身就摸了根塑料棍出来，"你们这些十六中的小混混，天天不学好也就算了，找事还找上门来了。"

许约低头咳了下，刘海扎进眼睛里。

也是，毕竟这里靠近十六中，将他认错也不是没有可能，更何况，他现在就是一个身无分文只能赊账的孤儿。

"你今天哪儿都别去了，就在这里待着。要么让你家里人过来把钱结清了再走，要么明天一大早咱们一起去派出所。"

"孤儿"许约这下连话都不想说了。

夜色更深些，温度骤降了好几度。店老板忍不住从里屋拿了件厚外套出来披在身上。他抬眸看了眼靠在门框上的许约。

"你说你们这些孩子，干什么不好非得学坏，这立春虽然过了，但温度还是低，出门就穿一件也不嫌冷？"

要不是因为没手机，他也不至于大半夜的只穿一件衣服站在这里挨冻。

而且，为什么他要出门？脸擦伤的又不是他。

简直就是多管闲事。

"不冷。"许约连头都没回。

"你这小子……切,那自己冻着吧。反正不到天亮你别想走。"店老板直接一屁股坐下,随便找了部电影看。

没过几分钟,许约就开始犯困,他半眯着眼盯着面前这条无人的长街。嗓子又疼又痒,连鼻子都开始给他添堵。

就在他脑袋快撞到门框上的时候,一只手伸过来垫在了他的脑门和门框之间。

"啧,怎么这么可怜?"顾渊笑了下,迅速将身上的外套披在许约身上。

许约微微睁开眼,看清来人后瞬间瞪大了双眼。

"顾渊?你怎么……"那种失落感突然消散,许约怔怔地看着面前身子微微颤抖的顾渊。

"出门不带手机?我真想不通你这脑子里到底怎么想的。"

"当时着急,就忘了。"

"那你买医用酒精怎么给人家付的钱?"

"出门之前从你衣服兜里拿的现金……"

"那你买完为什么不跟着保安一起上来?"

"人家不让进……"

"那这不是有人吗?干吗不打个电话?"顾渊提高音量,指了指身后正一脸蒙盯着他俩的店老板。

"没想到……"

"行,许约,是真行……还有最后一个问题,你,现在站这是准备干吗?"顾渊握紧双手,控制着自己给许约脸上来一拳的冲动。

"学习如何自立……"

学习自立?顾渊忍不住翻了个白眼,长这么大,头一回见把赊账说得这么清新脱俗的。

顾渊抿了下唇,突然转过身一脸不爽地看向前台的店老板:"多少钱?"

"自热火锅六十,热水两块钱。"

顾渊摸出手机扫完付款码之后,直接拎着许约的衣领走人了。

许约跟在顾渊身后,顾渊走他走,顾渊停他也停。

一路走走停停,俩人终于回了家。

李然然和周辉完全不见外,到了顾渊家就直奔两个次卧去了,只剩下一间主卧。

顾渊坐在客厅的地毯上,拧开了医用酒精的瓶盖。

顾渊没有开客厅的顶灯,屋里只有茶几旁边的一盏落地灯在黑暗里暗暗发着光,光影照在顾渊的半张脸上。顾渊在那边挤眉弄眼地拿着棉签蘸了些酒精,无奈他笨手笨脚弄得到处都是。

许约实在看不下去了,将顾渊的外套挂在衣架上,换了一次性拖鞋走过来,坐在顾渊对面的毯子上。

"我挺服你的,这么半瓶酒精倒下去,没一滴是擦在伤口上的。"许约伸手将顾渊手里的棉签拿过来,顺手丢进垃圾桶里,"那些斜视眼都没你这么歪的。"

"十分钟前,好像是我亲自出门把某人给捡回来的吧。"顾渊抬头看着许约,"而且某人能不能稍微有点自知之明,现在在我家,坐在我家的地毯上,用着我家的棉签……"

顾渊盯着茶几上的半瓶酒精沉默了几秒,最后缓缓道:"还用着拿我的钱买的酒精!"

许约没再说话,伸手将顾渊的脸斜了四十五度,他取出一根新的棉签蘸了些酒精,轻轻擦在顾渊眼角下破皮的地方。

"你别恩将仇报啊,下手能不能稍微轻点!你要是李然然的话,我可能已经一巴掌打过去了。"顾渊的头往后缩了缩,缩到一半又被许约一把拽了回来。

"别动,不想留疤就忍着。"许约继续擦拭着伤口,他抬头看着顾渊的眼睛,"为什么打李然然?他招你惹你了?"

顾渊冷笑了几声,硬是将"因为你看着比较虚"这几个字憋了回去。

清理完伤口,许约抬头看了眼挂在墙上的钟表。

"今晚我睡哪儿?"许约往两个次卧看了眼,"别指望我跟那俩挤。"

顾渊说道:"你去主卧吧,我今晚睡沙发。"

许约"哦"了一声起身往主卧走去。

顾渊诧异道:"喂,我就是稍微客气一下。"

"我觉得你家这沙发跟床也没什么区别。"许约低沉的声音响起,带着高中男生变声期的嗡音,他吸了吸鼻子,"我没跟你客气,晚安。"

没等顾渊站起来,许约已经进了卧室顺手锁了门。

主卧很空旷,除了两个并排的衣柜和一张床其余什么都没有,显得有些冷清。

许约站在落地窗前,夜风从窗户缝隙间吹了进来,他忍不住打了个喷嚏。脑子昏昏沉沉,眼皮也快要架不住,许约直接关了窗躺到床上。

蒙眬中……卧室的门好像被人从外面打开……

哦,原来进来的时候忘记拔掉外面的钥匙了……

头好晕,身子也好热……

就像溺水般难受……

什么东西在我额头上……

好凉,但很舒服……

第二天清早,许约被自己的手机闹钟吵醒,他侧了下头,一小块冰凉的一次性毛巾顺势掉在了枕头上。

原来昨晚不是做梦。

是顾渊。

可他是怎么知道自己发烧的?

许约还没想明白，顾渊就直接推门而入。大概是刚洗完澡的缘故，他的额头上还未戴上他那万年不离其身的发带，蓬松的头发在他指尖缠绕着。

顾渊一边拨弄自己的头发，一边朝许约看了一眼。他右手拿着一条蓝红相间类似发带的东西，短袖的领口微微敞开，露出半边锁骨。

顾渊的眼眶周围有些暗沉，像是没休息好的样子。

"你昨晚发烧了知道吗，傻子？"

许约懒得理他，"哦"了一声直接套上自己的衣服进了浴室。

等到四人全部打理完毕，李然然先一步推开门按了电梯下行按钮。

"你一会儿回学校先去宿舍拿件衣服，昨天烧得挺厉害，我家没药，只能给你弄几条湿毛巾擦擦。"顾渊将书包甩在背上，"如果还难受的话就请个假回去躺着，今天的笔记到时候我给你写书上。"

"不用，到学校买点退烧药就行了。"许约应道。

"哦，那你随便。"顾渊猛地拉上门，在李然然之前进了电梯。

许约前脚刚踏进教室，后脚上课铃声就响了起来。

第一堂课是英语，许约从包里取出刚买的退烧药直接塞进嘴里，连说明书都懒得看一眼。

他从桌兜里摸出昨天剩下的半瓶矿泉水灌了下去，随后将英语课本平铺在桌上，侧着脸贴了上去。

顾渊时不时打着哈欠，十分钟前还能用胳膊勉强撑着自己的脑袋，十分钟后已经彻底跟许约一样把脸埋进了课本。

"顾渊、李然然、许约、周辉，杨老师叫你们去他办公室一趟。"

不知谁在门口喊了一句，顾渊听到自己的名字触电般抬起头，满脸睡意四处张望，直到视线定在了窗外。

英语老师同样停了下来，她先是看了看教室门口的女生，然后转头看向教室最后一排。

"你们四个现在去杨老师办公室一趟,可能找你们有事。"

许约睡得昏天暗地,完全没动一下。

倒是顾渊,直接撞了下他的胳膊。一下没撞醒,顾渊又给了一下。

"顾渊你是不是找骂?"许约抬起头满脸不爽地看着顾渊,起床气这玩意儿太磨人,尤其是在生病的情况下,"你不碰我能死啊?"

愣了两秒,全班一片哗然。

顾渊脸色瞬间就冷了下来,他直接一脚踢开凳子出了门,消失在楼梯拐角处。

"许约……那个,老杨喊咱们四个去办公室,你刚睡得太熟了,渊哥才……"周辉尴尬地笑了一下,"刚刚英语老师下来看到你在睡觉都有些生气了,渊哥跟她说你发烧了刚吃完药……他不是故意吵醒你的。"

许约突然有些后悔。

"我知道了。"许约站了起来揉了下眼睛,冲李然然说道,"走了。"

许约跟李然然还有周辉下了楼,转角就看到顾渊靠在墙边,像是在等人。他轻咳了下,伸手推了一把顾渊的胳膊:"走了。"

十六七岁的男生就是这样,不会过于斤斤计较,哪怕上一秒滚在地上打个不可开交,下一秒就能勾肩搭背称兄道弟。完全不需要任何一句道歉的话就能重归于好。

许约将顾渊推到了老杨办公室门口,自己跟在李然然和周辉身后。

"报告!"

老杨正低头批改作业,看到四人之后,脸色都变了。他将桌上放着的一厚沓作业本往左手边推了推。

"进来。"

顾渊往前挪了两步。

"都给我站进来!"

顾渊又往前挪了两步。

许约突然发觉老杨上课的态度，跟不上课的时候完全就是两个人。起码从语气上就能听出来。

"知道为什么叫你们来吗？"老杨扶了下眼镜腿。

"不知道。"顾渊沉默了半刻，缓声道。

知道也装作不知道，这是常年出入办公室得来的经验。

"不知道？"老杨的音量提高了些，他将桌上的监控照片丢在顾渊身上，"不知道是吧？来，你自己好好看看。这照片上的是不是你们几个？先不说顾渊、李然然、周辉，你们两个昨天上报给宿舍后勤部的理由是回家，许约是外出探亲，那你们能不能给我解释一下，为什么在学校操场附近的监控里看到你们四个在一起？"

李然然半蹲着捡起几张照片，看了一眼。照片是黑白的，右上角还挂着当天晚上的具体时间，甚至精确到了秒。

但许约只有一个较为模糊的背影。

证据都有了，放弃抵抗坦白从宽吧。李然然心里是这么想的。

见所有人不肯开口，老杨重新坐回去，眼神恢复如初。

"顾渊你平时迟到、早退、上课睡觉，我睁一只眼闭一只眼也就过去了，怎么你现在还学会组团了？你是不是还想被叫家长？还是说这么大个海市附中已经盛不下你这尊活佛了？"

"家长？"顾渊说，"您还敢把他们叫来学校？"

这一回答倒是提醒了老杨，他长叹了口气。

许约从老杨的眼睛里似乎看到了一种无奈又心疼的眼神，虽说只有一瞬间。

"顾渊、李然然、周辉，你们三个每人两千字检讨，下午给我交上来。照片是校主任早上交到我手里的，这件事的影响有多大你们知不知道？下周一的晨会要通报批评。"

顾渊随口应了一声，表示自己知道。

"还有你，李然然。你胆子还挺大啊？顾渊叫你去你就去啊？下

第四章 校牌

午让你爸妈来学校。"老杨翻了个白眼,转过头继续批改作业,对许约的处罚丝毫不提。

"老师,夜不归宿这件事我也有错。"许约指了指自己,"检讨书我下午也一起交过来。"

老杨的手顿了下,微微攥紧了拳头。

"你……行,你们四个,下午全部给我交上来。我现在是站在办公室里提醒你们几句,到了下周一你们几个就等着晨会上被校主任批评吧。都回去上课去吧。赶紧走!看见你们几个就来气。"

四人被轰出办公室,走到楼梯口的时候顾渊一把拉住了许约的胳膊。由于力气太大,许约直接被甩到了墙上。

"干吗?"许约眼里充满着怒气。

"我倒是想问你,你想干什么?你是不是有病啊,照片里压根就看不清楚那人是你,更何况老杨他压根就没准备罚你,你这又是什么意思?自投罗网?不虐自己几下你浑身难受?"顾渊瞄了眼许约,右手按在他的肩膀上。

"出校门的时候怎么不先想想会有这样的后果?"许约瞪向顾渊,甩开顾渊的手,继续说道,"昨天晚上我有没有跟你们几个在一起?"

"在……"李然然低着头,"但是照片里……"

"别但是了,有什么可但是的。"许约斩钉截铁,突然看着顾渊笑起来,"回教室。"

顾渊叹了口气看向李然然:"我觉得他是真有病。"

而且还病得不轻。

回到教室,许约像个没事人似的又把脸贴回了课本。

顾渊这下彻底清醒了,他将胳膊撑在桌上下巴靠在手背上,斜着眼看向许约。

许约睡觉向来会把半张脸埋进胳膊,凌乱的刘海遮住了眼睛,弓着背,眉毛微微皱起。看起来睡得极其不舒服。他右脚往前伸了一些,调整了一下姿势,皱起的眉毛才缓缓舒展开。

顾渊喷了一声，拿起一支笔，在自己的课本上开始写起了笔记。

随着第四节课的下课铃声响起，周辉直接从凳子上弹起来。

"啊？你这是在……做笔记？"周辉瞪大了双眼，"不行，我得看看今天太阳是从哪边升起来的。顾渊同学居然在记笔记！我还以为你在写检讨书。"

顾渊压根就没看他，只是将黑板上的重点公式抄写到自己的课本上。

两分钟后，他撞了下许约的胳膊："醒醒，放学了。"

许约缓缓睁开眼，他朝窗外看了一眼，伸了个懒腰。看起来状态比早上好了不少。

顾渊觉得是退烧药起了作用。

"去粉星还是去食堂啊？"李然然嘴里叨着笔帽，"要不今天去食堂吃？天天吃粉星钱包扛不住。"

顾渊惊讶道："你的钱包扛不住了？"

"不是不是，是你的……你的。"李然然将笔丢在桌上，冲许约挥了挥手，"许约你现在感觉怎么样？好点没？头还晕不晕？"

"好多了。"许约回道，"也不晕了。"

"食堂那么多人。"顾渊显然不是很愿意挤食堂，他往林荫路上瞅了一眼，"你看看那，全是去食堂的。"

李然然跟着看了几眼。

"那算了，我们今天还是去粉星吧，我是想着食堂应该有清淡的粥或者汤之类的，许约不是发烧吗？"

顾渊看了一眼许约。刚好对上了许约投过来的目光。

"那走吧。"顾渊万般无语，"偶尔吃一次也不是不行。走了，再磨叽到时候连饭都没了。"

许约乐了一声。

于是，四人出了教学楼直奔学校食堂。

第四章 校牌

附中的食堂说大不大，说小也算不上小。主要是因为学生多，就显得很拥挤。

顾渊盯着1号窗口前排的长队皱了下眉。长这么大从来就没排过队的他脸色瞬间就沉了下来。

"顾少爷，你就收起你这副架子吧。"许约从消毒柜里拿了两个餐盘，将其中一个放进顾渊手里，"学校食堂都这样，不是只有你一个人会饿。"

顾渊脸都绿了。

"你以前也住宿？也挤食堂？"

"不住。"许约愣了下，"早上出门，晚上回家，中午吃食堂。"

顾渊点了点头："也是，学校又不是开在家门口的。"

许约站定，眼睛盯着地板发起了呆。

他之前的学校离家很近，从学校出来步行十分钟就能回家。但许约不想，要不是那高中宿舍申请人数已经达到上限，他甚至想晚上连家都不回。

顾渊随着队伍往前跨了一大步，回头却看到许约还站在之前的位置。

"你怎么了？"周辉轻轻拍了下许约的肩膀，"发啥愣啊？快往前走，别被旁边的人插队了。"

许约回过神来，端着餐盘往顾渊的位置走了一步。

顾渊微微低了低头："是不是又烧了？"

许约伸手将手背抵在自己的额头，然后转过身以同样的方法抵在周辉的额头上。

"没有。"

顾渊直起身子转过身，多少有些尴尬。

那我弯腰的意义在哪？

不就是为了让你探体温的吗？

许约笑了笑，拍了一下顾渊的后背："下次想干这事之前，能不能考虑一下你头上这碍事的发带。"

"还有个什么下次。"

被看穿的顾渊脸色一阵白一阵红,他再也没有回头看许约一眼。

距离1号窗口还有不到五米的距离,前面排队的同学突然一哄而散,每个人脸上都挂着"不高兴"三个字。

顾渊站在最前面手里拿着餐盘眼睁睁地看着打餐窗口关闭,他忍不住骂出了声。

"李然然,这主意是你出的吧,你说,现在怎么办?"

许约皱着眉头看着其他窗口前排的长队,现在想重新再换一个队有些不现实,重要的是他们如果换来换去,到最后可能连汤都喝不到。

李然然抓了抓脖子:"哥,这……真不怪我啊。谁知道这食堂……这么坑啊……饭菜都是限量的。"

顾渊将手里的空盘子直接叠在了李然然的盘子上,回头连同许约的也直接丢给了李然然:"你自己吃食堂吧,许约,走了。"

李然然和周辉没有跟过来,顾渊人高腿长,一步跨过去那些小个子都得跟着跑两步。

许约最开始还跟得紧,到后面直接停了下来。

"喂,不至于吧。大不了以后不挤食堂了。"许约说,"心情不好?因为李然然?"

"不是。"顾渊停了下来,回过头看着许约,"因为……"

因为老杨口中提及的父母。

"算了,没事。"顾渊深呼吸了下,"走吧,现在去粉星应该还来得及。"

许约没有继续问下去。

粉星便利店距离教学楼和宿舍都有些距离,一般很少有人愿意跑这么长的路来这里吃饭的。

顾渊推开门，一眼就看到了坐在前台值班的短发女生。

那个女生同样看到了顾渊。

"呦，怎么现在才来？这都已经过饭点了。"

顾渊径直坐在了凳子上："食堂没饭了。"

"你还吃食堂？"短发女生冲他笑了笑，回头看着门口站着的许约，"你朋友？"

"啊。"顾渊微微抬眸，他朝许约招了招手，"站那干吗？进来。"

等到许约过来坐好，顾渊指了指短发女生说道："她就是我以前跟你提过的那个老板朋友。"

许约并不意外，他点了下头："知道。"

他一向不善于与女生交流，许约从兜里拿出手机自顾自玩起消除游戏。后来顾渊和那个女生说了什么，他完全没听进去。

一小碗清汤面出现在桌上。

顾渊往他跟前推了推："我跟老板说了你今天发烧，只能吃清淡的。她给你单独煮的面。"

顾渊盯着许约的眼睛，仿佛在等一句谢谢或者夸奖的话。

然而这人只是拿起筷子闷头吃起了面条，一个字都没说。

"你爸妈之前来过学校？"许约突然冒出来一句。

顾渊顿了下，他将嘴里的面条咽下去抬头看着许约："吃你的，面都堵不上你的嘴吗？"

"听老杨的意思，他还挺怕你爸妈的？"许约舀了口汤，"他们怎么了？"

顾渊脸色一变，突然摔下了筷子，盯着许约的眼神都变得凶狠起来："你家如果不住大海边就少问这些。"

说完，顾渊直接起身出了粉星，留下许约一个人坐在桌前呆呆地看着他离开的背影。

前台的短发女生耸耸肩，坐在了顾渊的位置上。

"以前没见过你。"

"刚转来的。"许约咬了口面条,"跟顾渊是同桌。"

短发女生并没有因为第一次见许约就拘束,看起来很好相处的样子。

"高一的时候,顾渊打架被叫了家长。他爸妈没来,来的好像是他们家接送顾渊上下学的司机。当时老师发现后很生气可能说了很多气话,第二天,顾渊的爸妈直接去找了校长。后来发生什么就不太清楚了。反正闹得很僵。"

"嗯,我知道了。"许约拿出退烧药,就着面汤吞了下去,"姐,帮我拿块面包。哦对了,有没有哈密瓜味的棒棒糖?"

女生似乎有些意外,她起身往前台走了几步,弯腰从一侧的架子上拿出来一根:"巧了,上次顾渊还抱怨没这个口味。给,今天刚到的。"

许约接过面包和棒棒糖起身付了钱,冲着短发女生笑了笑,转身离开了便利店。

回到教室,许约一眼就看到趴在桌上一动不动的顾渊。也不知道是在生闷气还是在装睡。

他站在过道里,伸手晃了两下顾渊的胳膊:"喂。"

顾渊微微抬头,满脸烦躁:"干吗?"

"给,面包,还有这个,哈密瓜味的。"许约从兜里拿出一小个塑料袋丢在顾渊的课本上,"还有,我家不住海边。"

顾渊笑了下,把自己的几本书丢过去:"给,有今天课上老师画的重点,虽然我没怎么看懂,但你看得懂就行。"

许约翻了几页,有些诧异。

这人的字不像是他能写出来的,虽说带了些连笔,但一眼看上去十分整洁。

"谢了。"许约手里忙着翻阅课本,只好微微晃了几下胳膊表示感谢,"检讨书别忘了。"

"知道，都快抄完了。"顾渊拿了几张白纸出来，最顶端的"检讨书"几个大字有些刺眼。

之后的几天，顾渊收了些性子既不迟到也不早退，除了中午不愿意挤食堂之外，其他行为在许约眼里看来，算是破天荒。就连上课都坐得端正，只是眼神会游走于黑板和课本之间。

老师布置的课后作业顾渊就是抄答案也会认真抄完。

有时候晚上他也会偶尔给许约发微信，不过大多都是问那些没有答案的题应该怎么写。

大家一致觉得是那份检讨书起了作用。

"听这么认真，那老师讲的那些你会做了吗？"许约低声道。

"不会。"

许约翻了个白眼。

为期两天的周末对所有附中学生来说，简直就是短暂的救赎。

周五下午倒数第二节是李烨的课，她今天心情格外好。

顾渊上课抄生物作业被发现也没有被丢出教室，李烨只是敲了敲他的桌子告诉他学习要用对方法。

顾渊居然乖乖"嗯"了几声后收起了练习册。

"渊哥，周末两天时间呢，你现在抄这个干吗？"李然然嚼着口香糖，回头看了一眼顾渊桌上的本子，叠在最上面的那本写着许约的名字，"许约你都已经写完了啊。真厉害……我还打算等星期天下午再补作业。"

许约轻轻"嗯"了一声继续看向黑板。

"你见我周末写过作业吗？"顾渊头也没抬，抄完最后一行之后合了本子看了眼李然然，"你抄吗？"

"抄！"

顾渊将自己的本子随手扔过去。

"你呢，周末打算干吗？"顾渊转了两下笔，"反正你作业都已经提前写完了。"

"写完了。"许约拿回自己的作业本直接塞进了桌兜里,"李然然跟周辉他俩周末回家,我为什么不趁着这两天好好在宿舍补觉呢?"

顾渊说:"你平常爱睡觉也就算了,周末也睡?你睡神附体啊?庄周都没你这么能睡。"

"庄周是什么?"许约愣了下。

"最近很火的一款游戏里面的人物。算了,说了你也不知道。这个世界还真是神奇,居然有不玩游戏的男生,你简直是另类。"顾渊笑了笑。

许约完全没把最后一句话当作重点。

不玩游戏的男生多了去了,你没见过又不代表没有。

"哦,这话你去跟李然然和周辉他们说,但凡他俩能老老实实睡觉,不打呼噜不磨牙不说梦话,我至于大白天的睡觉吗?"许约揉着眉心,"你跟他们睡一晚就知道了。"

顾渊无语。

教室前排,李烨还在黑板上写写画画,后几排的同学已经听得昏昏欲睡,李然然抄完了作业头都没回直接将本子传了回来,他晃了半天没人接,最后直接放在了许约的桌上。

"所以,你周末准备干吗去?"许约低头从裤兜里摸出手机看了眼时间,"还有十五分钟下课。"

"还没想好,到时候再说。"顾渊轻咳了下,"老师下来了。"

许约立马收了手机,拿起笔。

好不容易到了下课,顾渊开始将桌上的课本练习册往书包里塞。

许约看了一眼李然然桌上的课表,说:"不是还有节自习吗?"

顾渊没说话,倒是前面的周辉转过来,满脸睡意:"不啊,每周五最后一节说是自习,其实是全校大扫除。你看对面那些,早都已经拎着抹布在楼道表演二人转了。"周辉向窗外指了指。

许约的目光跟了过去,教学楼是回型的,对面走廊里已经有很

第四章 校牌

多学生拎扫把的拎扫把,涮抹布的涮抹布,还有几个把笤帚当防身武器的隔空比画了几下。

"好吧……"许约站起来伸了个懒腰,疲惫感尽散。

全校大扫除而已,至于这么夸张吗,之前的学校里总有一些人在这种时候就跟中了彩票似的激动地在走廊里叫喊。

"今天的分组我安排一下。"叫佳真的女生站在讲台上,敲了敲黑板,"第一小组负责教室所有的窗户和走廊外面的墙,抹布后面有,不够的话就把一整条撕开。第二小组跟第三小组打扫教室里的卫生,桌子摆整齐,黑板也要用水擦两遍,粉笔也要重新领,到时候老杨要来检查的。最后,第四小组所有人清理我们班的室外清洁区。都听清了吗?"

"听清了!"

"听清了听清了,我先拿抹布去咯!都别跟我抢啊。"

顾渊突然愣了下,眉毛都开始不停地抽搐。不仅是他,就连前面的李然然也跟着撇了撇嘴。

许约不是很理解这几个人脸色为什么突然变差,他用胳膊撞了下周辉。

"我们?第四组?"

"嗯。"周辉说。

"那室外清洁区在哪?"

"林荫路。"

李然然扛着长扫帚,出了教室门就开始不停唠叨,一路上抱怨个没完没了。

昨夜刮过风,林荫路上全是树叶,整个第四小组拿着清洁用品踩在树叶上发出沙沙的声音。

许约脸皮薄,不像李然然走得那么正气凛然,他随便拿了个扫把拖在地上拖了一路,到最后停下的时候才发现,落叶已经在他的扫把旁边成了一小堆。

好巧不巧,堆在路中间。

路过的每个人都自觉往旁边绕开好几步。

"李然然、周辉你们两个往前面走点,那小段就交给你们了。"名叫赵亮的男生指了指不远处,然后转过身看向顾渊和许约,"你们两个就负责这一小段吧,然后我跟邵波去周辉他们后面那段,这样打扫起来比较快。佳真你带着女生往洒水壶里接点水,到时候我们差不多也扫完了。"

周辉点了点头,拖着一脸不情愿的李然然打扫去了。

分配好了工作,一堆人轰然而散,该干吗干吗。

顾渊看了一眼许约身后这条路,抖了下肩膀,左手从兜里拿了出来。

"愣着干吗?扫把给我。"

许约说:"我出来就拿了这一个。"

"一个也给我。"顾渊伸手,"我觉得要不然你还是跟着班长她们去打水吧。"

许约不愿意,他没再理会顾渊,直接转身往刚刚安排的清洁区走了。他将身后那小堆落叶用扫把拖到了路边,回头看了一眼顾渊。

果然,这人居然直接从女生手里抢了个扫把过来。

"许约!渊哥!你们快来看!"

许约回过头,看到不远处的李然然不停地冲他们挥手,还时不时指指旁边的绿化带。

顾渊先一步走了过去。

林荫路两边并不平整,尤其是靠近矮树丛的位置会有很多小土坑,许约走过去低头看了一眼。其中一个小坑里,居然有只黑色蝴蝶,它的翅膀有一块残缺,奄奄一息地贴在一旁,触角微微颤动。

"还活着!"李然然蹲下来,指尖轻轻碰了下黑色蝴蝶的翅膀,"还有反应。"

"它还挺聪明,知道爬进这坑里。要是在路上,早就已经是

第四章 校牌

个标本了。"顾渊双手环胸低头,他看了眼另一边蹲下去的许约,"你们……该不会觉得能救它吧?你们不会是想把它弄进医院或者诊所吧?"

顾渊满脸黑线,救人救小动物他见得多了。但是捧着个蝴蝶去找医生,他们多半会被当成神经病。

许约伸手轻轻捏着蝴蝶翅膀,将它从土坑里拎出来放在手心。

"能不能活下去就看它自己了,如果我们把它丢在这里……"许约凑近了点,轻轻碰了下蝴蝶的触角,"最后一定会死。"

顾渊盯着许约看了半天。

神经病就神经病吧,他摸出手机打开了浏览器。

"你们等着,我去弄点糖水来。"顾渊随手将校服脱下来扔给许约,"你别拿着它了,先放我校服上吧,有没有毒还不知道呢。"

说完,顾渊丢下扫把就往最近的商店跑。

三分钟后,许约远远地就看到顾渊的身影,手里好像捧着什么东西,走得很慢。

他起身往顾渊的方向走去。

直到看清顾渊手里捏着的矿泉水瓶盖,里面盛了水。

瓶盖太小,水又太满。

有几滴顺着顾渊的手心滑进他的衣袖里。

"网上说的,蝴蝶能喝糖水。试试吧。"

许约突然笑了起来,他将蝴蝶小心翼翼地放在地上,然后将瓶盖放在一旁:"网上还说什么了?"

"没了,就说了这个。"顾渊抬眸。

蝴蝶在两人面前忽闪了几下透亮的蝶翼,又往前缓缓爬了几步凑近瓶盖,触角跟着颤了一下。

顾渊低着头看得仔细,缓缓露出了笑容。

"它真喝了!我还以为网上都是瞎说的。"

"嗯,看到了。"许约道,"说不准,一会儿还会飞呢。"

"趁现在，给它取个名字吧。"

"啊？取名？"许约问。

"嗯，就叫它小黑算了。反正长这么黑。"

"一般情况下，小黑可能是条狗。"许约拿出手机对着正趴在瓶盖边缘喝糖水的蝴蝶拍了张照片，"算了，小黑就小黑吧。"

许约看了看照片，里面除了拍到的黑色蝴蝶，矿泉水瓶盖，散落一地的落叶，还有顾渊白皙修长的左手。

他点开微信，带着图片发了一条仅自己可见的朋友圈。

第一个朋友，和小黑。

托佳真和赵亮的福，整个教学楼前的林荫路比起之前要干净不少，落叶堆被分了好几次倒进两侧的垃圾桶里。

"小黑"也被许约放在了矮树丛里，那里既安全又给它提供了休息的地方，至于能不能重新飞起来，就看它自己的造化了。

顾渊捡起许约身后横在地上的扫把："你走不走？周辉他们都带着东西回去了。而且这里面已经很安全了，一般情况下没人会闲得没事往草丛里走。"

许约拍了拍衣袖，将顾渊的校服扔回去："其实我还挺想亲眼看它能够重新飞起来的。"

顾渊套好校服之后胳膊肘撞了几下前面站着不动出神的许约。

"你要真舍不得，干脆拿回宿舍当宠物养着得了。"顾渊喃喃道。

"就冲李然然跟周辉他俩那股好奇劲？"许约深呼吸了下，"算了，走吧，回教室。"

"给。"顾渊将扫把递到许约面前，"你先回去，我有点渴，去买瓶水。你要吗？帮你带。"

"那就拿个矿……"许约的话卡在一半，因为顾渊早就已经跑出了几米远。

直到放学铃声响起，许约都没再看到顾渊的身影。就连他整理

第四章 校牌

好的书包也被遗忘在桌兜里。

许约自然知道顾渊已经写完了这周老师布置的所有作业,拿不拿书包对顾渊来说没什么区别,但他还是直接从顾渊的桌兜里把书包拿出来,跟自己的书包一起甩在身后。

周五的食堂依旧是限量的饭菜,看起来比以往更少了些。不过好在学生的数量少了一半,许约终于吃到了来附中之后的第一顿学生餐。

说不上难吃,只是他居然有些怀念跟着顾渊、周辉他们一起吃饭的时候了。

平日里李然然跟周辉两人小吵小闹给这破旧的小屋子带了些生机,可现在,许约推开门,望着空无一人的宿舍发起了呆。

果然,一个人的时候,情感总会变得微妙起来。

上一秒还说宿舍没人就能好好睡一觉的他,这一秒突然有了强烈的落差感。

习惯了一个人,刚好有人冒冒失失闯了进来,等到他们突然消失不见的时候才会后知后觉,原来自己并没有真正的习惯孤独。

许约就是这样一个人。他可以拎起行李说走就走,也可以放慢步伐为某个人停留。

不知过了多久,许约终于动了一下,他从行李箱里拿出了那个破旧的红色盒子,指腹轻轻摩擦着已经褪色的盖子。

整个校园好像跟着他一起安静了下来,没有了往日的喧嚣。

许约突然觉得自己这个人极其没劲,平时上课期间跟顾渊、周辉他们混在一起倒被掩盖掉了一部分。

但是现在,这种无趣就暴露在自己眼前。不爱出门,不打游戏,除了抱着手机循环播放一首令人压抑的歌,没有其他的事情做。

整个宿舍只能听见李然然桌上那个电子钟表发出的滴答声。

许约闭了闭眼,戴上耳机。

在他昏昏欲睡的时候，从耳机里传出了几声微弱的消息提示音，夹杂在轻音乐中。

许约缓缓睁开眼，拿过放在身边的手机。

顾渊：在哪？

漫漫黑夜，路途泥泞，顾渊发来的两个字，如同一束强光，穿过层层薄雾，撕开了缠绕在许约身旁的孤寂。

顾渊：小黑在我这，它现在能自己爬了。

顾渊：感觉过不了多久就能飞。

顾渊：我人现在就在林荫路。你要不要过来，我怕一会儿它直接飞走了。

许约猛地坐起来，随手扯了件外套直接跳下床。耳机线被随便地揉成一团塞进了裤兜里。

许许如生：来。

顾渊小心翼翼地看着趴在自己掌心的黑色蝴蝶，另一只手竖着护在它周围，生怕一个不小心，这脆弱的小东西就被风吹到地上。

就连他自己的呼吸都无意识地跟着变得浅了一些。

直到许约出现，他才放下另一只手冲远处的人影挥了两下。

"下午放学你人去哪了？连书包都不要了？"许约声音很低，微微喘着气，像是一路小跑过来的，"它不是在那放得好好的吗？干吗突然把它带出来？舍不得还是放不下啊？"

"不是，大哥，麻烦你先搞清楚，几个小时前蹲那挪不开脚的不是你吗？舍不得放不下的不应该是你吗？跟我有什么关系……"顾渊愣了下往前靠近了一步，将整只手举到了许约眼前，"我只是瞄了一眼天气预报，上面说明天可能有小雨，所以就想着干脆带出来得了。"

实话实说不行吗？非要编个自己都听不下去的理由，明明天气预报说的是晴天。

"你看……好像真的能动了，好像还能爬。"许约有些小激动，双手轻护在顾渊的手指外侧,眼睛直勾勾地盯着,"你看,它刚刚是不是扇了几下翅膀。"

顾渊闷声哼了两下,捏着小黑的翅膀放在许约手里:"给,你自己拿着,别离我这么近。你身上这什么味啊?怎么闻着一股饭味?"

"在食堂吃的晚饭。"许约轻轻碰了下小黑的触角,笑了笑,"周五人不多。"

"你自己?"顾渊好奇道。

"不然呢?"

"一个人吃饭不觉得无聊吗,你早说我就跟着你一起去了,我到现在还没吃过学校的学生餐。"顾渊话音顿了下,补充道,"不过既然你已经吃了那就算了,到时候回家我自己叫外卖得了。"

"外卖?"许约没反应过来,"哦,我差点忘了,你是一个人住。"

仔细想想,偌大的房间里除了顾渊自己零零散散的几件衣服和必备的生活用品以外,完全没有其他人生活过的迹象。

许约还想问些什么,但理智告诉他,再深究下去就真的会碰上顾渊的高压线。

顾渊同样怔了下,很快回过神来看着许约不语。

"哦对了,忘了跟你说。本来没当回事但你刚刚提了一嘴外卖我就突然想起来了。"许约掩着嘴往前走了一步,凑近顾渊的耳边,用极小的声音缓缓道,"上周刚看的新闻,说有些外卖用的油都是地沟油。还有很多原材料都是前天剩下的,还有那些带着报复社会心理的人会往饭菜里……"

"许约你够了啊,恶不恶心。"顾渊一把推开许约,"以后还让不让人吃饭了,不吃外卖你给我做饭啊。"

许约顿了下,一时不知道接什么。

"要不……"

"要不……"

两人不约而同开口,顾渊笑了下,耸耸肩膀:"你先说吧。"

许约清了清嗓子："那什么……你不是没吃饭吗？反正都出来了，要不，就……"

"就什么？"顾渊问道。

许约愣了几秒，舔了舔微干的下唇："我跟你去吃饭，省的你自己回去吃那地沟油，既贵又不干净。"

顾渊实在忍不住笑出了声。

两人一左一右，他们拉长的影子被映在林荫路上，带着温柔和丝丝惬意。

真正的春天似乎在不知不觉中悄然降临。

掌心的黑色蝴蝶时不时扇动着翅膀，一阵风吹来，它的身子歪了几下。

下一秒，它犹豫片刻穿过手指间的缝隙悄悄爬上了许约的指尖，翅膀扇动的频率也越来越快。

"顾渊！顾渊！你看！"许约左胳膊不停地撞着顾渊，"看啊！"

顾渊摘了蓝牙耳机没好气地看着许约手背上的黑色蝴蝶。

看清之后，顾渊的眼睛跟着亮了一下："还真抢救过来了？"

话余之际，黑色蝴蝶突然在他们眼前划出了最完美的曲线。

它扇动着翅膀环绕在顾渊和许约的头顶，像是用自己的身姿演示着短暂的道谢，几秒后便往两人左上空飞去。

"许约！你右手边墙上靠着个自行车！"顾渊眼睛直直地盯着黑色蝴蝶的身影，右手指着林荫路右侧的人行道，"右边！"

许约回头，还真有。

恰好车子的主人似乎还忘记上锁了。

许约右腿直接跨了上去："顾渊！坐上来！"

"来了来了，快点跟过去。"

顾渊二话没说直接岔着腿坐在了许约后面的座位上，眼神依旧不离半空中那一丁点的黑色身影。

"那边，往那边飞了。你能快点不，都要看不到了。"

第四章 校牌

蝉动

"你是不是最近吃得太好了啊,怎么这么重……"许约一边蹬着自行车一边回头吐槽了一句。

"你哪来那么多废话,是这自行车的问题好吗?哎呀你快点,右边右边,看头顶。"

许约骑车带着顾渊不知道往前行驶了多少米,两人双双抬头,看着"小黑"在空中时高时低,时快时慢。

即便残缺了一部分翅膀,也能因为向往天空而拼命一跃。

许约拉了手刹,左脚站定,仰着头看着黑色蝴蝶渐行渐远,它越过附中的围墙消失在了半空中。

"顾渊,你以后能不能好好学学怎么骑自行车?"许约胸膛起伏微微喘着粗气,他低下头侧脸看了眼车子后座上笑得合不拢嘴的顾渊。

他还从来没见顾渊笑得这么开心过。

"前面那两个!你们俩给我站那儿!我……我的自行车!"

许约回过头,远远地就看到一个矮一点的中年男人跛着脚跑两步停三步,喘着粗气往他们这个方向赶。一边赶一边抬着胳膊指着他俩。

顾渊嘶了一声,撞了一下许约。

"那好像是校主任,全校上上下下估计只有他腿脚不利索。估计这车也是他的,怪不得都不上锁。"

"啊?"

主任这两个字对许约来说并不陌生,甚至产生了条件反射,他猛地将车子随便靠在旁边的墙上。蹙眉想了几秒:"那我们是站这等他?还是自己过去?"许约有些心疼主任,走起来都费劲,别提跑了。

"等他?许约你是脑子被门挤了?我发现你这人很钟情于'送人头'啊,一份检讨不够你写的还要再来一份啊?那你自己玩吧我就不奉陪了。"顾渊翻了个白眼甩了下外套，转身就往校门口狂奔。

许约闭眼对着远处一瘸一拐的身影默念了几句抱歉，转身加快脚步跟了上去。

一番折腾下来，顾渊停在了一家快餐店门口，他回过头看着离自己三米开外弓着背双手撑着膝盖的许约。

"你是……真能……跑啊。"许约头也没抬，脸冲着地面胸膛起伏着，"不就……稍微借用了一下他的自行车吗，又没偷没抢的，跑……跑什么。"

顾渊长舒了口气："啊？我……条件反射，后面有人追你，你能不跑吗？"

许约乐了，他抬起头抹了把脸："也是，就冲你这张嘴，能活到现在挺不容易的。"

长这么一张嘴还能活到现在，没两下子是真不行。

顾渊"啧"了一声，推开了左手边快餐店的大门。

这家店干净整洁，地理位置也有着很大的优势，刚好位于两所高中和一幢写字楼中间，从早到晚生意都很火爆。除了附中和十六中的学生喜欢来这以外，还有一些白领也会选择来这里就餐。

除了方便以外，还有一点深得年轻人青睐。

快餐店里有一面墙，装饰简约，周围有几串小灯泡绕在墙上，旁边放着各种形状的便利贴。墙上贴满了各式各样的心愿条，有希望见到自己喜欢的明星的，有想谈一场恋爱的，还有几张抱怨上学太累的……

"你先点吧，我不喜欢一个人吃饭，另一个人看着。"顾渊拿起桌上的菜单看了几眼丢到了许约这边，"要不是为了你那什么'小黑'，我现在可能已经在家看着游戏直播，喝着可乐吃着满桌子的外卖了。"

第四章 校牌

虽说许约是吃过晚饭的,但经过刚刚又跑又笑,现在安静坐下来才发现,他的肚子居然莫名其妙叫了两声。他随便选了份盖饭后将菜单推到顾渊的面前。

顾渊看都没看直接拿着菜单走向前台,用右手比画了个数字"2"。

等到他重新拿着手机回来坐好,许约四处张望的视线才慢慢移回顾渊脸上。他眼角下的伤口已经好了,甚至连一点疤都没留下,倒是他自己,脖子虽然好多了,但瘀青还没完全褪掉。

顾渊翻了几下手机,抬眸问:"请你喝奶茶,想喝什么口味的?手机给你,自己看着选一个,选好点底下那个加号就行。"

许约怔了下,这人什么时候这么好心了?还要请他喝奶茶?

他接过手机看了几眼,随便挑了个带冰的果茶又将手机递回去:"觉得过意不去了?良心发现了?还是说你有什么别的目的?"

他总觉得顾渊这个人不怀好意。

顾渊眯了下眼:"什么意思?"

"嗯,没什么。就是问你干吗突然请我喝奶茶。"许约纳闷道。

"哦,没为什么,人家一杯不给送。"

许约裹了裹外套,突然觉得有些冷,好像还有几只乌鸦从头顶掠过。

正当许约自己尴尬的时候,他兜里的手机振了两下,本以为是李然然回到家要给他炫耀电脑和游戏机,结果手机一拿出来,许约就后悔了。

屏幕上显示着大大的两个字——许陆。

跟其他人不同,许约给所有人的备注都是全名,其中还包括了他的父亲。

顾渊瞥了一眼,低头喝了一口茶水:"你爸的电话?"

手机催命似的振着,许约毫不犹豫按了挂断,然后将手机屏幕朝下扣在了桌上。

"嗯。"

没过几分钟,许陆又发了几条微信过来。

许陆:小约,是不是在上晚自习?

许陆:下课能给爸爸回个电话吗?

许家父子俩的相处方式,永远都是一副试探的口吻。

许约盯着桌面看了两分钟,最终还是一把捞起手机转身推门而出。

海市的天气很怪,明明前几天傍晚还冷到他连门都不想出,最近几天晚上却从风里感受到了细细的暖意。

许约解锁手机,直接拨通了许陆的电话。

"是……小约吗?"许陆有些迟疑,甚至不太相信这通电话是自己儿子打来的。

"嗯。"许约答。

"是不是刚下自习课?爸爸没打扰到你吧?"许陆愣了下,继续问道,"海市不冷吧?生活费还够用吗?周末有没有跟朋友出去玩?"

许约顺势蹲了下来,指尖不停地在地面上画着什么,他懒得解释为什么附中周五没有晚自习,面对许陆的众多问题,他也只是随便挑了几句作答。

"不冷,够用。"许约听着电话背景音里传来几声小孩的啼哭声,缓声道,"夏岚不在?"

"你夏阿姨刚出门买菜去了,所以……"许陆后半句话没能说出来,就直接被许约打断了。

"我知道了,挂了吧。我跟同学在外面。"许约犹豫了半晌,继续说道,"我挺好的,你不用担心我。"

离家一个月,光从声音听来,许约觉得许陆像变了个人。不知道是感冒的原因还是其他什么,他总觉得电话里这人带着浓浓的鼻音,时不时重重地呼吸着。

许约缩了缩脖子,全身上下都在抗拒着对方小心翼翼的情绪。

第四章 校牌

"许约?"

身后的玻璃门被人从里面推开,顾渊沉着语气轻轻喊了句。

许约怔了下回过头,他吸了吸鼻子站了起来:"打完了,进去吧。"

许约拿着筷子一下又一下地戳着盘子里的米饭,突然没了食欲。

顾渊将两根吸管插好,从桌上两杯一模一样的果茶中随便挑了个推到许约面前。

"你跟你爸的关系……是不是很不好?"

许约没想到顾渊会问得这么直接,也许是接触的时间久了,许约并未对此生出厌恶。

他没说话,只是咬着吸管点了下头。

"那……你妈妈呢?"

"早都不在了。"

顾渊的手顿了下,他眸子颤了一下,缓缓抬头看着许约。

许约突然鼻尖发酸,他睁大眼睛靠在椅子背上,仰起头直直盯着天花板,片刻之后等到眼前的水雾散去,他才轻咳着低下头。

"五年前癌症去世的,那时候我还小,总能听到别人说'这小孩没了妈',后来听得多了,也就习惯了。"许约微微后仰,硬是扯了个笑容出来,"直到后来长大了点,才真的知道什么叫没了。"

"我爸这个人向来不硬朗,以前家里所有事情都是我妈一个人打理的,很多人都说他没什么本事……"许约继续说道,"但是我知道,他很爱我妈。"

"不然也不会想着带上我陪我妈一起死了。"许约淡淡说道,仿佛在讲述一件事不关己的故事。

顾渊听到这,闷头喝了几口果茶,凉意瞬间在身体里蔓延开。他突然明白了眼前这个人为什么永远都是一副高冷不容任何人接近的样子。

"那时候是冬天,江边很冷,水淹到我膝盖的时候,我爸牵着我的手站了很久，然后就抱着我哭。"许约抽出吸管随意放在桌上，"最后问我怕不怕。"

五年前的冬天，天气晴朗，傍晚温度骤降，但夜空里繁星点点，月光肆意铺在两人身上。许约矮矮的影子映在许陆的后背上。

那个时候许约身后背着印有卡通人物的硬壳书包。

那是他母亲送给他的十岁生日礼物，许约爱不释手，坚持背了两年。

他很冷，整个身体都是冰凉的，冷水灌进了鞋子里，裤腿里。

许陆眼神无光，他攥紧了许约的右手，蹲下来摸着他的脸，笑着说："小约，怕不怕？"

江面波光粼粼，一圈圈水纹往他身边漾，许约怕黑，他甩开许陆的手往后退了好几步，一个踉跄坐在了江边，开始放声大哭……

"大概是因为我哭的声音太吵太难听，才勉强拉回了我爸的一丝理智。"许约自嘲道，"再后来……"

再后来，许约学会了积攒心事，从此他的世界里再也没了分享二字。

不会分享快乐，也不会宣泄悲伤。所有的心事早在他的内心深处打了结，生了根。

那之后的好几年，他们院很多邻居都能看到小小的许约独自一个人背着书包出门，在傍晚夕阳西下之时再独自背着书包回来。

直到上了高中，少年长高了些，头发留长了些，眉眼清凛了些，卡通人物的书包也换成了黑色的背包，永远都微微仰着头，双手随意地插进裤兜。

眼里却早就没了光。

许约跟许陆的关系也是那个时候开始冷下来的。

快餐店里安静了好一会儿，只有身后的音响放着轻快的音乐。

许约的背抵在身后的餐桌边沿，突然笑了笑："所以你应该庆幸你还能见到我这么个大活人坐在你面前。"

一直沉默着的顾渊突然被逗笑了，他伸手推了一把许约的肩膀："大晚上能别说这些神不神鬼不鬼的吗？吃好没？吃完了直接去我家吧。周末学校又没几个人，你一个人在宿舍待着也是待着，反正平时也没人会去我家。"

"李然然和周辉不是人啊？"许约没憋住，笑了出声，"他俩要是知道你这个当大哥的从来没把他们当人看，估计得哭个死去活来，昏天黑地了。"

"他俩太吵。"顾渊挪开凳子，手机扫了下墙上的付款码，转账成功后伸脚轻轻踢了下许约的凳子腿，"走了，回家。"

出了门，他们并排走在人行道上。

两人一路无语，什么也没说，但又什么都明白。

顾渊突然停下脚步，侧身看着许约："坏了，我好像有东西落在快餐店了，你在这里等我一下，马上就来。"

说完，顾渊转头就往回跑。

推开那扇玻璃门，顾渊径直往那面心愿墙走了过去。他随手撕下一张便利贴，贴在了空白的地方。

他咬掉笔帽，趴在墙上认真地写下——

许约一定不会停留在过去。

周日午后。

"我先回学校了，垃圾我顺道帮你带下去。"许约换上了自己的鞋子，弯腰拎起了放在门口的黑色塑料袋，"还有，你自己看着点时间，别睡过了。今天晚上看自习的是老杨。"

卧室的门没关，顾渊趴在床上闭眼轻声呢喃了声"嗯"，怕许约没听到，他又转身冲着门口喊了一句："知道了。"

许约暗自笑了笑直接关上了门。

虽说两人周末是为了打游戏才相聚在这里，但实际上却是顾渊自己一个人坐在客厅的毯子上玩了整整一夜的单机游戏。

理由就是，许约真不是块玩游戏的料。

手笨，眼花，反射弧还长。

刚开始顾渊还愿意教他哪个键位是前行，哪个键位是攻击，可没过两分钟，许约就彻底忘得一干二净。

许约出了电梯将塑料袋丢在一旁的垃圾桶里，想到顾渊那句话忍不住笑了起来。

顾渊说："哥哥，说真的，你比那些电脑机器人还要菜。跟你当队友估计都来不及点投降。"

大概是想得入迷，没过多久许约就到了附中的校门口。

周日晚自习开始的时间是六点四十五，这还没到五点，门口就已经站着几个戴着袖章的学生会成员在那里查岗。

许约摸了摸兜，周五出来得太急，校牌好像落在床上没带出来。

许约站定脚步，拿出手机寻找他人生第一个救兵。他点开微信，看了一眼好友列表。

列表从上到下按照首字母顺序整齐排列。

G：顾渊。

L：李然然。

X：许陆。

Z：周辉。

想了想此刻正趴在床上补觉的顾渊，他皱了下眉。

直接下一位。

许许如生：李然然，你人在宿舍吗？我校牌在床上。

等了大概两分钟，许约并没有得到任何回应。他又奔向最后一个救兵周辉。

许约懒得再打字，直接将刚才发给李然然的那句话选中复制了过去，然后改掉主语。

许许如生：周辉，你人在宿舍吗？我校牌在床上。

第四章 校牌

周辉：不在，我人还在公交车上。

周辉的消息回得倒挺快，但内容却一点价值都没有。

许约叹了口气按灭手机，转身直接往操场后面唯一一块矮墙走去。

附中操场太大，再加上这里是角落，一般很少有巡查的警卫员过来。最靠里的墙头被人踹掉了砖块也没人发现，以至于后来翻墙的男生多了起来，一来二去，残存的砖块被蹭了个一尘不染。

许约伸手轻轻蹭了蹭："简直比顾渊的作业本都要干净……"

操场外面是一条长街，平时人比较少。两侧整齐排列着梧桐树，许约一脚蹬着最近的那棵树干，双手扶着墙使劲一撑，伸腿直接跨了进去。

许约拍了拍手，突然有点理解那些喜欢偷偷翻墙出去的男生到底是怎么想的。

因为真的太爽了。

他到教室的时候，李然然正趴在桌上奋笔疾书写着什么。

许约凑近了些："补作业？"

"是啊。"李然然头都没抬一下，"一会儿晚自习的时候要交。"

"你上周五不是已经抄了顾渊写的吗？怎么？"许约摸了摸脖子，"没抄完？"

"我就不应该抄他的！我当时可能脑子被门给挤了。"李然然哭丧着脸看了一眼许约，他指了指作业本继续说道，"你知道吗？渊哥以前都不怎么交作业的，上周五他把本子给我的时候我还犹豫了一下，但是，我又想着他肯定是抄你的。结果……我看都没看就跟着一起抄了。"

"嗯，他确实是抄我的。"许约从桌兜里拿出自己的生物作业本翻开看了一眼，"没问题啊。就是老师上课时勾的那些题啊。"

李然然突然放下笔，转过身来，毫不客气地敲了敲许约桌上的本子。

"是没错。但是，他给我的，是上节课的作业！"李然然拿起自己的作业本往前翻了一页举到许约眼前，"看！"

两页作业纸，一页上面有老师批阅过的痕迹，另一页就是李然然上周五抄顾渊的那一页，居然是一模一样的内容。

"也就是说，你把上次的作业写了两遍，然后最新的没写？"许约算是听明白了，他实在忍不住把脸埋进胳膊里笑个不停。

顾渊将背上的书包甩到自己桌上，看了眼旁边脸贴在本子上肩膀抖个不停的许约。

李然然猛地站了起来，站在原地死死盯着他。

"你怎么来了？走读生不需要上自习啊。"

顾渊被盯得有些不自在，随手拿了本书轻轻扇在了李然然脸上。

"你管我，学校规定走读生不能来自习吗？这么盯着我干吗？少作妖。"

李然然身子往后仰了下，拉着一张脸，嘴角都快垮到地上去了。他拎起自己的作业本，缓缓道："哥，不带你这么坑人的。"

顾渊收回书，顺带将桌上的书包塞进了桌兜："坑人？我没事闲的啊？直说，什么事？"

李然然将刚刚冲许约抱怨的那些话原封不动又给顾渊讲了一遍，讲到最后顾渊也忍不住笑了起来。

他明白为什么一进教室就看到许约趴在桌上肩膀抽搐个不停了。

顾渊身子往后靠了靠，整个凳子前腿翘起。他从桌兜拿出自己的作业本，往后翻了一页。

"但凡你稍微带点脑子都不至于是现在这样，李然然我真是服你了，抄别人作业都能抄错……"顾渊抹了抹嘴角，"哦对了，你再好好检查一下你的作业本，看看是不是写的你自己的名字？别抄个作业再把我名字直接抄过去了。"

李然然翻了个白眼，拿起自己的作业本转了过去，还不忘抱怨几句："这人怎么就偏偏长了张嘴。"

第四章 校牌

等到李然然重新写完了作业,他摸着手机再一次转了过来,这次连顾渊看都没看一眼,直接把下巴抵在许约的桌上,可怜兮兮地看着他。

"许约,约哥,咱三拉个群吧。"李然然突然转向顾渊,"我们仨,没你。"

顾渊瞥了他一眼,又低头玩起了手机。

"什么群?"许约觉得有点好笑。

"就微信群,我、周辉跟你。就咱们仨!"李然然又重复了一遍,生怕顾渊听不见似的,"以后,周末的作业你写完了就拍下来发群里。"

"那也行吧。"

李然然笑了几声点了几下屏幕:"搞定!我想想群名改成什么比较好……"

说到群名,顾渊的手顿了下,他返回到后台点开了自己的微信。

"李然然,就冲你刚改的那个微信名字,你好意思想群名吗?"

许约听着好奇,之前加好友的时候依稀记得李然然的微信名字好像是个符号,自从改了备注之后,他就没关注过好友列表里面的微信名。

顾渊这么一说倒是引起了他的好奇心。

他点开了李然然的资料卡。

"然然升旗?"许约整个人都僵住了。

这是什么网名,还没有之前的符号看着顺眼。

李然然自己倒是满不在乎,他也跟着点开自己的资料卡看了半天,很满意地点了点头。

"跟我约哥的网名简直绝配!我可真是个天才。"

顾渊忍不住点开许约的资料卡看了一眼。

"你俩真是……人才。"

一个许许如生。

一个然然升旗。

许约的网名也就算了，勉强看着顺眼。

李然然这个可真是……惊为天人。

顾渊抢过李然然的手机，直接将自己也邀请进群。没等到他开口，另一位还在路上的周辉发来了第一条群消息。

辉辉衣袖：这是什么群？

在场的三个人同时无语。

顾渊突然觉得，脑瘫会传染，而且传播速度很快，隔着屏幕就能。

李然然一边点着屏幕一边嘴里小声念叨着什么，反正顾渊没听清。

然然升旗：周辉你取的什么玩意儿。

辉辉衣袖：别说我，你这个名字一出来，我这个已经算不上什么了。

辉辉衣袖：所以你们是背着我搞什么团体活动吗？又是拉群，又是改名的。

辉辉衣袖：哦不对，除了渊哥，就他没改。

顾渊愣了两秒按下了语音录入键："我才不改这么弱智的名字。"

许约尴尬地笑了两声，一时间不知道该说些什么。

"我好像引领了一股不正的风气。"许约微微摇了摇头，十分无语。

"这叫弱智行为。"顾渊说。

"没有啊，我就觉得挺好的。这名字看上去就很有排面，任谁看了都能立马看出咱们几个是一伙的！就跟……就跟前段时间咱们班女生之间流行的闺蜜头像一个性质。"李然然头抬得老高，站得也笔直，"我们这就是好友网名！"

顾渊抿了抿唇，胳膊肘撞了下许约："你尴尬吗？我挺尴尬的。"

"确实尴尬。"许约说，"但是吧，挺有意思的。"

顾渊心思一动，既然许约都这么说了，他再搞特殊就显得有些小气。

第四章 校牌

"行。你们三个牛。"

顾渊改好了微信名,往群里发了个消息。

渊渊想抱:好了。

"哥,你这个,比我俩还要秀。"

上课铃尾音渐匿,老杨准时出现在教室前门。他在教室里转了两圈之后,最终停在了三组和四组的过道里。

高大的身影挡去了大半的灯光,暗影之下老杨敲了敲顾渊的桌子:"你们四个出来一下。"

说完,他先一步出了教室后门。

李然然站起来叹了口气,小声说道:"完了,老杨一找,好事全跑。"

顾渊从后面推了他一把,回头看了眼刚站起来的许约:"估计是关于明早晨会通报批评的事。"

"嗯,猜到了。走吧。"

第五章

选择

第五章 选择

老杨站在四人对面,背过手不停地走来走去,满脸焦虑。

倒是许约、顾渊、李然然、周辉四人面无表情地看着老杨,视线随着老杨的步伐一左一右。

"老师,你能别这么走来走去了吗?走得我头都要晕了。"李然然皱着眉低下头看了一眼自己的鞋尖。

老杨本身就一肚子气没处撒,这下倒好,直接停了下来指着李然然骂了半天。从学生的安全问题到个人思想品德问题,最后直接上升到了班级荣誉。老杨挨个说了个遍。

顾渊昨晚刚熬了一整夜,加上白天又没睡多久,此刻正靠在墙上睁一只眼闭一只眼,身子不自觉地往许约那边靠。

他头一回觉得老杨的话比上课时更助眠。

"尤其是你!顾渊!怎么说我也给你当了快两年的班主任,你就不能稍微给我少惹点事吗?虽然你今天表现还不错,还知道主动来上晚自习。"老杨拍了一把顾渊的肩膀,"但是,明天晨会通报批评的时候少在上面嬉皮笑脸。我记得上次你上台是不是还冲高一的招手来着?你是觉得这件事显得你威风吗?你要是因为成绩优秀站在那里,你爱怎么笑怎么笑,爱怎么招手怎么招手,我管不着。"

老杨皱了皱眉,抬头纹立马蹦了出来。

顾渊有些费劲地睁开双眼,说话都有些吐字不清。

许约轻咳了一声,抬眸看向老杨:"他说知道了……"

教育完了顾渊,下一个轮到许约,老杨突然叹了口气,脸色瞬间冷了下来,刚刚激动的情绪稍微平复了些。

"许约，你可是老师们眼里公认的好学生。不能总是跟着他们几个混日子，知道了吗？"

许约"嗯"了一声，斜着眼瞅了一眼旁边正翻白眼的李然然："知道了老师。"

"行了，我就强调这么多。"老杨搓了搓脸，"你们进去上自习吧。李然然你再往后面转一次就拿着本子趴到楼道去写。"

"哦……"

回到教室，许约随便拿了本练习册出来，老杨在教室里转了两圈后就出了后门下楼去了。

顾渊将校服随便堆在桌上，闭着眼直接埋了进去。

顾渊均匀的呼吸声突然加重，趴着睡觉有多难受许约是亲身体会过的，他低头看了眼时间，用笔戳了戳李然然。

"他昨天一晚上没睡，下了晚自习能不能清醒过来都不好说……要不你俩一会儿放学直接给他送回去，或者校门口打个出租车把他塞进去算了。"

李然然因为抄错作业的事心里还在闹别扭，他撇着嘴摇了摇头。

"不要，他刚坑完我你还指望我给他送回去！做梦！反正我不去，要去让周辉自己去。"

周辉一向犯懒，尤其是刚挤完公交车，他犹豫了半天，最终缓缓开口说："直接让他今晚睡我们宿舍算了。反正有张床空着。"

"周辉你疯了啊？空着的那张床就是一个床板，褥子、被子什么都没有，你确定要把他放上去？明早等他醒了死的就是我们两个了。"李然然扯了一下周辉的耳朵，"你在下铺，让他跟你挤一张床得了，方便。"

"那还不如我自己去睡那床板呢。"周辉狠狠挠了几下脖子，眼珠子转了几圈之后转到许约脸上，然后不怀好意地笑了几声，"小许约，要不你俩今晚挤挤，反正你也瘦。"

"我拒绝。"

"小约，帮个忙！"

"不帮，滚！"

周辉冲李然然眨了眨眼睛，李然然顿时觉悟地"哦"了一声，多少带着一丝阴阳怪气。

"许约你看，你忍心让周辉跟我睡那空床板吗？而且咱们仨里面就你最瘦！身材最好！渊哥也比较瘦，占不了多少地……所以……"

"不行！"许约噌地站了起来，"实在不行，让他睡我床，我睡空着的那个床板就行。"

"嗯？那也行！就这么说定了。"李然然跟着站起来拍了一下他的肩膀，"爱你。"

"转回去，别恶心我。"许约皱着眉将李然然跟周辉两个人推了回去。

顾渊一直没醒，睡得昏天黑地仿佛与世隔绝一般。

许约皱了下眉，严重怀疑旁边这人不是在睡觉，而是陷入了重度昏迷。

他忍不住轻晃了两下顾渊的肩膀：“喂！喂！”

顾渊没睁眼，只是整个人往许约这边的桌沿上靠近了些。

睡意未散，他哑着嗓子，稍稍带了些鼻音："嗯……"

许约看不下去，随便拿了本书一把扣在了顾渊的脸上。

"你干吗？我又没惹你。"顾渊半眯着眼，拿掉了脸上的书，满脸不高兴地看着许约，"能不能让我好好睡一会儿？就一会儿成吗？真的困。"

"又不是我让你一晚上不睡的。"许约深呼吸了下，调整好状态拿回自己的课本，"你接着睡吧。"

顾渊转过头不再看许约。

整个自习下来，直到下课铃声响，顾渊都没再抬一下头。

3班的赵晨背着包从教室后门路过，从窗户往里看了一眼又折了回来，靠近顾渊看了一眼。

第五章 选择

"顾渊居然来上晚自习了？我的天……这都放学了他这是在干吗？"赵晨隔空比画了几下，似乎想靠着掌风呼醒顾渊。

众人一脸看傻子的表情。

许约伸手戳了下顾渊的发带："放学了，醒醒。"

顾渊依旧一动不动。

"你们几个到底对他做了什么能困成这个样子？"赵晨跟着戳了几下顾渊的发带，顺势将他额间的碎发往两边拨了拨，"准备怎么办？"

许约心想，什么怎么办，再怎么办，也跟你一个外班的没关系吧。

李然然皱了皱眉，低声道："准备带回我们宿舍，虽然我现在很不情愿。"

周辉跟着点了点头："这位太难伺候。"

没等到许约说话，赵晨一步跨上前。

"你们宿舍住得下吗？"赵晨低头看了眼顾渊，"我们宿舍有个男生今晚刚好请假还没回来，要不让他去我们宿舍凑合一晚。你们宿舍空的那张床我记得只有个床板吧……"

"我同……"李然然的那个"意"字还没来得及说出口，就被许约直接打断。

"不用了。"许约将赵晨隔开，"他有地方睡，而且晚上老师查宿的话，他一个1班的在你们3班宿舍里也不好说。"

许约着重强调了"1班""3班"两个字眼，提醒着在场的所有人。

周辉跟李然然多少有些尴尬。一边是自己同班的室友好兄弟，另一边是关系还不错的好朋友。

顾渊动了两下，伸手揉了揉眼睛。缓缓抬头，一眼对上围了他整整一圈的三张大脸。

他睡意瞬间消散，猛地坐直了身子。

"你们这么围着我干吗？有病啊。"顾渊将校服套好，搓了搓脸。

"给。"赵晨扔了一小包湿巾过来，"用这个。"

"谢了。"顾渊缓了半天，回头面无表情地冲赵晨点了下头。

许约双手插进兜里，不再去看顾渊，拿着手机直接略过顾渊走了。

"喂，你干吗去啊？"顾渊喊住了他。

"宿舍没地方给你睡了，要么你自己回家，要么去赵晨他们宿舍，那刚好有空的床。"

许约丢下这句话头也不回地出了教室门。

留下身后一脸茫然的顾渊。

"我睡个觉惹到他了？"顾渊问。

"没有吧，看着好像心情不太好，估计是因为老杨自习前说了他几句吧。"李然然暗暗说了句，"所以你到底怎么办？你回家还是跟赵晨去他们宿舍？"

"我就不能去你们宿舍？"

"不是不能，你也看到了啊，许约心情不好，他现在肯定不想看到你，万一你去了，到时候你俩要是打起来，我跟周辉帮谁？手心手背都是肉。"李然然口齿清晰说得头头是道，生怕顾渊去他们宿舍似的。

"哦……"顾渊垂眸想了想，"那我还是去赵晨那吧。"

李然然跟周辉是高兴了，心想着终于摆脱了这位难伺候的爷。

而提前离开的许约，则往篮球馆去了。

许约从器材室借了个篮球之后，往最后一个篮球场走去。手机在兜里振了好几下，他一点打开的欲望都没有。

下了晚自习来体育馆的人其实并不多，算上他自己，整个场地里也只有四五个人。除了他以外的几个女生在另外一边打着羽毛球。

小的时候有任何不满的情绪，许约只会憋在心里，一下子能憋好几天。后来长大了，心事愈来愈多，到达了最大值他就急需一个自我发泄的出口，所以篮球就成了令他大汗淋漓心情舒畅的唯一途径。

现在也同样如此。

许约自己一个人运着球，时而带球灌篮，时而三分线外尝试投篮。直到二十分钟后，他才停下来，抹了把汗坐在第一排的看台上。

可是这次跟以往任何时候都不同，烦躁感只增不减。

许约从旁边凳子上拿过自己的手机，打开那个只有他们四个人的群。

然然升旗：渊哥，你要不要过来玩一会儿再睡啊。

然然升旗：许约你人去哪里了？怎么还没回宿舍，你去超市了？

渊渊想抱：洗完就来。

许约直接把这四人群打开了免打扰模式。

可没过几分钟，他的手机又振了下。

许约低头看了一眼，不是群消息，而是顾渊发来的。

渊渊想抱：不在宿舍？

许许如生：嗯。

"那边打篮球的那个，就是你。"

许约缓缓站起来，抬起头。

"时间到了，体育馆要锁门了。你也不用去器材室还篮球了，直接就放在3号场上吧，明天上午刚好有几个班要上体育课。"一位胸前挂着哨子的青年男人站在2号篮球场的看台上冲许约挥了挥手。

"知道了老师，我马上就走。"

许约套上自己的校服，眼睁睁看着那个体育老师锁了场馆大门，礼貌性地冲他笑了笑。

门外就是附中的操场，跑道上有很多女生在一起散步，也有好多跑步锻炼身体的男生，中间草坪上还有围坐一圈做课外活动的学生。

许约走近了些，隔了很远的距离坐下来。

今夜天空无云，抬头就能看到月亮和漫天星辰。

小时候听母亲讲过很多故事，但只有这几句话他在心里一记就是好多年。

那个时候的许约会躲进母亲的怀里，用颤抖的声音小声问道："妈妈，你以后会不会突然离开我？"

再后来，母亲的身体情况更差了些，许约就再也没有问过任何事情。

他只是用毫无波澜的语气说："别离开我，行吗？"

"我其实不曾离开，只是化成了这漫天星河中最明亮的那颗，永生永世都守护着我们家小约。以后害怕的时候，就抬头看看天。

"可能有时候会被乌云遮去，但你要时刻记得那颗星的光芒永远不会消散。"

这个世界是残忍的，并不能因为你的一句话改变什么。

唯一改变的，自始至终只有许约一人。

想到这里，许约忍不住闭上了眼。

不知过了多久，操场的人走了又来，来了又散，换了一拨又一拨。

到最后整个操场只剩下许约一人。

"许约！"

顾渊站在不远处喊他的名字，看到许约转过身，他直接跑了过来。

"你不看时间的吗？"顾渊额间有细小的汗珠，他指了指手机，"你手机干吗用的啊？消息不回，电话不接。周辉都差点直接去找老师了。"

许约站起来摸了摸脖子："啊，不好意思忘了时间。"

"教学楼我去了，粉星、小卖部、超市我都去了，就连理化生实验楼、图书馆、体育馆我也去了，你……"顾渊似乎有些生气，语气很冲，可越到最后他声音越小，"你是真能藏啊。"

许约犹豫了半天，终于被逗笑。

他拍了拍粘在裤子上的杂草："他们几个没陪着你一起？"

"谁们？"顾渊说，"周辉跟我说你没回宿舍的时候，我刚洗完澡，然后我就直接带着手机出来了。没注意其他人，怎么了？"

许约暗自在心里骂了声"傻子"。

"没怎么，回去吧。"

许约往前走了几步，回头发现顾渊站在原地压根没动。

"怎么了？"

"我没打算去赵晨他们宿舍，大家虽说认识，但还没到很熟的地步。"顾渊看着许约的眼睛，认真地说，"所以，你能不能稍微笑一笑让我录个视频，实在不行拍个照片也行。这样李然然跟周辉他俩觉得你心情好了，说不定就愿意给我开门了……"

许约愣了下，瞪大了双眼。

李然然和周辉，居然不给顾渊开门？这俩是没喝酒就已经醉了吗？居然干出这么令人匪夷所思的事情。

一个帅气且有钱的大少爷被两个小弟拒之门外……

多少有点惨不忍睹。

"他俩还敢不给你开门？"许约问。

"那倒也不是……"顾渊缓缓道，"就单纯怕你多想。"

"你到底多大？"

"我十七，怎么了？"

"几月的？"

"十一月。你问这干吗？为人口普查出力？"

许约伸了伸腰，一把搭上顾渊的肩膀，勾着他脖子稍微往下拉了一下。

"没什么，就问问。走吧弟弟，回宿舍。"

顾渊猛地站直身子，不服气地显示自己的身高优势。

周辉在继续等待和去找老师两者之间反复纠结，自己一个人纠结不够，还要拉着李然然一起。

"许约怎么还不回来啊？马上要查宿了。"

"难道迷路了？要不找老师吧？"

重复念叨了整整十分钟后，李然然实在忍无可忍一把将他推出门外。

好巧不巧，周辉直接撞在了许约身上。

"许约？渊哥？你俩这是，和好了？"

许约说："没好。"

顾渊说："好了。"

李然然猛地拉开门，看着门外三个人眨了眨眼睛。等到视线挪到顾渊脸上的时候，他整个人立马蹲了下来。

"渊哥，我错了。我刚刚不该反锁门的，对不起，今晚我睡床板。"

周辉忍不住笑了起来："啧，德性。刚才那副高高在上的丑陋嘴脸呢？"

李然然还想说什么却被许约直接拽着衣领推进了宿舍。

"别站在门口贫了，宿管大妈都已到201门口了。"许约关了门，后背抵在门框上，"我现在不想多看她一秒。"

"啊？为什么？她得罪你了？"李然然从自己床上拿了几包小零食丢进其他三人手里，"你是旷宿了还是晚归了？"

许约咽了下口水："两样都占了。"

晚归那次写了检讨书暂且不说，旷宿直接打电话通知家长了。

周辉忍不住冲他比了个大拇指："牛，相信我。过不了多久你就能跟渊哥一样成为附中的风云人物了。"

许约已经换好了拖鞋，正坐在桌前看着手机，直到宿舍门被敲响的时候，他才迅速将手机塞进李然然的被子里。

顾渊打开了门。

"查宿，你们几个……诶？你是……高二那个，那个叫什么来着……顾渊？是不是？"宿管大妈愣了下，扶着额头想了半天才念出顾渊的名字。

"你怎么在这？你不是没有申请住宿吗？"

按照附中的规定，一般情况下所有学生都是需要住宿的。但总有些家长觉得住宿容易误人子弟，恨不得把自己的孩子扛在肩头上学送放学接，就差搬个桌子坐进教室里守着。

李然然这人比较八卦，每天晚上睡觉前都会在宿舍里一边刷牙一边讲这讲那，也不管你是否听得进去，其中就有一件关于学生住宿的。

据说是上学期有个高一的住宿生，晚上偷摸混在走读生人群里出了学校直奔附近的网吧，第二天大清早被学生会临时检查逮回学校并且通知了家长。

重点是那住宿生的家长却把所有的错误归在了宿管大妈跟学校看管不严上，再后来直接选择亲自接送。

许约突然有点理解上次晚归为什么宿管大妈那眼神如此凶狠。

"今晚来学校上自习了，太晚了觉得路上不安全，就跟同学住一晚。"顾渊捏了捏指关节，冲宿管大妈笑了笑。

大妈从手里抽出一张表格递了过来，轻声说道："住一晚可以，但是得登记一下。给，一会儿填好了送到值班室里来就行。"

说完似乎还不够，大妈又往宿舍里探了探头。

"那个许约，你以后晚上去亲戚家也要来值班室填张表格，记住了啊。"

"嗯。"许约头也没抬地应了一句。

顾渊微微点了点头，依旧笑得心花怒放。

直到关了门，他才冷下脸长舒了口气。

"渊哥，不愧是你。我单方面宣布今年的奥斯卡金奖得主就是你了。"李然然站在旁边拍了两下手,隔空递了个奖杯给顾渊,"来,奖杯。"

"滚。"顾渊被逗笑,推了李然然一把,然后直接坐在了许约对面那个空着的床板上,"这大妈据说很爱搞事,我可不想再写个检讨或者被叫家长。一般这种时候你就把她当成一只猫,顺着毛撸就行。"

道理是这个道理没错,可这么形容人家,不是一般的损。而且这话从顾渊嘴里说出来,总让人觉得很欠揍。

许约抬眸看了一眼面前这个满脸写着"欠踹"两个大字的顾渊,忍不住翻了个白眼。

"对了,她刚说什么你去你亲戚家,是怎么回事?"顾渊扯掉套在外面的校服,直接丢在了身后,"你在海市还真有亲戚啊?"

"没,看我不在宿舍就给我爸打了电话,估计我爸是这么跟她说的。"许约伸了个懒腰,从桌上拿了本书。

"哦,想起来了,就上次你爸问你在哪我说在我家那次?"

"嗯。"

"所以传说不是空穴来风。"顾渊跟着伸了个懒腰,拿起桌上的笔专心填起那张表格。

两人面对面趴在桌上垫着两本书填好了表格,一前一后出了宿舍。宿管大妈估计还没查完整栋楼所有的寝室,所以值班室里并没有人,连门都是锁着的。

许约犹豫着要不要把表格直接从门缝里塞进去。似乎又觉得不妥,他舔下了嘴唇,哑声道:"要不我们把这个直接……你,这是在干吗?"

他看着靠在旁边窗台上的顾渊,居然直接把那张表卷成了一个细纸筒,紧接着指尖轻轻一弹,纸筒从窗户缝隙间掉到了值班室的桌上。

顾渊猛地拍了一把许约,情绪比投进三分球还要激动:"看见没看见没！进去了！"

"顾渊……你到底几岁。"许约被拍得往前踉了两步，抬头一脸不爽地瞪向顾渊，"闲得难受。"

顾渊被说惯了，完全没当回事。

"宿舍楼一共六楼，每层起码得有二十多个宿舍，等她来怎么也得等个半小时，诶，你手里那张纸给我。"顾渊将许约手里的纸抢过来，"就一张表格而已，什么形状她不会在意的。"

说完，他的手里已经出现了第二根细纸筒，熟练至极。

许约说："幼儿园的小孩都不可能干出你这事。"

"幼儿园又不需要填这没什么用的表格。"顾渊将许约的细筒表格按照之前的方法塞进窗户缝，"那大妈就是没事喜欢给自己找点事情做。而且这种表格一般都不会往上报，后勤处的那些个领导哪来那么多时间天天逮着宿舍查，估计两天之后这些玩意儿就会直接出现在废品站大爷的蛇皮袋里了。"

纸筒滚了几圈，靠在了第一次塞进去的纸筒旁边。

顾渊摊了摊手，回过头："夸我？"

许约没好气地笑了下，转身上了楼梯："弱智，走了，回宿舍。"

顾渊抿了下唇："你除了骂我弱智还会别的吗？"

他又一想，算了，反正也没听过许约夸人，勉强就当成是夸自己的吧。

这天晚上的207室跟以往任何时候都不同。

熄灯时间到，整栋宿舍楼逐渐藏匿在黑暗之中，唯有一间窗口一直微微泛着白光。

许约坐在桌前，借着手机自带的手电筒光源，认真地翻阅着课本。

周辉和李然然时不时重呼吸几声，又时不时砸吧几下嘴，也不知道梦到了些什么，偶尔会黏糊地梦呓几句，反正他没听清。

顾渊戴着一只蓝牙耳机，躺在李然然的床上，因为隔壁高三宿舍楼不熄灯的缘故，有光从对面不远处的窗户透进来，最后再落到顾渊的侧脸上。也因为在上铺的原因，他一偏头就能看到斜下方的许约。

"你还不睡吗？明早有晨会，要早起的。"许约压着声音小声说道，"晚自习的时候明明困得都要昏迷过去了，怎么现在这么精神？"

顾渊摘了耳机，侧过身扯掉了发带。

"就是因为那时候睡多了，所以现在又不太困了。"顾渊突然翻身趴在床上，一只胳膊撑在脖子上，低头看了眼桌上的书，"我现在是真的相信你是学霸了，对自己也太狠了吧，大半夜不睡觉在这看书。"

许约笑了笑没说话，又往后翻了一页，动作很是小心翼翼。

相比之下，顾渊可就没那么近人情。

他猛地坐起身来，拎着自己的外套直接从上铺爬下来。

在许约诧异的目光之下，顾渊成功晃醒了下铺的周辉。

这是正常人能干出来的事吗？

"周辉，你去李然然床上睡。"顾渊直接将一脸蒙还带着浓浓睡意的周辉连拽带拉地哄到了上铺。

周辉半梦半醒，大概以为自己在做梦，挨上枕头的瞬间立马又陷入沉睡。

许约心疼了周辉一秒之后，把心思重新放在书上。

"已经快两点了，你真不困？"许约头都没抬，拿着笔摘抄着重点。

"你也知道要两点了啊。"顾渊说，"学习也不是你这么学的。老杨要是知道他带的学生都这么刻苦，估计要感动得痛哭流涕了。然后你就真成了他以前经常说的'活体教科书'了。"

明明是夸奖的话，怎么从他嘴里出来，就变了味道。

难怪语文不及格。

"其实长了嘴不说话也是可以的。"许约不恼，语气依旧平缓，

第五章 选择

"你要是睡不着就起来看书。学渣也不是天生的。"

"那我还是更愿意盯着天花板数羊。"顾渊皱了下眉头,将手机自带的手电筒打开,递到许约手里,"一个不够,两个稍微能亮一点。不然你这样下去迟早得白内障。"

许约笑了笑没再开口,笔尖摩擦白纸传来断断续续的沙沙声。

顾渊突然觉得有些心安。

五分钟……

"一百只羊……"

十分钟……

"一只羊……"

许约实在忍不住,抬眸看着对面床铺上平躺着的顾渊。

"你好像数错了。"

"哦……啊?"顾渊微微眯着眼意识模糊,转过头来,"哪里错了?"

"一百后面是一百零一,不是一。"许约合上书,盯着顾渊看了很久,"你数重了。"

"哦……我说呢,怎么数来数去都只到一百……"顾渊闭上了眼睛,"不行了……真的太困了……先睡了,晚安。"

"晚安。"许约移开了视线。

第二天,207寝室四个大活人四部手机十二声催命闹铃,都没能把他们几个从睡梦中拉出来。

许约猛地睁开眼,从枕头下摸出手机看了一眼。

"啊!"他迅速穿好衣服从床上爬了下来,"李然然!周辉!顾渊!醒醒!七点四十五了!早读都要结束了!"

顾渊揉了揉眼睛,在床上摸了半天自己的手机。

"啊?怎么了?我手机呢?"

"桌上。"许约穿好鞋子直接冲进浴室。顾不上热水冷水,直接就往脸上扑。

扑到一半就听到其余三个人跟触电似的跑来跑去，找衣服的找衣服，穿鞋的穿鞋。

"李然然你是猪吗，睡个床板都能睡这么死。快八点了，早读都已经查完人了吧……"

"渊哥你还说我，你自己不也是刚醒吗！我裤子呢？"

"别慌别慌，晨会还没开始呢，不要着急……许约，你在里面干什么呢，快点啊！我憋不住了！"

"好了好了，完事了。"许约从洗漱台上拿着牙膏直接挤到了所有人的牙刷上，其中还包括一只全新刚拆封的牙刷。

"给，周辉你先去上厕所，你俩先在外面刷牙。"

顾渊看着许约手里的普通牙刷愣了下："开关在哪？"

"什么开关，自己用手拿着！里外上下刷。"许约抿了抿嘴唇，直接将带着牙膏的刷头塞进顾渊嘴里，"你还不如那些幼儿园的小孩呢，刷个牙都不会。"

某位在心里骂了许约好几遍。

等到四人全部洗漱完毕，直接冲出宿舍。

顾渊一边跑一边将发带戴好，路过小超市的时候进去了一趟又空着手出来。

直到看见林荫路上很多同样前去广场集合的人影，许约才放慢了速度。

以往早读结束到第一节课正式开始之前的那段时间，是附中万年不变的早餐时间。

只有周一与众不同，校领导强行霸占了这短短的三十分钟。

升旗台位于广场中心，正对着校门的是一幢很高的实验楼，光是通往二楼玻璃门的瓷砖台阶就足足有二十多阶。

实验楼前有一处高台，干净又简约，人站上去能将整个广场尽收眼底。

许约还在四处张望寻找着高二（1）班的队伍，无奈人实在太多，瞅了半天都没瞅到一张稍微能让他有点印象的脸。

几个路过的同班同学挨个拍了拍他们四人的肩膀，说了句"保重"。然后钻进了人群里。

"找什么呢？掉东西了？"李然然用胳膊肘撞了下许约，"还是在找我们班的队伍？哥哥，别找了，咱哥几个今天得站到那上面去。"

李然然指了指不远处的高台。

"看见没？就那个。"

许约"哦"了一声，转过头背对着人群。

早知道一个晨会能搞出这么大阵仗，打死他他都不会在那天踏出宿舍楼的大门一步。

"以后谁再喊我去他家打游戏我就废了谁。"许约低声道。

这个谁，很明显指向了此刻站在他身边一脸淡定的顾渊。

"不至于吧，不就是一会儿上去站几分钟吗？"顾渊跑得急，再加上几个人没吃早饭，他捂着肚子脸色微微泛白，"再说了，你长得又不是见不了人，怕什么？实在不行到时候你跟我站近点，李然然你跟周辉你俩站另一边。"

李然然瞪大了眼睛："凭什么？为什么？我不同意。"

"这样，我俩……"顾渊指了指自己和许约，"就是通报，然后你俩……"顾渊的指尖挪到了李然然领口，"就是批评。"

"渊哥，求求你，当个人吧。"李然然猛锤了顾渊一拳，意识到自己下手有点重，他又躲在了许约身后，小声嘟囔着，"明明罪魁祸首是渊哥你。"

许约侧着脸，刘海有些扎眼睛，他抬手揉了几下头发，片刻后才看向顾渊："听你这意思，你以前经常被送上去啊？"

"什么叫被送上去，脚长在我腿上好吗？"顾渊不满，"是哥自己走上去的。"

许约一阵头晕眼花，心想着等到晨会结束一定要去食堂买包子。

他的胃一刻都等不了。

"给。"顾渊摊开手心,一枚粉色的糖果出现在许约眼前,"你不是低血糖吗?刚路过超市的时候买的。"

"那叫胃炎。"

"都一样。"顾渊自己剥开了一颗丢进嘴里,"反正就是虚。"

许约没再理他,直接翻了个白眼过去。

校园两侧的广播里传来几声"喂",喧闹的广场逐渐安静下来。

晨会正式开始。

许约眼睁睁地看着一男一女带着话筒走上了高台。

"敬爱的老师们,亲爱的同学们。大家早上好,在这风和日丽万物苏醒……"

昨晚睡得太晚,早上又起得太猛,困意一阵阵袭来。许约站在顾渊旁边,身子时不时左右晃两下,顾渊也不小气,胳膊肘微微弯曲撑在许约的左边胳膊上,防止身旁这人一个不小心直接脸朝地栽下去。

不然到时候全校师生看的就不是高台,而是许约了。

许约有时候会好奇全国所有的中学是怎么做到晨会流程一致的,永远都是升国旗奏国歌,然后选个优秀学生代表念一篇稿子,再然后就到了领导讲话。

不管是什么,到了最后环节台下的掌声永远是最热烈的。

就比如校主任前脚刚踏上高台的楼梯,后脚整个广场就已经掌声一片。

许约半眯着眼。

这个主任,怎么有些眼熟?

许约猛地站直了身子,眼睛直直盯着高台:"那不是……那不是上次我们……"

"嗯,是他。"顾渊嘶了一声,低头看了眼自己今天穿的衣服,

第五章 选择

又转头看了一眼许约,"咱俩今天为什么要穿上周五那件衣服……点也太背了吧。"

许约没有反应过来,低头看了看,猛地抬头。

"不是都说中老年人健忘吗?怎么,附中的校主任记性这么好吗?连衣服什么样都能记住?"

"人家只是看着老,其实才刚五十岁出头。"顾渊说,"没被他记住脸都算是好的了。"

李然然纳闷地看着面前两人:"话说……你俩咋惹到他了?别吧……他可比老杨还要缠人。我记得有一回大课间,上厕所的人太多了,我又实在憋不住,就跑去教师厕所了。我跟你们说,我当时着急解裤子,然后就不小心撞到他了。再之后我就被他拎去办公室整整待了十五分钟。"

"道个歉不就完事了吗?"许约问。

"不,重点不是我撞了他,重点是我用了教师厕所。"李然然咬了下唇,一脸气愤。

顾渊也是头一次听李然然说起这件事,他忍不住笑了下。

"怎么?教师厕所就不是男厕所了?大家不都是男的?还这么讲究啊。"

李然然耸耸肩膀。

三人低头嘀咕了半天,终于在听到广播里传来"通报批评"四个字的时候停了下来。

顾渊直接将自己的外套脱了下来,翻个面塞到许约手里。

"你换这个。"顾渊指了指许约手里的蓝色外套,"里面那层是银色的,看不太出来正反。你换上,李然然把你衣服脱了给我。"

"啊?哦……"李然然也迅速脱下了自己的外套,脱到一半突然反应过来,立马瞪大了双眼。

"你干吗?快点啊。"顾渊有些不耐烦,"一会儿要上台了。"

"不是,哥,咱们……是不是都没,没穿校服……"

许约无语了。

顾渊说:"出门太急给忘了。"

顾不上多想什么,许约直接往右边稍微靠了靠,也不知道那是高三哪个班。他直接凑到最后几排女生旁边小声说了些什么。

然后顾渊就看到她们当着许约的面脱下了身上的校服直往他手里塞。最后还多出来一件掉在了地上。

许约道了谢,直接将手里顾渊的外套跟另外两件校服扔了过去。

"发什么呆,赶紧穿上。"

"讲完了安全,接下来要全校特别通报批评这四个同学,高二(1)班顾渊。"

一听到顾渊的名字,整个广场一片欢呼,还有吹口哨的声音。

许约冷哼了一下,忍不住翻了个白眼。

看来这人是常客。

"高二(1)班李然然。"

台下的掌声过分热烈,主任放下手里的名单跟演讲稿子,拿着话筒指了指台下。

"底下的都给我安静一点,要不你们跟他们几个一起站上来……高二(1)班许约,还有周辉。来,你们几个站上台来,让全校同学好好认识一下。"

整个广场喧哗一片,掌声连连。许约整个人听着都有点蒙。

许约叹口气,跟在顾渊身后踏上了台阶。四人并排站在主任身后,许约目光胡乱飘了几下,最终定在了国旗上。

李然然从上台到现在就没抬起过头,目光死死地盯在他的鞋上。

不管台上台下说什么做什么喊什么,都好像跟他一点关系都没有。

顾渊倒像个没事人,双手背在身后目视前方。

"所以我身后,他们几个就是例子,如果以后还有类似的事情发生,就直接让家长来学校领人,回家好好反思几天,什么时候想明白了再回来上课。还有我之前在校园巡查还发现了一些染头发的，一天之内给我把头发染回黑色，听见了没有！"主任恨不得嘴唇贴在话筒上。

"听见了！"

广场里起伏的声音拉得老长，还是有气无力的那种。

"今天晨会就到这，散会吧。"

主任丢下这话，转过来看着身后四个人，脸上的表情有些复杂，尤其是面对顾渊的时候。

"顾渊……"主任抬手拍了拍顾渊的肩膀。

"主任。"

"在我退休之前，能不能让我看到你站在这是被表扬的，而不是被批评？哪怕一次都行。"主任的语气毫无波澜，平静得不像话，"还有上周五，你们两个跑那么快干什么！我腿脚本身就不利索，你们倒好，直接把我自行车丢那扭头就跑，害我走了好长的路。"

顾渊闭了闭眼，犹豫了半天才低下头看向面前这个体形瘦削还有些驼背的中年男人。

"我错了主任，以后不敢了。"

"回回认错认得比谁都快，结果下了台转眼就忘……你说你认错有用吗？啊？我当时喊你们，就是为了告诉你们俩……"主任转头看了眼许约，扯了扯嘴角，"天黑，你俩骑慢点别摔着。"

顾渊和许约彻底愣在了原地。

晨会过后，天空中淅淅沥沥下起了小雨，整整两节作文课顾渊只是盯着黑板一动不动，如同魔怔一般。既不动笔也不跟任何人说话。

就连李烨也觉得奇怪，一向不是趴着睡觉就是低头玩手机的男生，今天却像变了个人似的。

她还特意在教室里转了两圈，可顾渊压根动都没动一下。

下课铃响，等到李烨出了教室门，李然然捏着手机立马从前面转了过来。

"许约，渊哥。今天刚出的新游戏，看，这个人物建模是真的帅……渊哥你不是一直喜欢这种……渊哥？"李然然伸手在顾渊眼前晃了两下，"你怎么了？鬼压床了啊？"

顾渊惊了一下立刻回过神来，二话没说起身朝教室前排走去，然后停在了佳真旁边的过道上。

"这雨好像不打算停。"许约打开窗，一阵凉风立马吹进来。

周辉捏着指关节忍不住打了一下颤。

"李然然，周辉。你俩认识顾渊有段时间了吧，说说看，他到底是个什么样的人？"许约没有回头，只是静静地看着教学楼外那条林荫路。

雨下大了些，路边又掉了些落叶。

"我们都是高一的时候认识的，第一次见到他吧，我就在想，刚上高中的男生怎么能这么高，还长得这么好看……就是性子太高冷了些，不容易相处。别说，你俩有时候还挺像的。"李然然思考了半天，摸着下巴缓缓道来。

"许约问你是什么样的人，没问你外表。能不能别这么肤浅。"周辉翻了个白眼，起身趴在窗台上往外看了一眼，继续说道，"渊哥高一开学那会儿其实不怎么爱说话，当时我跟李然然在他那碰过壁，还偷偷咒他吃方便面没有调料包……"

"结果这人嘴太挑，根本就不屑吃方便面。"李然然喷了一声。

"没错！但是，你能不能先让我说完！"周辉一巴掌呼在了李然然后脖颈上，"后来吧，因为大家都是一个班的，多多少少总会说几句话。据说他初中成绩很好的，但是来了高中好像都没看他怎么认真学过，不是上课睡觉，就是直接旷课。老杨当时没少说他。"

"然后呢？"

"后来，我和李然然有一次在食堂吃饭的时候碰到他了。他应该是刚从超市买了饭团出来,然后就……"周辉垂眸,"就走到我俩这,问我们旁边的位置有没有人坐。"

"其实当时食堂有很多空座位……"李然然双手撑着许约的桌子,眼睛不知道在看哪里,"后来才知道,渊哥他其实没什么朋友。"

"嗯……"许约沉默了下,眼神不自觉地飘到还站在教室前方过道上的顾渊身上。

"我俩高一的时候也问过渊哥,问他以后想考哪个大学?想学什么专业?"

"他怎么说?"

"他说不知道,没想过。"

顾渊似乎跟佳真聊完了事情,朝她点了下头就往回走。脸上依旧面无表情。

因为下雨的缘故,一阵阵青草混着泥土的味道直往许约的鼻子里钻,他忍不住低下头打了个喷嚏。抬头就看到顾渊那指节分明的左手在他眼前关了窗。

"雨下这么大都飘进来了。"顾渊坐回自己的位置,仰着头转了转脖子,扫了李然然一眼,"怎么了你们?一个个都这表情,不就下个雨吗,触景伤情?"

成语总算是用对了地方,许约抬了抬嘴角。

"没有,你去找班长有什么事吗?"

"嗯,我去问了下,主任大概什么时候退休。"

这场雨断断续续下了好几天,整个校园湿淋淋一片,林荫路两旁的香樟树在一片薄雾中愈发的翠绿。

潮气久久不散,穿过少年身上薄透的布料直往每一寸肌肤的毛孔里钻。

体育课被迫改在室内,老师在教室转了两圈之后出了教室门站在走廊,时不时往外伸手探探。

李然然好动,一堂室内体育课也不能阻止他一分钟内拧着身子转头两三次。后来嫌麻烦，索性伸腿跨过凳子直接趴在了许约的桌边，眼睛直勾勾望着窗外。

"这雨都下整整三天了，什么时候是个头啊？"李然然突然直起腰，伸手擦了擦窗上的水雾，"两天前洗的衣服到今天都没干，再这么下去，我后天就该光着上课了。"

许约微微偏头，余光瞅了一眼桌兜里的手机屏幕："天气预报说得下到周六。"

"什么？周六……啊啊啊，我还想周六回家呢，那天刚好有活动！游戏装备全限免！一年就那么一天啊！这是天要亡我吗……"李然然突然垂头丧气地趴了下来，整张脸埋进了许约桌上的作业本里。

一想到周六要穿着短裤在宿舍里窝一整天，李然然的刘海都跟着耷拉下来。

"李然然，看不出来啊，你心这么大，都到现在了心里还想着游戏呢。"顾渊挑了下眉，手里拿着不知从哪借来的数学辅导书，"楼下公告板上的内容你没看吗？"

"没看啊，我又没丢东西。看那儿干吗？"李然然有些不解。

顾渊想说什么卡在了嘴边又咽了回去。

教学楼下花坛前有一排玻璃公告栏，除了考试周学校领导会把座位安排表打印出来贴上去，其他时候留在上面的都是失物招领或者寻物启事的便条。

"怪不得我早上来的时候总觉得哪里怪怪的……你这么一说我就明白了。"周辉同样从前面转了过来，犹豫了半天将自己的下巴卡在了顾渊和许约两个单人桌中间的空隙里，"全班这么多人就你们俩桌子与众不同。每次往后靠都得小心翼翼，生怕从中间栽下去。我说渊哥，大家都这么熟了你俩就把桌子换回来呗，不然靠着都不舒服。"

"不舒服那就别往后靠，惯得你。"顾渊漫不经心地从许约脑后伸过一只手，直接开了一半窗，"教室太闷了，先开一会儿，等下课了再关上?"

话是冲着许约说的,带着商量的口吻。

许约"嗯"了一声没了下文。

"周末摸底考试,座位跟时间安排表也出了。周六一整天,外加周日一早上。"顾渊身子往后靠了靠,凉飕飕的风入窗直扑脸上,"然后周日晚上的自习取消。总的来说就是我们倒贴学校一天时间。"

"什么?摸底考试?我……"李然然猛地抬起头,由于动静太大,作业本直接从两张单人桌中间掉了下去,"不过也是,都开学两周多了。按照学校以往的规律,也差不多该考试了。"

李然然弯腰捡起掉在地上的作业本,塞到许约手里。愣了两秒开口道:"对了,一说到考试我突然想起来了,老杨上学期放假前是不是说过,这学期开始我们的座位按照成绩表来排啊?就跟上学期月考换座位那次一样,我觉得这一定是李烨的主意……那要么说的话,我们以后岂不是考一次试就换一次座位?"

顾渊点了下头说:"没错。但是跟你俩有关系吗?再怎么排,你俩不还是在倒数两排平行移动吗?"

周辉忍不住白了李然然一眼:"你不提这伤心事能死吗?咱们两个也就算了,好歹还能稍微动动,渊哥多可怜呐!最后一排就没挪过窝,你说你这不是找……"

啪——

周辉话还没说完,顾渊拿起手里那本说厚不厚说薄也不算薄的书直接呼在了他脸上。

很快,三人在角落里打成一片。

当然,不止是他们几个,整个教室里除了前面几排个个趴在桌上写作业复习课本以外,其他人干什么的都有。还有好几个挤在一张桌子上拿着作文网格纸直接玩起了五子棋。

体育老师听见动静,回头透过窗看了几眼,最终还是选择继续欣赏他眼里那美得一发不可收拾的春雨中的校园。

至少，他自己肯定是这么认为的，不然也不会在走廊上站了整整一节课。

"等等。"李然然胳膊肘挡着脸，突然停了下来，"那许约岂不是座位变动很大啊，之前老杨不是说他成绩挺靠前的吗？我上次路过他们办公室，好像就听到他们在说许约转学之前的成绩什么的。"

"得，渊哥，我还是收回刚刚的话吧，我突然觉得你们现在这桌子这么分开其实挺好的，都不用换回去了。"周辉放下手里卷成筒的几张作业纸，不由得看了许约一眼，"反正到时候换座位你旁边就得换别人了。"

顾渊愣了下，眸子里稍暗了下，无人发现，他转身拍了一把许约的肩膀。

"那不是挺好的吗？整天坐在你俩后面，是我我也烦。"

后来他们三个人说了什么，许约一点都听不进去，直到下课铃声响起，校园传来嘈杂的喧闹声。

最后一节的自习上到一半，老杨神不知鬼不觉地出现在教室的讲台上，吓了大家一大跳。

果不其然，他将周末摸底考试这一消息重新复述了一遍，底下哀声一片。

他又强调了几个考试特别需要注意的事项之后，冲许约挥了挥手，将他叫到了教室外面。

也不知道是看顾渊看多了，还是他们几个人待久了习惯动作都开始变得模棱两可，许约双手背在身后抵在墙上，眼睛直直地看着老杨。

"这周末考试的事情你都清楚了吧？"老杨张了张嘴，抬起胳膊将许约背着的两只手拦了下来，"又没犯错误，这架势怎么跟顾渊那小子似的。"

许约尴尬地笑了笑："清楚了，摸底考试。也是我来附中的第一次正式考试。"

第五章 选择

"没错,但因为你是刚转过来的,所以没成绩,学校决定把你的考场安排在了最后面,也就是高二(15)班。不过你也别太在意,等这次成绩出来,以后你的考场估计就在咱们班跟2班之间轮换了。当然啊,老师希望你每次考场都在我们自己班里。"老杨见许约没说话,以为自己表达得还不够清楚,他又揽着许约的肩膀往教室对面的走廊指了指,"那个,就是15班。"

"老师,其实坐哪考试都行,我知道你是怕我受影响。"

"嗯,知道就行,就是怕你自己心态上架不住。"老杨叹了口气,"之前有一次我给15班监考,当时教室满满当当四十个人,有一半是趴在桌上睡觉的。唉,你说他们这些孩子以后可怎么办呢?将来进了社会……"

大概全天下所有的老师都希望自己的学生将来能出人头地,可很多时候他们就是使出全身所有力气,也只是砸在了一堆棉花上。

说了一大堆,老杨才意识到自己讲的这些,许约并不感兴趣。

当然,他是从许约的脸上看出来的。

"行了,进去吧。周末好好考试。这可是你来附中之后的第一次成绩。"

"知道了。"

一旦你专心致志干一件事,你就会发现,再难熬的时间也能很快从你指缝间悄悄溜走。

许约握着笔认真对着课后答案,错误的地方全部用红笔圈出来,准备再重新写一遍。整整两节课,他连头都没抬一下。

李然然好几次想跟他说话,都被顾渊一个眼神给瞪了回去。

周辉捂着嘴特别小声地问道:"渊哥,我现在真的很好奇老杨那天自习到底跟许约说了什么,能让一个上课喜欢睡觉的人写了整整一早上卷子。"

"不知道,别说话了,老师还在前面。"顾渊随手将英语书往后翻了一页，"明天就考试了，你该背的背会了吗？还有心思管人家？"

"没有，我就单纯觉得老杨厉害。"周辉怔了下，"也不知道给许约灌了些什么心灵鸡汤。我还是头一次见他这么上进。"

"头一次？"顾渊抬起头。

也是，上次许约大半夜不睡觉打着两个手机自带手电筒学习的时候，某人睡得跟头死猪似的叫都叫不醒。

"难道你见过？"

"没有，你话怎么这么多？转过去。"

"哦。"

许约从头到尾就跟聋了似的，一脸淡定地抄完所有错题之后，扭头看了一眼顾渊。

"李烨抽查的那篇文言文，你背到哪里了？很大概率考试会用到。"许约问。

"三句。"顾渊瞥了许约一眼。

"还剩三句？"

"不是，就背到第三句。"

"这么久还没背下来？"

顾渊有些无语，他忍不住伸手按着许约的头转向讲台方向："哥哥，你好好看看。这已经第三节课了，讲台上老师都换俩了。而且李烨根本就没抽查，下课直接走人了。你是还在梦里吗，问我背没背文言文？你上英语课还有心思看得进去别的啊？"

许约微微皱了下眉，清了清嗓子一脸尴尬道："为什么没有？我以前就经常这么干。政治课上写生物，历史课上背公式。还有，英语课上背语文……"

顾渊的脸一下子就黑了。

讲什么不好，跟一个学霸讲道理。

简直就是自讨苦吃。

"那个，我没针对你的意思……就是，我突然觉得这个习惯不太

第五章 选择

好，以后得改。老杨之前也跟我说过类似的问题。咳咳，我觉得我就应该跟你一样，上哪门课就好好听哪门课。"

这么夸，应该够了吧？

好像比老杨稍微强点。

许约有点头晕，这感觉跟哄小孩好像没什么区别。

他干笑了几声之后，捏着指关节扯过顾渊桌上的英语书看了一眼。内容似乎跟老师讲的位置不太相同？

一种不好的预感油然而生，许约觉得自己的脸微微有些烫。

他往黑板上看了两眼，重新低下头，胳膊肘直接撞开顾渊的手。

老师已经讲到第二十三页，顾某人的书还停留在第十八页。

许约摸了下鼻尖，撇嘴看了眼顾渊：“所以……你既没有背文言文，也没有听英语老师讲课。我能不能冒昧问一下，这几节课你都干吗了？"

顾渊没说话，直接扭过头，脸冲着教室后门。

周五的晚上，顾渊彻底失眠了。

白天李然然跟周辉扯东扯西地讲各种段子，他陪着笑几声，可放学回到家里，整个人就像泄了气的皮球似的直接瘫进沙发。

顾渊整张脸埋进抱枕里，直到呼吸变得越来越急促，他才缓缓翻了个身直直盯着客厅未开的顶灯。

偌大的房间里，只有沙发一侧亮着一盏落地灯，幽暗的光从沙发一角向其他地方涣散。

顾渊眉尖一颤，从什么时候开始，家里变得这么安静了？

房间还是这个房间，灯光也还是那个灯光，可顾渊却好像不再是之前的顾渊了。

他拿起茶几上的遥控器打开了电视，随便放了个综艺节目。喧嚣声一下子涌进他的双耳，却丝毫没能缓解这压抑的气氛。

顾渊拿起手机看了眼时间。

晚上九点二十分，附中的晚自习已然结束。

许约会不会今晚接着熬夜看书？李然然跟周辉他们两个大大咧咧的会不会借给他手机当手电筒？

顾渊的思绪逐渐飘离正轨，电视机里的明星演员依旧大笑个不停。

迷迷糊糊中，桌上的手机振了几下，带动着玻璃茶几发出一阵接一阵的嗡嗡声。

顾渊缓缓睁开眼，他微曲着食指勾起手机一看，然后迅速坐了起来。

许许如生：你应该还没睡吧？

顾渊看了眼时间，已经接近晚上十一点。看样子，许约应该是刚看完练习题。

渊渊想抱：还没。

渊渊想抱：怎么了？

许约打字速度没有顾渊快，"正在输入中"几个字在手机屏幕上显示了足足一分钟。

许许如生：我刚刚对比了你们上学期期中和期末的两套数学卷子，整理了几个常考的题型出来，这些分值占比也很大，所以就问问你，需不需要我给你讲讲？

顾渊愣了下，不自觉打出了"行啊"两个字。发送成功后，他才猛地回过神来。

行什么行？他为什么要大晚上的听人讲数学？

正当他为自己的行为反悔时，许约的视频通话直接打了过来。

顾渊想都没想直接点了接听键。

"怎么不开灯？"许约的声音有些哑，他举着手机侧身将宿舍窗户关好，"还是你已经睡了？我是不是吵醒你了？"

这是幻觉了吗？

许约居然这么耐心地跟他讲话？

第五章 选择

"啊，没有。"顾渊清了清嗓子，将手机前置摄像头转向电视屏幕，又转回来对着自己的脸，"关着灯看电视呢。李然然跟周辉呢？明天都要考试了他俩不临时抱抱佛脚？"

"我们不抱佛脚，刚抱完许约大腿……"李然然离得远，只传过去一点点声音。

紧接着周辉凑到许约跟前，看着手机屏幕笑了半天。

"渊哥，你这什么造型啊？"

顾渊不解，他视线缓缓挪到右上角自己的视频框里。

刚才睡着了，有几撮头发直接屹立在头顶，用手压都压不下去。

顾渊自己看着都有些想笑，许约居然还能这么一脸平静地对着他这个样子说："需不需要我讲那几个常用的数学题型？"

到底是谁疯了？

"你家应该有笔跟纸吧？"许约完全没把周辉的话当回事。

果然，学霸的注意力压根就不在这种事情上。

顾渊拿着手机起身走向书房，他将手机固定在手机架上，拿着桌上的笔转了两圈说道："有。"

"顾渊，看我。"许约身子往手机屏幕前凑近了点，他手里捏着一张纸，纸上整齐排列着几行手写的高二常用数学公式，底下还写着一个大大的"解"字，"我写的字你那边能看得清吗？"

"啊？能。"

屏幕中的"解"字最后一笔拉得很长，顾渊拿起笔在纸上也跟着写了个"解"字，同样将最后一笔拉得很长。

许约用笔指了指题目，喉结很快地滑动了几下，转头再看屏幕时才发现，顾渊不知道从什么时候开始就在发愣了，眼睛都不眨一下。

"顾渊，你在听吗？"许约看了眼时间，表情微冷，"还有十五分钟就十二点了。到时候熄灯，你可能连纸上的字都看不清楚。如果你不想听，那就挂了直接去睡觉吧。"

"我听，听听听。"顾渊急了，他往前凑了凑，拿起笔将刚刚许约讲的那些内容全部记在了纸上。

"我刚说的那道题，你会了吗？"

"刚……"

刚走神了……

"那你现在听好了，我再讲最后一遍啊。"许约的刘海确实有些长了，可他来不及往上撩一把，"这个就根据二项式展开式的通项公式，然后再算X的三次方……

"还有这道，这个半径为1的圆里面做出正n边形，在分成n个小的等腰三角形……再按照图上这个程序框图规定的方法逐个计算，最后算出答案……

"这道利用几何概型计算概率的方法，首先你得弄清楚你要求的随机事件发生的区域面积跟总体事件区域面积，然后相除……

"这个题你先好好看图，把它们全部列举出来，然后再找最中间的那个数，那个就是中位数……"

冷白的灯光下，顾渊居然认认真真听完了这十五分钟的教学。

结束之后他不得不感叹，许约的解题思路比老杨的还要简单明了。

许约这边准时十二点熄灯，但他依旧没有挂断视频，微弱的手机光下，顾渊还是能看到他的脸。虽然没有刚刚那么清晰。

"刚给你讲的那几个题型都是常考的，而且分值也很高，数学题就是这样，会一题就代表着会了一整类。所以顾渊，如果明天恰好试卷里有这些类型的题……"许约放下笔，在一片黑暗里揉了揉自己的头发，"那下次考试你就不用再坐最后一排了。"

顾渊突然被逗笑："李然然跟周辉他俩平时说说也就算了，我大人有大量不跟他们一般见识，怎么现在你也跟着他们一起挤对我？"

"我闲得没事挤对你干吗？我说的难道不对吗？哪里不对你尽管提？"许约愣了几秒，盯着手机屏幕里的顾渊又看了许久，"我长这么大还没看到过有人鼻尖上长痣的。"

诶?这个话题转变的速度好像有些快?

顾渊愣了几秒,然后摸了摸鼻尖。

"是吗?天生的没办法。我妈在我小的时候还因为这颗痣带我去算过命,那算命大爷当时说什么来着……我想想……说招财也招桃花。"顾渊起身举着手机出了书房,重新窝进沙发里。

"我觉得那算命大爷没算错,平时没少听李然然周辉他俩吹捧你。"许约在对面继续问道,"对了,明天的考试,你在哪个考场?"

"13班。"

"那比我好点,我在15班。"

"我怀疑你就是在搞我心态,比什么不好非要跟我比考试场次……"顾渊皱了下眉,以前对成绩丝毫不在意的他居然心里有些不舒服,"你等着看吧,考试结束,下次哥哥绝对能去10班!你信吗?赌不赌?"

这话说完,顾渊当场就后悔了。

前进三个班,一百二十人,一百二十个名次,也就意味着他的总分要比以往高七八十分,以他现在的水平,能达到才是真的见鬼。

顾渊从沙发上弹起来重新返回书房,从桌上一厚沓书里抽出了上学期的数学考卷,将刚刚许约讲的那些相同题型的分值加起来算了个大概。

不多不少,刚好90分。

如果明天正好有这些……

他突然迫切地希望明天的数学卷上能看到这些熟悉的身影,到时候他就可以把"解"字最后一笔拉得更长更有气势一点。

"那行啊,赌什么?"许约那边镜头忽明忽暗,因为太黑的缘故看不清楚,只能听到衣物摩擦皮肤的声音。

"你在干吗?"顾渊拿着卷子低声问道。

"换衣服,怎么了?"

他顿了几秒后继续说道:"赌什么?我想想。"

不管输赢,首先气势一定不能输给对方。

"这样吧,如果这次考试,我能进步一百二十个名次,你就教我骑自行车。"

许约整个人都僵住了:"就这么简单?三岁小孩都知道赌几根棒棒糖。"

言外之意,你连三岁小孩都不如。

顾渊喷了一声,低声骂了句。

"等下,周辉他们睡了,等我戴个耳机。"许约从枕头下摸出耳机直接塞进耳朵里,说话的声音比刚刚也小了许多。

顾渊不知道为何也跟着戴上了丢在沙发上的蓝牙耳机,简直莫名其妙。

"那如果,你没能进步一百二十个名次呢……"

"我好不容易下的这个决定,作为朋友能不能别这么打击我的积极性?"顾渊有些怀疑这人智商高的原因多半是情商那部分被夺走了。

"合着在你顾渊的眼里,赌约都是单向的啊?你要是往前上一百二十个名次,我就得教你骑车。你要是没上呢?就无事发生?"许约下意识反驳了回去,他侧身躺着盯着手机屏幕中那张脸,"你还不如直接求我教你骑车得了,赌什么赌。"

"那你教吗?"

"不教。"

"切,我就知道。"顾渊说,"不跟你扯这有的没的了,磨磨叽叽的……别忘了定个明早的闹钟……"

顾渊在对面不停地念叨着,许约半眯着一只眼,另一只早已挤成了一条线。

直到手机屏幕上逐渐出现好几个重影……他再也忍不住,直接闭上了双眼。

"许约？喂？喂！你……你能不能等我说完了再睡啊？"顾渊突然反应过来，在他之前，许约应该也是利用熄灯前的那段时间同样给周辉和李然然讲了题，"真就秒睡啊。"

别人家的学霸，临近考试恨不得自己与世隔绝闭关修炼不让任何人打扰。他们宿舍这位倒好，还挺善良，懂得什么叫雨露均沾，共同进步。

顾渊看着屏幕上漆黑一片的通话视频笑了出来，随后哑着嗓子缓缓说道："晚安。"

第六章 赌约

第六章 赌约

死亡周末如约而至，顾渊把书包又歪又斜地挂在背上出了小区，一手举着路边刚买的肉包，另一只手里死死地捏着语文课本，眼睛一直盯着李烨之前强调背诵的那篇文言文。

就连过人行道的时候，都是被一个不认识的路人拽着胳膊拽到马路的另外一头的。

"哥们这么用功啊，走路还看书。"那个男生冲顾渊吹了下口哨，头也没回继续往前走了。

"吹什么口哨啊。"顾渊咽下嘴里的肉包，忍不住皱眉头，"我刚背到哪儿了……"

顾渊整个人瞬间就蔫了。

周末的校园有些冷清，以往熙熙攘攘的林荫路上也只能看到零星几个骑车飞快掠过的身影。

顾渊摸出手机看了一眼，距离正式考试还有半个小时，他还是决定先回趟班换个全新的笔芯再去考场。

顾渊出现在教室后门，愣了两秒后往后退了一步，抬头看了看教室门上的牌子。

高二（1）班，没走错啊。

对了，他们班也是考场，要命了，背了一路的文言文好像把脑子背坏了。

"进去啊，站这干吗？"许约不知从哪里冒出来，从后面轻轻推了他一把，"别在门口堵着，都要考试了。你考场不是在13班吗？跑这儿来干吗？落东西了？"

"啊。"顾渊沉默了几秒,"哦,我忘拿笔了。"

他往前走了几步,直到站到自己的座位旁边,眼睛直直地盯着正趴在他桌上闭着眼睛不知是睡着了还是正在养神的短发女生。

又过片刻,他转过身求助许约。

"你能不能去帮我叫醒我桌上那女生?"顾渊在众目睽睽下凑近了些,胳膊肘撞向许约,"我笔芯都在桌兜里,她这么趴着我怎么拿。而且你看,她趴那儿你都进不去你座位,所以……"

"我又没准备回座位,我只是回来放本书而已。"许约四处看了一眼,将手里的语文书直接丢在了窗台上,"完事。"

"那,那你有笔吗?借我一根。"

"没有,就一根。"许约转着笔似笑非笑提醒道,"而且,还有十分钟就考试了,现在去超市或者商店重新买的话,肯定来不及了。所以……"

许约一把将顾渊推到了他座位旁边。

"一个大男生磨磨叽叽,直接叫醒她不就完事了吗?她不醒你还不考试了?赶紧,我等你。"

顾渊低声骂了句,心想昨晚那个超级有耐心认真讲题的人一定是个冒牌的,这态度转变得比老杨还要快。

而且在这种时候碰到他,怎么看他都不像是单纯来放书的,更像是来看他笑话的。

想到这里,顾渊更加不爽了,一阵烦躁感顺势而出从脚尖直奔大脑。

他轻轻踢了踢桌子腿。

"同学,醒一下。"

那女生身子跟着桌子晃了几下然后睁开了眼,看清来人之后脸一下子就红了,嘴里支支吾吾了半天都没能说出一句话。

她还没反应过来,就直接被顾渊拎着袖子拽到了一旁。

"麻烦让一下,我拿根笔。"

顾渊弯着腰在自己桌兜里摸了半天，两分钟后他终于站直身子，举了根笔朝许约晃了晃，像是炫耀。

他曲着胳膊肘直接搭在许约肩膀上，愣是将他推出了1班教室的后门，没了那个女生的阻碍，顾渊从拿笔到离开整个过程一气呵成。

许约耸耸肩膀，抖不掉顾渊的胳膊肘，直接用手推开："就你这态度，正常人谁会愿意搭理你。"

顾渊突然停了下来，从头到脚将许约看了个遍。

"又干吗？还考不考试了？"许约被盯得有些不自在，"监考老师都到你们班门口了。"

"许约，我突然有了个……不太成熟的想法……"顾渊的目光横冲直撞到了许约的脸上，嘴里的棒棒糖塑料棍也从左边换到了右边。

"不成熟是吧？"许约愣了下，"那就等它成熟了再说。"

"我突然知道该赌什么了！"顾渊的嘴角微微上扬。

校园广播里开始通知考试即将开始，一遍又一遍催促着还在校园里逗留的学生回教室。

顾渊拍了拍许约的肩膀："考完语文我来你们考场，到时候再跟你说，先走了。"

话毕，顾渊飞快地往自己考场跑去。

他一脸自信的样子反倒让许约有点心虚。

许约进了三楼最后一个考场，其中一个监考老师已经在讲台上低头分着卷子，另外一个则是站在旁边一脸严肃地看着他。

分好卷子的男老师扶了下快掉到鼻尖的眼镜，抬头看着许约，表情十分难看。但又没跟许约讲什么，只是摆了摆手让他赶紧坐回到座位上。

许约搓了把脸坐了下来，坐在他前面一排的男生突然转了过来，打趣道："哥们儿，以前怎么没见过你，新来的？还是期末没考试啊？不然也不会掉到全校倒数第一来。"

许约仔细想了想,新来的跟没考试的好像没什么太大区别,他将自己的桌子往后撤了几厘米。

"嗯。转过去。"

男生见没讨着个好,小声骂了句"装什么"重新转了回去。

如老杨所说,整个考场死气沉沉,监考老师站在前面的讲台上就没下来过,底下好几个已经趴在试卷上一动不动,口水都流了一卷子。

许约眼睛往前瞥了一眼,刚刚骂他的那位兄弟像是已经彻底放飞自我,在最后一面作文题里开始画画了。

另一个坐在他斜后方不远处的男生,鼾声起伏。

许约将草稿纸撕了两条下来,在指尖搓成团直接塞进了耳朵里。

整个世界瞬间安静了下来,他重新拿着笔开始填写着卷子,从选择到填空,再到阅读理解……

时间一分一秒流逝着……

等到他再抬头看窗外的时候才发现,整个教室里只剩下包括他在内的四五个人,就连讲台上的两个监考老师都盯着他这个方向看了许久。

教室广播通知距离考试结束还有十五分钟的时候,许约终于写完了作文的最后一个字,他微微伸了伸腰,在作文最后画上了一个完美的句号。

大概是因为动作幅度太大,讲台上的女老师朝他走了过来,一边走一边提醒着剩下的学生:"动什么动,两个小时都坚持不下来吗?要么就直接交卷出去,要么就在座位上好好坐着。"

许约觉得,那话肯定是对他说的。

女老师缓缓走到他跟前,看了几眼之后将他的卷子直接拿了起来。

不知过了多久,监考的女老师突然弯下腰。

"你是不是这学期刚转来的?"

许约愣了下。

"嗯。"

"你这字写得不错,老师刚看了一下你的作文,逻辑很清楚,估计能拿个高分。你是几班的?"

教室里其余几个男生时不时回头看他,许约觉得有些尴尬。他没说话,直接用手指了指卷头上的姓名班级。

"高二(1)班……是不是李老师带你们语文的?看来这班又出了个好苗子啊。"监考女老师自问自答嘀咕了半天,最后问他要不要直接交卷子。

许约微微点了点头,反正已经写完了,现在交跟几分钟后再交性质一样。而且提前交了就能提前走人。

他将空白一片的草稿纸揉成一团丢进了垃圾桶,转了两下笔离开了教室。

叮——

考试时间结束,整栋教学楼在一瞬间又沸腾了起来,许约站在13班外面的走廊里,他背靠着墙左手一下一下转着那根考试用过的签字笔。

右手自然垂在腿边,手里捏着半瓶矿泉水。

顾渊交了卷子第一个冲了出来,在拐角处反倒被许约吓了一跳。

"不是……你怎么在这?不是刚打铃吗?你提前交卷了?"

"是啊,写完就交了。"许约将笔帽盖紧了一些,然后顺手塞进了裤兜,"怎么了?考试规定不能提前交卷?"

"反正李烨说不能,但她又没给你们监考,问题不大。"顾渊的目光在许约脸上停了一会儿,"哦对了,考试前我说的赌注……"

"嗯,你说。"

"我突然觉得骑不骑车的其实无所谓,反正你会骑,大不了以后你带我就完事了。要不……咱们赌个稍微刺激点的?"顾渊眯了下眼,眼尾稍微上翘,整个人看上去就是大写的四个字"不怀好意"。

"赌什么赶紧说，休息时间总共就十分钟，我还要去厕所。"许约拧开了手里的小瓶矿泉水。

"如果我这次摸底考试名次前进一百二十名，你就穿女装给我看。"

"噗——"许约嘴里没来得及咽下去的矿泉水，一路无阻地喷了顾渊一脸。

他弯着腰一顿猛咳，到最后整张脸都被呛得通红。

"顾渊你果然有毛病。"

"敢不敢赌？"顾渊拍了几下许约的后背。

"不赌这个，换一个。"

"不换。"

"想看女装找周辉跟李然然他俩去。"许约垂眸看都不想看顾渊一眼，"还有，你这都什么癖好？"

许约猛地抬起头，如果顾渊没有前进一百二十名呢？是不是就是顾渊穿了？

三分钟后，许约清了清嗓子，抬起头看着顾渊。

"行，赌就赌。如果低于一百二十名，就换你穿？"

休息时间结束，也意味着下一场的考试正式开始。走廊里的所有人都加快步伐往自己的考场赶。

"这场考完了去班里集合，周五跟李然然和周辉他俩说好了，今天中午一起去食堂吃。"许约转身指了指1班教室。

顾渊注意力却不在食堂二字上，他垂眸点了下头，最后进了教室。

第二场考英语，校园广播的电流响了几声，并且提示五分钟后开始播放听力材料。许约回了教室一屁股坐在凳子上，有一下没一下地转着手里那根中性笔。

直到老杨胳膊底下夹着牛皮纸包着的卷子，踏进15班的前门……

许约受惊,指关节不自觉地使了劲,手里的笔在指间转了两圈直接向前排飞去,最后弹在斜前方一个男生的背上。

更巧的是,笔尖先一步蹭上了布料,然后在校服白色的部分划出一道黑色的痕迹。

"怎么了?"戴着眼镜的男生一脸不耐烦,回过头瞥了一眼身后的另一个男生,"刚什么东西砸到我了?"

男生摇了摇头首先把自己撇得干干净净,然后指了指坐在后排的许约,顺带着踢了两下那个戴着眼镜男生的凳子腿:"你校服被笔画了。"

许约啧了一声,他咳了几声成功引起了前面几排学生的注意力。

老杨跟另外一个老师已经分好了卷子,听到一阵急促的咳嗽声后目光跟着大伙一起飘了过去。

"底下干吗呢?马上发卷子了,一个个的都往后看什么呢?要是不想考,现在就可以直接出去了。还有,中间第五排那个穿校服戴眼镜的男生,把过道上的笔捡起来,挨个传到后面去。其余人都给我转过来坐好。"老杨眼神好,看了许约几眼似乎就明白了。

当然,许约做梦都没想到,一向公私分明的老杨居然也有护犊子的一天。

不过想想也是,这个考场里只有他一个人是老杨手底下的学生,不护他难道去护刚刚那个恨不得朝他扑过来的男生吗?

许约不自觉地怔了下,随后略显尴尬地往窗外看了一眼。

目送着那根白色塑料壳按压笔传到许约手里,老杨才缓缓说道:"还没正式开始的时候就把笔都放桌上,让写的时候再写。高考的时候没让你动笔你就不能动。"

许约砸巴了下嘴,拧开矿泉水瓶猛灌了几口,仰着头瞅了一眼讲台上的老杨。

四目相对,他猛地放下瓶子,清了清嗓坐得笔直。倒像个偷摸做坏事被当场抓获的小孩似的。

没等到广播开始播放听力，底下有几个男生已经拿着铅笔涂涂写写。

老杨看在眼里，只是皱了皱眉，然后将目光移到了最后一排坐得笔直，微微侧头看着窗外的许约身上。

"杨老师，你老往那边看是因为最后那个同学是你们班的吗？"老杨身边一个矮一点的女老师掩着嘴小声说道，"就最后一排那个小男生，不知道为什么，看着跟其他学生不太一样，起码对考试的态度很认真。"

"对，是我们班新来的。"老杨抬眸，嘴角上扬着，很是威风，"这学期刚转过来的，因为上学期的期末考试他没排名，这次考试只能给他安排到最后一个教室。"

"这样啊，我说怎么看着就不像那些不爱学习的。"

"这孩子啊，分数高着呢。哈哈，到时候等总分排名出来了，你再夸也来得及。"老杨笑了笑，双手按在了讲台上。

英语考试可不比语文、数学，几个单词读不懂，你就不能理解那句话想表达的意思，包括听力在内。

四十分钟后，教室里陆陆续续有学生提前交了卷。老杨虽严厉，但依旧管不了那些十六七岁正处叛逆期的高中生。

老杨将讲台上的卷子整理好，抬头又看了许约一眼。

果然，总共三十多个人里，只有许约从一开始拿起笔到现在就没停下过，嘴唇时不时动几下，像是在拼写英文单词。

到考试结束铃响起，许约才缓缓站起来，他动了动脖子，将卷子正面朝上递到老杨手里，出教室的时候还不忘回头说了句"老师再见"。

老杨心花怒放，整理15考场卷子的时候又跟一同来监考的女老师夸了许约一顿。

许约到1班教室门口的时候，顾渊他们三个已经坐在第一排的位置上不停地说着英语试卷，见许约进来，立马都站起身。

"你总算是来了,我们三个都快饿死了,冲冲冲,先吃饭先吃饭!"李然然刚才还一脸不高兴的表情瞬间消散。

他双手撑着桌直接踩着凳子跳了过来,许约怕他摔着,伸手扶住了李然然的肩膀。

"这么激动干吗?要是被老杨看到又得挨一顿说。"许约耸了耸肩。

"老杨?老杨他今天也监考?"周辉疑惑道。

"为什么不监考?"顾渊跟着起身,从过道往门口走了两步,"他给15班监考英语,我路过的时候看到了。"

"15班?那不是许约的考场吗?"李然然看了一眼许约,轻拍着他的肩膀,"好兄弟,苦了你了,没出什么幺蛾子吧?"

"还好。"许约深呼吸了下,"只是监考而已,不至于。"

当时许约所有的心思都在卷子上,至于整场考试老杨干了什么说了什么或者在教室里转了多少圈,他一概不知。

"走了走了,今天学校就只有我们高二的,估计食堂的人也不多。"顾渊突然开口,而且还是一语惊人。

许约跟着愣了下,平时一副少爷样子的顾渊居然开口说要去食堂。

他还以为顾渊多少会有点抗拒心理,不知道是不是他从不在雨天打伞的原因,还是说脑子里被强行灌了雨水才能说出这么令人唏嘘的话。

许约还没感叹完,就被一把拽了出去,差点磕到门框上。

食堂的窗口只开了三个,但每个窗口前依旧排着队,只不过没有以往那么吓人。没有扭七扭八歪到门口的"长龙",也没有头顶三个陶瓷碗或者怀里几个杯子的"代饭者"。

顾渊往前走了几步,抬头看着窗口上方的菜单表。旁边排队的几个女生抿着唇时不时瞅他一眼,又回头捂嘴偷笑,不知跟身边的同学在说什么。

顾渊盯着窗口贴着的菜单。几秒之后又回头冲许约李然然他们招招手："你们几个过来看吃什么，刷我的校卡就行。"

许约"嗯"了一声，往前迈了一步跟顾渊并排站着。

盛好了饭，顾渊端着两个餐盘找了空位坐下来。许约手里拿着两杯椰汁放在桌上，看了看餐盘里的几个炒菜，微微皱了皱眉。

"怎么了？"周辉往嘴里扒拉了一大口米饭，转头看着许约，"这菜不难吃。虽然卖相不太好看吧，但味道真的绝了，你别不信。"

"不是，菜里面……有洋葱。"许约皱着眉用筷子夹了几小块洋葱出来，放在纸巾上，"我不吃洋葱。"

"啊？这样啊……那，那这里面好多小块洋葱……要不重新打一份？这份就给李然然吃，渊哥校卡里还剩下好多钱，反正他也不怎么喜欢来食堂。"

"算了，我吃别的菜就行。"许约说，"其他菜没有，我就凑合……"

话还没说完，顾渊就将自己的餐盘直接推了过来，再将许约的那份放到自己面前。

"矫不矫情……我看了，这份里面没有洋葱，你吃吧。"

"渊哥，你刚都已经吃一口了，还好意思给许约啊？"周辉眨了眨眼睛看向许约。

"吃你的。"顾渊将周辉瞪了回去。

顾渊低头用筷子使劲戳着餐盘里的米饭，以至于弄撒了好几粒。

许约握住顾渊的右手，强行将他的筷子夺了过来放在盘子上。

"别把饭弄到桌上了，下次要是再被我看到，我绝对按着你的头让你把桌子舔一遍！"

吃过午饭，四人一前一后推挤进了教室。许约想趁着午休时间再好好复习一下下午要考的重点知识，李然然说想回宿舍睡觉，愣是被周辉给拎回了教室。

顾渊走在最后面，时不时踢两下李然然的小腿强迫他稍微清醒一些，免得他突然睡着直接栽在地上，到时丢脸的可就不单单只有李然然一个人。

午间教室里的人并不多，有几个其他班的女生正趴在考场里午休，看到他们几人回来，个个眸子里瞬间亮了起来。还有几个人"嗖"地一下起身，拿起了桌上放着的复习资料。然后时不时用余光瞥向后排的几个人。

许约将早上丢在窗台的语文书塞进了桌兜，又摸了一本化学书出来。

李然然半眯着眼，整个人都不太清醒，嘴里嘟嘟囔囔了几声就趴在自己座位上闭上了眼睛，没多久就传来一阵节奏均匀的轻鼾声。

听着还挺催眠。

周辉捏着笔戳了两下他的胳膊，啧了一声："每次考完语文……李然然都像废了一样，还能不能行了。"

顾渊歪了下脖子："这才到哪，下午还有四门。等数学考完，他估计得从考场里爬着出来。就跟之前看过的那个日本恐怖片里的那个……叫什么……"

"伽椰子。"许约回了一句。

"对，就跟那样差不多。"顾渊点了下头看着周辉，又转过头来问许约，"你还看过恐怖片啊？我以为从小怕黑的人这辈子可能都不会看恐怖片……"

许约白了他一眼，没给出任何回应。

"下午第一门先考数学。"许约浅声道，一目十行地翻着书，"等李然然醒了告诉他，实在不会就全选C，好歹能蒙对几个。全错的话就当我没说，是他自己运气不好。"

顾渊抱拳看着许约，满脸崇拜道："受教了，看来今天下午的选择题不用费脑子了。写几个C我也会，而且超级顺手。"

确实挺顺手的，毕竟以前没少干这事，能蒙几个算几个。

"所以我昨天晚上是对牛弹琴了？"许约丢了个白眼过去。

第六章 赌约

"没，我开玩笑的。"

雨好像小了些，不一会儿，太阳突然从层层云霭里钻了出来，阳光极其刺眼，透过玻璃窗直接洒在了窗台边缘和课桌上，还有几个少年略显稚嫩的侧脸上。

顾渊抬起头看向窗外，白皙的皮肤在阳光下更加透亮。

"太阳出来了？这天气预报真够准的。说早上下雨就下雨，说下午晴天就晴天。"周辉转了几下笔，半个身子爬上窗台，"这就是传说中的太阳雨吧，那是不是能看到彩虹啊？我怎么没看到啊？"

许约轻笑了几声，合了课本，同样转头看向窗外。

顾渊说：" 就你事多是吧？赶紧看书。"

周辉转过身对着顾渊翻了个白眼，忍不住举起拳头在空中比画着，仿佛下一秒就会落在顾渊脸上似的。

可惜，他不敢。借他十个胆，他依旧不敢。

"对了，渊哥。你不困吗？平时一到这种时候，你不都已经呵欠连天鼻孔冲天了吗？"周辉问。

许约突然有些心疼李烨，一个班里能出这么几个"人才"那也是不常见的。

不过当事人自己好像并没有当回事。

"还行吧，不怎么困。而且许约不是也没睡觉？为什么就问我不问他？"顾渊心里有些不平衡，一般这种问题他会觉得多半是在嘲讽他。

"人家学霸，考试前复习天经地义啊，你又不是……"

周辉这话提醒了顾渊，他抿了下唇，轻轻咬了几下，然后凑近许约耳边，小声问道："你的尺码应该跟我一样吧？"

这话怪怪的，许约思考了半天，终于回过神瞪了一眼一肚子坏水的顾渊。

"是……"

"嗯，我记住了。"顾渊挑了下眉，"你就等着你的女装吧。"

许约心想，自己压根就不应该跟着他们坐在教室里像现在这样有一搭没一搭的聊天，应该趁顾渊不注意把他敲晕拖走，直接找个没人的地方埋了。等到下午考试结束，再挖出来重见天日。这样，不管是谁穿女装都直接一笔带过，无事发生。

许约没再去理会他们后来的聊天内容，直到整个教室里彻底安静下来，他抬起头才发现旁边这几个人都趴在桌上紧闭双眸。

许约随手扒了几下头顶蓬松的头发，顺带着揉了几下刘海。

下午的考试对稍微有些偏向理科的许约来说还算不错，起码数学、化学、生物这三门卷子写得密密麻麻不留空白。

最后一门历史。许约翻到试卷最后一面简单看了几道问答题，习惯性在空白的答题处写下了一个大大的"解"字，最后一笔依旧拉得老长。

转学前有老师曾经在课上说过，不管你会不会，只要写个解，肯定能得1分。所以许约连题目都不看，直接先写了解字下去。

两分钟后，他皱着眉将"解"字彻底涂掉。

历史卷子上写什么解字啊！

许约心想，以后见到试卷就写解字的毛病应该改改了。

直到铃声响起，许约满脸疲惫地从后门出来，他的脑子里面依旧是唐宋元明清。

顾渊早就已经等在楼梯口，见许约过来直接走了过去。

"许约，我跟你说啊，你别不信。真的，你那女装真的要提上日程了。"顾渊斜着嘴角挑了下眉，看上去着实欠揍。

"哦……"许约扫了一眼他，"什么意思？"

"你昨天讲的那几个题型，真的全考了，而且我跟你保证，我这次数学绝对能考到90分以上。"顾渊直了直腰，瞳孔里闪烁着光点。

"150分的卷子你考90分都没及格好吗……"

"那总比以前好吧？"

第六章 赌约

周辉跟李然然从另一侧的走廊冲了过来，肩膀上的书包因为惯性的原因向前斜挎着，一眼看去，就像是勒在脖子上。

"什么没及格？你们在干吗……算分？"周辉眯着眼睛问，"不是吧渊哥，你还学人家学霸考完对分啊？"

"对分？正常人会考完对分吗？"李然然愣了一下，突然猛地回头看向许约，"不是，哥，我没说你啊。我说的是那些……那些……"

李然然的声音越来越小，最后还是顾渊转移了话题。

"明早还有几门？"

"三门，物理、政治，还有地理。"周辉翻到笔记本最后一页看了几眼，"你说这学校怎么安排的，就不能把理化生放在今天下午，政史地放在明天早上吗？还往中间各穿插一门，真就响应了高考全面发展不分科呗。"

许约低着头仔细思考了一下。

"不止是响应高考不分科政策，也有可能纯粹是为了防止你猝死。"

"为什么？"顾渊听得一头雾水，他放下胳膊回头问道。

"因为一整个下午你要写完数学、生物、化学和物理卷……"

"对！这是真的恐怖，一下午的时间，那得死多少脑细胞……"话还没说完，李然然直接蹦了起来，双手捂着脸，"别说了。我现在突然觉得活着真好。不行，今天晚上我们去外面吃点好的，我要把我那些死掉的脑细胞全部补回来！要不我们去烧烤摊？"

"弱智。"周辉忍不住捶了李然然胸口一拳，"烤面筋估计是补不回来了，你得找你爸妈给你买几盒保健品。"

"你才弱智，那是给老年人的好吗？"

火烧一般的夕阳下，突然出现了一道半弯的红色彩虹，从林荫路教学楼外侧延伸至宿舍楼另一侧。

"哇！你们快抬头！"李然然突然大叫了起来，手指着半空，"那是什么！彩虹吗？这世界上还有红色彩虹吗？我还是头一回见。"

"你能别叫这么大声吗,耳朵都要被你吼聋了。怎么你是没见过彩虹吗?小学美术课没画过?"顾渊往许约的位置挪了两步抬起头,捏了下鼻尖,"不过红色确实很好看。学霸,这是什么现象?用你熟悉的生物知识来给我们几个讲解一下呗。"

"这种彩虹我也是头一次看到,不过一般都只在黎明或者傍晚下过雨的时候才能看到。这个时间段的地球大气层厚度会过滤掉部分蓝色,看起来就会像是红色或者是橙色的光反射。也就变成了你们所看到的这种彩虹……"许约抬眸看了一眼,又斜着眼瞅了一眼身边的顾渊,"还有顾渊同学,这是物理知识。"

三人同时无语。

于是,摸底考试结束的前一天晚上,四个人背着书包并排出了校门,最终在常去的那家烧烤店压榨了许约一波。

李然然吸着鼻子打趣道,理由是因为某个人嘲讽他们三个学渣。

某人正咬着沾了几粒辣椒籽的肉串,一边用手背蹭了蹭眼角,一边将肉串从竹签上撸下来塞进了嘴里。

几人吃了一阵,顾渊脸上的神情渐渐的有些痛苦。

"不行……想吐。"顾渊闭着眼睛摸了瓶矿泉水,左手直接捏在了许约的肩膀上,"许约,你稍微扶我一下,真要吐了。"

许约还没反应过来就已经被架着到了巷子口。

"呕——"

许约转过头,右手却轻轻拍着顾渊的后背。

"好点没有?"许约接过那瓶矿泉水拧开又递了回去。

"没事。"顾渊用纸巾擦了擦嘴,四处看了看,一手扶着墙走到垃圾桶,将用过的纸巾丢了进去,"喂,你的胃不难受吗?"

"我?不难受。"许约跟顾渊对视片刻,挥了挥手,"怎么突然这么问?"

"你刚吃了三串,其中两串都是带辣椒的。你不是胃不好吗?还吃这么多辣的。"顾渊脱口而出,说完之后觉得有些尴尬,"你别多想，我没想管你，就是刚起身的时候看到你那放的竹签了。"

许约"哦"了一声，走过来用胳膊撑着顾渊："你现在还是担心担心你自己吧。走了，回去了。"

转身的瞬间，顾渊突然停了下来，右手直接抓在许约的右胳膊上。

因为刚吐过的原因，顾渊的眼角下方殷红一片，巷子口连通着马路，时不时有车灯打过来印在他的眼睛里，浮现出忽明忽灭的星点。

"许约，我们现在，应该算是朋友了吧……"顾渊点了点自己的太阳穴，有点难受。

他努力想睁开眼看清面前站着的许约，却使不出半分力气。

顾渊眯着眼，在川流不息极其刺眼的车灯下看到许约微微张嘴说了句什么……

别睡，还没有听到许约说什么。

别睡过去……

因为身体的原因，周日早上的三门考试顾渊的大脑一片空白，都是自由发挥想到什么就写什么，只要不在物理卷的大题上写上有关政治的内容对他来说就已经是给足了老师面子。

虽说许约对剩下几个科目不感兴趣，但毕竟这次成绩影响着转学以来的初次排名。他只好咬着笔帽眼睛死死地盯着桌上的地理卷子。直到铃声响起，监考老师挨个收完卷子，许约才缓缓挪开凳子出了教室。

顾渊跟周辉、李然然几人早早等在楼梯拐角处，见他过来，周辉激动地蹦到了许约旁边，还很自然地将胳膊也搭了上去。

"我还以为你会是第一个站在这等着的人。"周辉喷了两声继续说道，"我看你平时都不怎么喜欢听政治、地理课啊，怎么今天考试还能坐到最后一秒？我跟李然然把前面选择题做完之后，后面的论述题基本都是随便写的,然后直接交卷走人了。对了,渊哥你呢?还跟上学期那样选择题全选了Ａ?"

"没有。"顾渊拨弄了几下被风吹乱的头发,"我什么时候出的教室你们不是知道吗?就比许约早了十分钟而已。"

言外之意,这次考试我是认真写完的。

顾渊心想,先不管答案是不是正确的,起码他对待考试的态度确实好了不少。这对他来说已经算是质的飞跃,他忍不住笑了几声。

许约按了下顾渊的肩膀,顺手往楼梯口推了一步。

"走吧,先下楼。别在楼梯口堵着了。"不远处几个女生抱着书盯着他们看了半天,许约看着她们忍不住皱了皱眉,跟在顾渊身后下了楼,"一会儿吃完午饭你们几个准备干吗去?"

"当然是老地方啦!哦对你刚转来可能不知道,我们以前每次考完试,都会去学校附近找个车少人不多的公路去飙一场!"李然然说。

"飙什么?飙车啊?"许约将书包甩到了身后,脑子里全都是之前在电视上看过的赛车比赛视频,他眼睛睁得更大了些,缓缓问道,"我理解的跟你说的是一个意思吗?就电视里四个轮子的那种?"

"这个就不必了啊。四个轮子飙车我看你就是在做梦。倒也不是做梦,渊哥第一次过去的时候跟你一样,也会错了意,直接叫了代驾来,然后当场就傻了,我们所有人都是单车,哈哈哈,那场面⋯⋯"周辉撇了撇嘴犹豫了半天,"许约你来不来?我有个朋友有变速车,刚好在车棚放着,用不用我去帮你借一个?在明天成绩出来之前好好去玩一次。反正下午我们也没什么事。"

"行吧。"许约点了下头,眼神移到了顾渊身上,"所以说,学会骑车还是很有必要的,对吧李然然?"

李然然神游了半天,突然被点名,晃了两下脑袋又点了点头。

一副你们说什么做什么我都可以假装不知道的神情。

"那我干吗?"顾渊问,"上次飚完车,我车直接被我妈给扣在

第六章 赌约

家里了。"

"对哦,我忘了……渊哥不会骑车……"周辉停了下来,一脸抱歉地看着顾渊,眼神却十分犀利。

不在这种事情上狠狠嘲笑顾渊,还有其他更好的机会吗?

周辉轻声咳了几下,说道:"要不渊哥你给我们当裁判吧。"

"还有其他选项吗?"

"那就随便找个人带你呗。"

正当几个人讨论不休的时候,3班的赵晨不知道从哪走了过来,一巴掌拍在周辉的背上。

惊得周辉往外跳开了好几米。

"赵晨你是不是有病!吓死我了。"周辉甩了甩书包,转头踢了赵晨一脚,"我还以为是哪个校领导突然袭击……"

"兄弟们考完试了下午准备干吗去?"赵晨看向顾渊,"渊哥你应该不回家吧?"

"不回。"顾渊打了个哈欠,眼里瞬间起了一层水雾,他伸手揉了两下眼睛。

"给。"赵晨从兜里摸了包纸巾出来,"难怪你眼睛那么红,整天用手揉它能不红吗?"

顾渊随便扯了张干净的纸巾,擦了擦眼睛,等到眼前水雾退散,他才缓缓看向赵晨。

"谢了。"

"既然下午没什么事,渊哥你要不要跟我们去打篮球?"赵晨问。

"不去,我跟他们一起。"顾渊道。

"打什么篮球啊,好不容易放个假,我们准备找个地方飙车去。"李然然说。

许约撇开头忍不住对着空气翻了个白眼。

李然然什么都好,就是不太会看人眼色,没看到顾渊不怎么想搭理那个头脑简单四肢发达的赵晨吗?

顾渊其实也有些不爽，但是出于礼貌还是勉强冲着赵晨笑了一下："你去吗？"

"去啊！肯定去。好不容易考完了不去玩那也太亏了。"赵晨愣了两秒，立马给出了回应。

当然，这是个不怎么令人愉悦的回答。

整幢教学楼里就剩下他们几人还有一堆抱着考卷准备下楼的监考老师，许约轻声咳了几下推了一把顾渊，顺手指了指三楼四楼的楼梯拐角口。

"怎么了？"顾渊偏过头压着嗓子。

"看那。"许约抬了抬头。

"那不是李烨吗……快走先溜。"顾渊一把抓着许约的书包将他整个人拎着往教学楼外走。完全顾不上身后突然愣住的三人。

周辉一脸迷茫，抬头往楼梯上看了半天都没看出什么来。

"怎么了？渊哥，你俩突然……突然跑什么啊？"周辉一路小跑跟了过来，双手撑着膝盖大口大口地呼吸着，额头上的小汗珠顺着鬓角滑了下来，"你……你们……到底……跑……跑什么啊。老杨今天……今天又不监考……"

许约同样跑得气息不稳，浅浅呼吸了几下。

"刚才看到李烨下楼了，我不太想看见她。"许约脑海里瞬间浮现出了那张皮笑肉不笑的脸，他忍不住打了个哆嗦，"那张脸我记忆犹新，恐怖片女主都没她吓人。"

"虽然不知道发生了什么，但听你这语气就很恐怖……不过咱们几个要站在那我还真怕她过来让我们直接帮所有的老师拿卷子。保不准还要问你昨天的语文答得怎么样……"李然然把书包放在一旁的垃圾桶上，四处张望了一阵确定没有任何老师，才缓缓从书包里拿出了手机。

"你拿手机至于这么鬼鬼祟祟的吗？现在都已经考完试了，哪个老师会管你带不带手机。"赵晨一脸迷茫地盯着李然然，"就你刚刚那样，不去话剧社可惜了。"

"你可闭嘴吧。"李然然回道，"我问问咱们整个高二群里有没有人一起去，人多热闹。"

赵晨和周辉眼前一亮，瞬间凑了过去。

"喂，现在能松开了吗？"许约侧着身子盯着肩膀上那根快要滑落的黑色背包带，"我书包都快被你拽下去了。"

"哦……跑太急给忘了。"顾渊下意识松了手，尴尬地抓了抓自己的后脖颈。

周末考试期间，整个学校难得清静，再加上前几日持续降雨，整个校园各种花草香味扑面而来。

许约贪婪地呼吸着甜润的空气，感觉很惬意。

"对了，许约你是不是没加这个群？来，我先把你邀请进来。"李然然突然抬起头看了许约一眼，又低下头在自己的手机上操作了一下，"好了，别忘了改好备注。"

没等到许约说话，一旁站着的顾渊整张脸都快垮在了地上。

"我也没进。"顾渊瞪了一眼李然然，"怎么不问我？"

"啊？我去年高一的时候不就问过你了？是你自己说不进群啊。"李然然皱了下眉，"这事你可别甩锅给我啊，我不背。当时周辉就在咱俩旁边站着，不信你问他。"

"你哪来那么多废话，我现在想进了，拉我。"

"哦。"

1班李然然邀请许许如生加入该群。

1班李然然邀请渊渊想抱加入该群。

"你俩等下记得改备注。"李然然点开了群成员列表瞅了一眼，"这个群里没老师，所以想说什么想问什么都可以。许约你以后有什么不知道的也可以在群里问问。"

"问什么？"许约说。

"什么不知道的，比如？"顾渊朝李然然又翻了个白眼。

"比如看上谁了却不知道她的班级！"周辉挑了几下眉满脸写着"我聪明吧"四个大字。

尽管如此，顾渊还是觉得这人脑子有病。

许约轻轻"嗯"了一声低头看着手机。

1班李然然：朋友们！下午飙车有谁去！

4班赵子欣：李然然，顾渊是不是也去？

1班周辉：去。

1班佳真：我也去。李然然咱们班好几个男生都去，到时候我把名单整理好直接私聊发给你。

3班赵晨：我也报名。

"赵晨你有毛病啊，人都站在我们跟前了还要回个消息刷存在感啊？"李然然正忙着打字统计人数，头也没抬地说道。

4班赵子欣：我也报名。

1班李然然：楼上是女生吧，记得到时候做好防护措施，别摔了。

14班王倩倩：我报名。

8班张威：我也去。哦对，我们整个宿舍都参加，四个人。

9班李晓：我也去。

李然然嘴里小声念叨个不停，周辉凑在一旁跟着统计人数。

直到许约发了一条消息出去。

许约：我跟顾渊也报名。

4班赵子欣：楼上新进来的那个同学，你群名片格式不对。

14班王倩倩：哇，他是不是最近跟顾渊常在一起的那个大帅哥！原来名字叫许约！名字好好听啊。

4班赵子欣：真的假的！帅哥，别动手。你的名片我来帮你改！我是管理员！

1班佳真：冷静！别刷屏啊姐妹们！

10班李威：我朋友前些天还跟我说在学校见到一个跟顾渊一样帅的男生，是不是就是你？

很快,整个群里瞬间炸了锅,甚至还有几个一向不怎么看群消息的女生被朋友叫来围观。

许约顿了下,将李然然的群名片格式复制好,将最后的名字换成自己的。

"你要吗?"他转头看向顾渊。

"什么?"

"群名片格式,他们群里那个符号看着有点花里胡哨的。"

顾渊愣了下。

顾渊默默看了一眼自己几秒前刚改好的群名片……

他轻咳道:"咳咳,是吗?我也觉得有点花里胡哨。"

然后点开自己的群名片,将扎眼的"附中校草顾渊"改成了"1班顾渊"。

最终的飙车地点定在了离附中不远的北二环上,据说那条路是前年开始整修的,可去年修到一半时老板不知怎么就欠了人钱,最后不能及时支付工资,干脆直接卷着剩余的工程款跑路了,这条路也就因此被晾在了这里。

许约跟在最后听着他们几个人有一句没一句地闲聊。

"所以,北二环上一半路是好的另一半压根就没修?"许约将群消息屏蔽掉,然后直接将手机塞回裤兜,"那岂不是都是些石子路?"

"也不全是,没修好的那一半路是石子路,剩下那段不是,反正我们飙车的话路程足够了。我觉得要不就以这一半为界限,谁先冲过好的路段谁就赢。"李然然回过头停了几秒。

这是重点吗?就算一半是修整过的,但是另一半并不是啊。万一冲线的时候轮子打滑跌落……许约忍不住皱了下眉头。

算了,反正自己是抱着重在参与的态度去的,赢不赢对他来说不重要。

"知道了。"许约轻声回了句。

顾渊没说话,只是稍稍减缓了些步行速度,直至跟许约并排。

"怎么了？"许约问顾渊。

"他们几个在前面叽叽喳喳的太吵，还是你这安静，空气质量都比前面好很多。"顾渊随手拽了拽自己肩上的背带。

"说人话。"

"那个……想跟你商量个事。"

许约抬眸。

这个人居然还会跟人商量，他还以为顾渊一向高傲自大，能用钱解决的事从来不会浪费口舌。

"你说。"许约吸了吸鼻子。

"一会儿飙车，你能……"顾渊哑着嗓子，声音很低沉，但又很好听，"你能不能带我……"

许约停了下来。

也不知是因为顾渊背着光，还是阳光过于刺眼。两人目光相撞的瞬间，顾渊不禁撇过头去。他本就生得眉清目秀，借着午后的阳光，即使侧着脸依旧能看到他那长而微卷的睫毛。

"到底行不行啊……"大概是因为许久没有得到回应，顾渊直接炸毛，他回过头猛地拍了许约一把，"磨磨叽叽的干吗……不行的话我就去问别人了。"

"问别人？"许约问，"别人是谁？李然然吗？他自己一个人我都已经很心疼他那车了，周辉平时走路都时不时磕几下，你确定让他带你？"

"所以你就直说，你带不带吧。"顾渊随口道。

"那就带吧。"许约扬了扬下巴，"不过先说好，这种活动重在参与，我对名次不感兴趣，用李然然的座右铭来说就是小命要紧。"

"哈哈，你还能不能行了。"顾渊没忍住用胳膊肘撞了许约一下。

不知道从什么时候开始，这个眼里泛着冷光从不会在意别人看法的许约，似乎变得不那么讨人厌了。

以往人迹罕至的北二环，此刻却挤满了附中的高二学生。

第六章 赌约

李然然站在最前排,像这支队伍的指挥者,他环视了一圈之后双手凑在嘴边大声地喊道:"到齐了吧都?好!等下我倒数到一就直接开始啊。冲过一半路程就算赢了,最后到的那个请吃饭啊。先说好了,安全第一。"

"好!"

"得嘞。"

"赶紧别磨叽了,快开始吧,都等不及了。"

许约手里的车子是李然然帮忙找别人借来的,属于变速车,只不过被加上了后座。许约有瞬间觉得这一切一定是顾渊特意安排好的。

他挽起些裤脚,然后伸腿跨过车身,身高优势使他站在地上就足够踩在另一边的脚踏板上。顾渊双手插在兜里站在许约身后,盯着他的背影。

一个月前,他也看过这样的背影。

一个月后,这人是不是稍微瘦了一点,怎么看着身子这么单薄?

难不成平日里嘲笑他虚的次数太多了,真就应验了?

"上来啊,你愣着干吗?"许约打断了顾渊,"人家都走了,你是真想晚饭请客啊?"

顾渊回过神来,跨坐在车后座上,嘿嘿笑了两声:"走神了,快冲快冲。"

许约猛踩一下踏板,车头跟着往前冲了些,没有任何缓冲,顾渊一个踉跄直接伸手拦在许约的腰上。刚准备蓄力使劲的许约跟着愣了一下,车子跟前面几辆也瞬间拉开了距离。

"你的手……"

"我什么,你刚突然往前冲那一下我整个人都差点摔下去。"顾渊轻轻瞥眼,始终不敢抬头,"还好我腿长。"

"飙车不都是这样的吗?难不成跟老年人骑车买菜似的?"许约侧着身子往后看了一眼,"而且是你自己要我带你的,现在后悔还来得及。"

"别扯那些有的没的啊，赶紧骑，我们已经是最后一名了。"

"那……那你坐好。"许约眼眸微微颤了一下，他清了清嗓子继续说道，"实在怕自己掉下去的话，你就……双手抓紧车的底座。"

"哦……"顾渊乖乖撒开了手，轻轻抿了下唇。

顾渊突然感觉自己有些丢人。

"你要是真害怕掉下去……那我就骑慢点。"许约微微弯了下腰，车子缓缓向前驶去，"反正最后那么多同学的晚餐你全包了就行。"

"许约，你还是不是人？"顾渊怔了下，"包就包，哥哥有的是钱。"

许约轻笑了几声，带着顾渊往前面驶去。

车队仿佛一条长龙在北二环上前后争相不下，前面几位拼了命似的疯狂地蹬着脚踏板，一个个表情狰狞，五官都快拧在一起了，每个人都在用生命给路边的行人真切地演示着什么叫作疯狂的青春。

而到了这条车队的最后面，画风突变，令人咂舌。

顾渊曲着腿坐在后座，时不时左右晃两下，微侧着脸看向路两旁的破旧建筑。

许约脚踩着踏板，一下接一下，虽然缓慢但很有节奏感。

到最后顾渊忍不住从兜里摸出手机随机外放了首英文歌……很是惬意。

等到他们到北二环一半路程的时候，李然然站在终点手里举了根雪糕斜着眼看了这俩人一眼。等到他们靠近时，李然然才大喊道："渊哥，车子出问题了吗？你俩怎么才到？"

顾渊咳了几声站起来："没有啊，就是许约骑车技术不咋地。"

许约冷下脸，将车子靠在一旁的墙边："行，下次你自己来。"

"我真服了，渊哥，人家一个两千多的变速车，愣是让你们骑成了老年代步车，真是绝了。"周辉咬了几口雪糕，嘴里含糊不清道，

第六章 赌约

"反正,今天晚上我们大家的晚饭,渊哥你跟许约你俩全包了就行!"

身后几个别班的男生开始跟着起哄。

许约忍不住笑了起来,他拍了拍顾渊的肩:"顾渊同学,保重钱包。"

"说句实话,早知道这样还不如自己跑着来,跑着恐怕都比你骑得快。"顾渊面子上过不去,他接过周辉递过来的雪糕拆开咬了一大口。

许约愕然。

这人是不是脑子被风吹傻了,明明就是怕他坐不稳掉下去,怎么反倒成了自己技术不好骑得慢了?

"行,你说什么那就是什么吧,反正……"许约往前凑了几步,"我、没、钱。"

顾渊搓了把脸没再说话。

头一次见有人把没钱说得这么义正词严理直气壮的,不愧是许约。

参加此次活动的高二学生并不少,怎么也得有十几个人。李然然好不容易能抓住一次顾渊的把柄,自然就不会那么轻易地放过他。

最后选了附近一家环境舒适的小餐馆。

顾渊站在门口抬头看了半天。

"李然然,这家店是你挑的?"

"对啊,网上评分还挺高的。怎么了?"李然然吸了吸鼻子,右手按在顾渊的肩上。

"我真谢谢你给我省钱啊。"顾渊客气地冲旁边几个别班的女生笑了笑,然后捏了下李然然的胳膊。

李然然看了他一眼说:"中午的时候我给这餐馆打过电话了,是以你的名义包场的,要是换了平时,估计你想吃都吃不上,挤都挤不进去这个门槛。"

顾渊说:"中午?还没比赛你就已经打算让我请客了是吧?"

李然然嘿嘿干笑了两声："你毕竟是我们1班的牌面啊！而且巧了，你俩刚好还是倒数第一并列的。"

"李然然……"许约跟在最后面，忍不住冲李然然竖了个大拇指，"你牛。"

1班的几个同学坐在了同一间包厢里，桌上已经摆好了各式各样的菜品，还有不少看上去就不便宜的糕点。

许约拿过一个塞进嘴里。

"李然然居然比3班赵晨骑得还要快！给我们1班长脸了！"佳真说道。

李然然愣了下，迅速将嘴里残留的糕点咽下去冲佳真点了点头。

"小意思，不值一提，不值一提。"

"嘚瑟吧你就。"周辉忍不住用筷子另一头戳了戳李然然的胳膊。

"喂，这个还真挺好吃的。"许约垂眸道。

顾渊将玻璃转盘轻轻转了半圈，目光划过放在桌上的菜单。菜都是李然然他们自己点的，他一概不知。

顾渊接过菜单……

"条头糕、薄荷糕……七十？"

"蟹壳黄……六十？"

"擂沙圆……一百二十？"

"排骨年糕……四十五？"

"油豆腐线粉汤……三十？"

"李然然！你是不是傻！"顾渊猛地抬头，"这些东西在咱们学校食堂和便利店都有！你平时吃的也不少，合着你跑到校外来吃我们以前经常吃的你是不是有毛病，还有……这真的不是一家黑店？薄荷糕居然要七十块钱？"

佳真正往嘴里塞了一块薄荷糕，听到这直接被呛了好几下。许约递了一瓶矿泉水过去。

"多……多少？七十？"佳真眨了眨眼睛，看向李然然，"李然

第六章 赌约

然,你完了,这回别指望我们救你了。"

"其实吧,我觉得……真挺好吃的,跟学校里的味道不太一样。"许约无心一说,继续往嘴里塞了一口,"而且之前你坑我的那份炒饭,现在就当还回来吧。"

"那不是你自己要出五十块钱的吗?跟我有什么关系?"顾渊不解。

顾渊叹了口气,往嘴里塞了另外一块薄荷糕。

第七章 成绩

第七章 成绩

这个周末对于顾渊来说简直过得水深火热，先不谈为期一天半让他头疼的摸底考试，光是周日晚饭请客就足够他肉疼的了。

几人是步行回来的，虽说北二环离附中不太远，但也不近。

李然然一向吃饱了就容易犯懒，不愿走动，愣是被周辉拽着衣袖走了一路。

"今天玩得真爽，好久没这么痛快地疯过了。"李然然伸出两只胳膊举过头顶，然后抬起头朝后仰去。

"站好别摔了。"周辉推了他一把，"今天疯是疯过了，可十个小时后噩梦就要来了知道吗？"

许约有点诧异。

"为什么？"

"通报批评都不可怕，可怕的是……明天考试成绩就全部公布出来了……我只要一想到明天老杨抱着卷子走进教室，我就头皮发麻。哦对了，我刚刚还在学校群里看了一眼，说是我们附中的摸底卷子是跟三中的卷子互换了批阅的。"周辉越想越委屈，整个人都快瘫在地上一样，"许约你不知道，三中那些老师太狠了，上学期班长有一个字不小心连笔写了，那道题直接被画了个叉。5分啊！什么概念？多这5分可能就全校第一了……"

顾渊最烦听这些，他闭口不言在最前面走了一路，直到看到了自家小区他才缓缓转过身来："我到了，你们三个也赶紧回学校去吧，明天的事明天再说。"

"嗯，我赞同。"许约轻声应了一句。

翌日清早,许约跟往常一样将书包随意甩在背后,左手揣在裤兜里,直接用胳膊肘推开教室的后门。

坐在最后一排离门最近的张蒙着急忙慌往桌兜里塞着什么东西,然后往后斜了一眼:"啊,吓我一跳。我还以为是老杨来了……"

说完,张蒙从桌兜里拿出一袋小面包:"哈密瓜味的,来一个吗?"

"不了,你赶紧吃……算了,我拿一个好了。"许约将背后的书包拿下来,接过张蒙递过来的面包塞进兜里,"赶紧吃吧,一会儿老杨来了,被他看见又得说了。"

张蒙点了点头,愣是将一整块面包全部塞进了嘴里,腮帮子鼓着,像极了小时候经常看的那个卡通金鱼。

许约回到座位,李然然从前排转过来:"你今天怎么起这么晚,以往你都是先走的那个。"

"不是我晚,是你俩今天起得早。"许约将书包放进桌兜,不急不缓地从里面摸了本英语书出来,"不就今天出成绩吗?至于大清早的还不到五点就起来折腾。怎么,起得早你那卷子上的分数就能动一下?"

"不带你这么嘲讽我们的,你再说下去我俩就真哭给你看……对了,一会儿老杨早读肯定会过来宣布成绩排名什么的,根本没空闲的时间让你背英语。"李然然指腹压在了许约的英语书上,愣了片刻缓缓道,"许约,你后来有没有估算过你的分数,大概能排到多少啊?"

"你们周六不是都不让我算分吗?"许约缓缓道,"管他多少分,反正会的全写了,不会的就空着呗。"

"厉害……"

顾渊前脚刚踏进教室后门,老杨后脚就抱着一厚沓试卷从前门走了进来,脸色还有些说不出来的一言难尽。

看样子他们1班的好日子要到头了。

许约侧着头看了一眼，顾渊一边喘着气一边不停地用手扯着领口晃几下。

"路上跑着来的？起晚了？"许约低着头小声问。

"嗯，昨天下午放歌的时候不小心把闹钟给关了，今早差点没起来。"顾渊清了清嗓子，"本来时间是来得及的，可我一进校门，大老远看到老杨从林荫路上抱着卷子往教学区走，所以我就只能跑过来了，还好在他之前进了教室。"

"不过话说回来，之前的卷子不都是批完了直接放在政教处的吗，这次怎么在他手里？"顾渊低头想了半天也没想出个所以然，只好摆了摆手，"算了，不管他。"

"你吃饭了没？"许约问。

"没来得及，怎么了？"

"那刚好。"许约从兜里拿出了从张蒙那顺来的小面包，"从别人那顺的，哈密瓜口味。"

"谢了。"

老杨不知道在讲台上说了些什么，全班开始了一阵稀稀拉拉的掌声和叹息，许约缓缓抬起头看了一眼黑板。

老杨正低头翻着试卷，时不时扶两下眼镜腿。

"摸底考试的成绩已经出来了，昨晚我自己加班研究了一下咱们班每个人的成绩。"

这话一出，讲台底下一片唏嘘。

"我现在总算是明白老杨为什么一大早的把卷子从自己办公室拿过来了。"顾渊一口吞下了手里的小面包，"他可真够敬业的，大周末的好好放个假不行吗？"

许约只是耸了几下肩膀没有回应。

"有的人，进步很大。虽说有些偏科，但是总分名次往前上了几十名甚至是几百名。"老杨喘了口气，从讲台上走下来瞥了最后一

第七章 成绩

排一眼,"也有一些人,平时上课看着坐得端端正正,目不斜视盯着黑板,一到考试就彻底暴露了出来。我想问问这些人,考试的时候是在梦游,还是根本就没睡醒啊?还有,你再怎么着急答卷,也得把自己的名字先写上吧。是不是?不写名字你这科成绩是直接作废的……"

周辉往后排斜了一眼,对着桌兜里的手机挤眉弄眼了一番。

许约低下头从兜里拿出手机藏在桌子底下看了一眼。

辉辉衣袖:老杨刚刚说的那个没写名字的不会是你吧?

辉辉衣袖:我看他一直在往你们那看。

许许如生:应该不是我吧?我记得我写了名字。

然然升旗:问什么问,是我。历史卷上没有写名。

许许如生:牛。

渊渊想抱:李然然同学,那我是不是得提前恭喜你一下,因为很有可能你要换到我这个位置来了。

然然升旗:别损我了哥,真的……我现在想死。不行!下课我要去找老杨!看能不能在总分里给我加上。

然然升旗:不然我妈知道了肯定第一个打我。

"下面我来念一下咱们班的前五名。"老杨从讲台上拿起一张纸,透过光,许约隐隐能看到那是张表格。

应该是名次表。

"第一名佳真,全校排名第二。第二名刘慧,全校排名第七。第三名许约,全校排名第十三。第四名李嘉……"

"等等?多少?全校十三……十三!"李然然放下手机忍不住回过头来,"他们之前都说你是学霸,我一直以为你那学霸两个字是带引号的,结果是真学霸啊!全班第三,全校第十三……我要是能考这么高的分,我妈估计连夜带我去祖坟烧香了……不对,许约,那你刚才还说什么你会的写,不会的空着,你空着还能来个全校第十三啊?"

"我不会的题真是空着的,一个字都没有写。不信到时候卷子发下来你自己检查?"许约转了两下中性笔冲李然然笑了笑,"怎么样?"

"算了吧,看学霸的卷子更让人糟心好吗……人和人之间的差距怎么就这么大呢!"李然然抿了下嘴唇,还是死不了这份心,"所以你到底空了几道题啊?"

"两道。"

"每门两道?"

"不,就历史卷子上空了两道大题。"许约掩着嘴,小声地说道,"少了十分。"

你是人吗?

你不是人。

李然然小声骂了两句重新转了回去。

"……以上就是我们班前五名的同学,接下来我还要来说说咱们班后五名是谁,自己心里有数的就先站起来,到时候我说到你还可能多少会给你留点面子。"老杨表情变化波动不大,看不出是高兴还是不高兴。

李然然单脚挪开凳子缓缓挨着墙站了起来,头埋得很低。

紧接着,第一组靠墙的几个男生跟着站了起来。

直到……

顾渊踢开凳子站了起来,加上后排桌子之间的距离本身也不太大,他直接绕开桌椅站在了旁边的过道里。眼里全然都是不屑,转了几下笔似乎还嫌不够,又垂眸小声吹着口哨。

"顾渊,你先坐下。这回没你。"老杨从前面走过来,冲顾渊笑了笑,将他按回了座位里,"你这次数学单科成绩提高了很多,直接提升了86分,总分比上次高了100分不止,全校名次也跟着上升了二百一十六名。"

多少?上升了二百一十六名?

顾渊愣了下，抬头死死盯着老杨的眼睛。

"不是……老师，真的假的？您可千万别蒙我啊。事关重大！"顾渊疑惑道。

"我昨晚研究了大半夜还能错了不成？"老杨说，"你这次进步是真的很大，是不是考试前跟着许约一起好好复习了？"

老杨看了许约一眼，又将视线挪回顾渊身上，眼神多了些不可思议。

"顾渊，这你要是不好好谢谢你同桌，老师第一个看不过去了。"老杨很会开玩笑，说完之后往前走了两步，直到视线转移到李然然身上。

"李然然，你也坐下。我昨天翻了好久才翻出是你没写名字，后来又跟学校说了一下，给你把历史分加进了总分里。这要是高考，人家可不管你写不写名字，一律按照零分计算。再有下次，你就等着全班倒数第一吧。"

李然然点了点头，等到老杨回到讲台，他忍不住喝了口水，差点被自己给呛到。

"吓死我了，我差点以为我回不去家了。"李然然回头看了一眼顾渊，"我甚至都做好这学期周末在渊哥家里度过的准备了。"

"滚，哪来的就回哪去。"顾渊说，"我又不是你的避风港。"

老杨依旧在讲台上讲得眉飞色舞，底下所有人的心都像是提在了嗓子眼里。

等到下了早读，老杨还是站在讲台上念着成绩和全班全校的排名，整个高二（1）班时不时传来几声欢呼，或者几声哀叹。

还有一大群跟着起哄的。

就连走廊上的人都聚在后门和窗前围观，当然，更多人围观的是顾渊。

不知过了多久，老杨终于心满意足地出了教室。

顾渊凑过来拉下挡着许约的那本练习册："许约。"

"有事？"许约微微眯了下眼睛，总感觉面前这人没安什么好心。

"你应该没忘记咱俩当时的赌注吧？"

"你还是不说话的好……"

"你……你能不能小点声？"许约不自觉地低下头盯着自己的桌兜看了半天，"你这都什么爱好。"

一想到要穿女装，许约整个人后脑勺一阵一阵发麻，仿佛微电流从左侧直接穿到了右耳根。

"这算什么爱好，就单纯地想看我这么帅的同桌穿女装而已。"顾渊面上看着表情没怎么变化，实际心里早就炸开了花，"其他的我可不管啊，说好了的，只要我这次考试名次前进一百二十名你就穿女装的，你要是反悔，我现在就告诉前面那两个！"

"闭嘴！好好坐着吧你。"

许约抬头翻了个白眼，这件事本来就挺丢人，要是再告诉李然然跟周辉，恐怕那俩就得举着手机怼着他的脸拍了。

"你能别用这奇怪的表情看着我吗？"许约摸着后脖颈，他猛地搓了把脸，"穿就穿，不过就十分钟，不对，就五分钟。五分钟一过，这事你要是再敢提一句，我就当场打你。"

"够了够了，只要你穿，几分钟都没问题。"顾渊话音顿了下，又想到了些什么继续补充道，"那我现在就下单。"

"下单？"

"买衣服。"

一早上李然然像打了鸡血一样，每隔个十分钟就转过来跟坐在后排的这两人说几句有的没的，就连李烨的语文课他也没有放过。

许约"嗯"了几句之后继续盯着前面的黑板，一旁的顾渊倒是连头都没舍得抬一下。

在他第七次转过来刚准备开口的时候，顾渊终于忍不住将自己手机塞进桌兜里，然后抬起头一脸不爽地看着他。

"你到底干什么？一节课你都转过来五次了吧。"顾渊看着李然

第七章 成绩

然那满脸通红的样子忍不住笑了起来,"有事就说事,知道你名次往前上升了几十名,没必要一直说,好歹心疼心疼你同桌好吗?"

周辉看着坐得端正,耳朵伸得长着呢,一听到自己的名字他立马条件反射地低下头半边脸冲着后排。

"李然然他好不容易进步一次能不嘚瑟吗?"周辉从桌子底下冲顾渊比了个大拇指,"还是渊哥厉害,直接上去两百多名。"

不提还好,一提到名次,许约停下正转笔的右手,轻轻敲了几下桌子。

"我没记错的话,之前给顾渊讲过的题一字不差地先给你们两个讲了一遍吧。"许约冷笑一声,"怎么?人家的脑子是脑子,你俩的不是?题型都给你们讲过了考试还写不出来,你俩脖子上顶着的那玩意儿到底有什么用?"

周辉嘿嘿笑了两声,目光重新移回到李烨身上去了。

"嗯?"许约挑着半边眉看着面前不知所措的李然然。

"错了错了,那天我俩都……都特别困,整个人都不是特别清醒,就只看到你嘴里一直往外蹦公式,至于什么公式就……就没记太清。"李然然声音不大不小,语气中还带着一股理直气壮。就像是告诉所有人,你把答案告诉我了,但我没记住。因为我太困,不能怪在我的头上。

顾渊拎着领子来回不停扇了好几下。

"今天多少度啊?怎么这么热。"

李然然低头看了一眼:"我看看天气预报啊,嗯……今天二十度。渊哥你这么一说我也觉得有点热,感觉后背都出汗了。"

是有点热吗?额头和鬓角全都布满了汗珠,语文课上还来来回回转个不停,是想证明自己不怕死,还是想告诉许约他其实有多动症。

许约将窗台上新买的湿巾拿了两片出来,一片扔到顾渊的桌上,另一片直接撕开口递给了李然然。

"许约，你凭什么就给他一个人撕个口啊，他又不是残废，自己不会撕？"

"这说明什么，说明我在我约哥心里分量比你重！"李然然不怕死地回答道，"是吧约哥？"

这语气确实有些欠揍。

正当顾渊一脸微笑地将桌上的课本卷成筒状塞进手里的时候，李然然桌兜里的手机屏幕突然亮了一下。

"你手机亮了。"顾渊道。

"啊？哦……"李然然解锁手机看了半天，头也没抬地说道，"赵晨发来的消息……他问我们中午去食堂吃还是去粉星。还说刚刚发消息问过顾渊……渊哥，你没回他消息啊？这都找到我这来了。"

李然然抬起头看了顾渊一眼。

"我开了免打扰，没看到。而且我要是每个人的消息都回，那我课也不用上了，干脆整天抱着手机得了。"顾渊不以为然道。

"他怎么知道我们去粉星吃……"许约的话卡在了一半，他愣了几秒，突然觉得自己是最不该问出这句话的人。

一个新来的转校生，怎么可能比赵晨更了解顾渊他们的行踪。

许约自嘲地笑笑，拧开矿泉水瓶灌了好几口下肚："没事。"

中午放学铃声尾音还没消尽，李然然就直接站了起来从前面扑过来，好在许约反应够快直接躲开了。

"你能不能悠着点，大哥。自己什么吨位不清楚吗？"顾渊站起来伸了个懒腰，还不忘给面前这两个人挑了下眉，"所以李然然，你跟赵晨商量好了没有？食堂还是粉星？"

"粉星粉星！赵晨说了他请客，这不去压榨他一下？"

李然然对蹭饭这种事简直是轻车熟路，跟着顾渊混得多了，自己每个月能省下很多零花钱。但大多都会被顾渊以别的方式给忽悠回去。

第七章 成绩

"随便，许约你去吗？"顾渊指了指后门，示意再不快点出门可能粉星也会爆满。

"去吧。"许约说。

不知是不是心理作祟，许约跟着李然然他们并肩走在林荫路上的时候，他突然觉得粉星偶尔关几天门也不是不可以，反正离教学楼也远，基本没多少人愿意去，就算最后他们几个去挤食堂也没关系。

不知不觉，粉星便利店倒成了许约内心深处的秘密城堡，不愿任何人在那停留驻足，观望一下也不行。

因为里面好像藏着什么东西。

许约低着头盯着自己的鞋尖，来不及刹住一下子就撞在了顾渊的背上。

"干吗呢？"顾渊愣了一下，回过头轻轻推了一下许约的胳膊，"想什么呢这么认真，还好你前面是我，这要是个排水沟估计你现在已经满身泥水站这儿哭了。"

"啊？哦，没注意看。"许约抓了抓脖子掩盖住了一丝丝尴尬，"进去吧。"

顾渊怔了下，这人居然没有反驳？也不知道是在想什么想得这么认真。

"走了走了。"周辉前脚已经踏进粉星的玻璃门，他突然转过身朝身后的几个人招了招手。

粉星是个不怎么大但看上去又十分简约的便利店，靠近玻璃橱窗的地方放了几张灰色圆桌，平时坐四五个人都很拥挤，更别提赵晨还多喊了两个同班的女生来。

粉星的老板被人称作星姐，她看了一眼顾渊跟许约，朝另一侧的软沙发抬了抬头。

"那边人少，你俩坐那去也行，刚刚先来占座的那几个是你同学吗？"

许约的目光扫过老板的脸，赵晨以前应该没怎么来过粉星，至少没有和顾渊一起来过。所以才会被老板称为是"同学"而不是"朋友"。

"星姐你去忙你的，我俩随便坐哪都行。"顾渊食指勾了勾衣领，稍稍往下拽了拽。

许约看向旁边的圆桌。

"顾渊，许约，你俩也过来坐。"赵晨站起来冲两人的方向挥了挥手。

"嗯，来了。"顾渊不冷不热地回了句，然后将许约往前轻轻推了一把。

不推还好，这一推愣是被赵晨和周辉两个人拽到了角落里空着的凳子上，旁边紧挨着两个和赵晨一同前来的女生。

许约尴尬地笑了几声，身子往后靠了靠，胳膊肘直接架在玻璃窗台的架子上。

"渊哥你坐这。"周辉甩了甩手腕将顾渊按在最外面的凳子上，"光吃饭多没意思，我们等下玩点别的啊。星姐给我们这来六瓶那个樱桃汽水吧。"

"不喝，难喝。"顾渊道。

"别啊。"赵晨说道，"好不容易考完试来聚聚，这么不给我面子吗？那要不这样吧，我们一会儿玩真心话大冒险，如果轮到你，不想喝就选真心话，怎么样？"

"行，那就玩吧。"许约开口道，"我觉得这玩法不错。"

顾渊转头直勾勾地盯着许约。

他想，也行，赵晨跟许约并不是很熟，应该不会问一些莫名其妙为难人的问题。

"给你们放后面的桌上了。"星姐道。

"那开始吧？手心手背都会吗？许约你刚来没多久知道这个玩法吗？要不要我跟你说一下怎么玩？"赵晨从身后拿了瓶汽水往每个

第七章 成绩

人面前的一次性纸杯里倒了一些。

"不用,我会玩。直接开始吧。"许约头也没抬地说道。

"那来,我倒数三个数,看谁是最后多出来那个!"

"三、二、一!"

所有人在倒计时结束的那一秒同时伸出了右手。

"嚯,李然然第一个。"圆桌前的两个女生起哄道,"真心话还是大冒险……"

李然然自以为身正不怕影子斜,敲了两下桌子:"我选真心话!来,你们尽管问,我就没有什么说不出口的,当然你们也可以问我这次摸底考试的成绩,我非常乐意跟你们分享。"

赵晨胳膊撑着下巴看了顾渊一眼,转头问李然然:"那我先问吧,渊哥他平时上课都干什么啊?"

顾渊愣了下。

出局的人是李然然,突然提他做什么?

"问他干吗?渊哥上课除了睡觉,偷着玩手机,还能干吗?赵晨你能不能问点关于我的。"李然然皱了皱眉。

赵晨说:"哦……我问完了,周辉到你了,还有李潇潇,你们两个女生也赶紧想好问题。"

整整一轮下来,李然然脸色从红润到苍白最后直接拉着整张脸。

可能是因为赵晨开了个头,除了周辉以外,剩余那两个女生也都问了关于顾渊的问题。

到许约这,他只是随便问了句"体重多少"。

李然然的脸更黑了。

"来来来,下一轮。"

"许约许约!"

周辉胳膊肘直接撞了过来,一个没坐稳直接靠在了许约的肩膀上。

"至于这么激动吗?"顾渊瞥了他们一眼。

"许约,真心话还是大冒险啊?"李然然眨了下眼睛,笑得都快合不拢嘴了,一副"终于落在我手里"的表情。

"真心话吧。"

赵晨眯了眯眼睛,晃了几下桌上的杯子,仿佛在试探着什么:"许约,你转来附中也快有半个月了,顾渊……"

话没说完就被顾渊打断:"出来吃饭就好好吃饭,玩什么无聊游戏,又不是小学生……散了散了。"

顾渊将左手边的周辉拽着袖子硬是拽了出来。

然后,许约就被顾渊扯着袖子从角落扯了出来。

"你们继续吃,钱我已经付过了,我们先回教室了,他还要给我讲生物题。"

正午时分,林荫路上几乎看不到几个人。顾渊下意识伸手扯了下自己的校服领子。

许约郁闷地看了顾渊一眼,自己还没吃什么东西就被顾渊连拉带拽地推出了粉星。

他实在推断不出顾渊在想什么。

许约缓缓垂眸曲着食指,转移了话题:"所以,你准备带我去哪?现在去食堂恐怕只能吃盘子了吧。"

顾渊又按了几下眉心,食指关节微微泛红,也不知刚才是磕在圆桌上还是粉星的玻璃门框上,他愣了几秒才缓缓道:"你校牌带了吗?"

许约随意拍了下右裤兜:"带了,怎么了?"

"那就出去吃,星河路……就咱们学校操场后面的那条路,中午的时候会有那种流动的小餐车。"顾渊从兜里摸出蓝色挂绳在指尖转了一圈又一圈,最后缠绕在他的食指上,"我之前吃过一次,味道还可以。走不走?"

许约垂眸思考了一番,仔细想想,现在离午自习还早,出去一趟应该是来得及的。

"也行，等我一会儿。我去买两瓶喝的，你要什么？"

"奶茶。"

"等着吧。"

许约转头又进了粉星，这回往圆桌的方向看都没看一眼，径直走进了食品区，在两排黑色铁架之间徘徊了一会儿，再出来时手里多了两瓶饮料。

星姐正举着手机跟别人视频，她抬眸瞥了一眼许约和他手里的两瓶饮料。

"一共十块钱，你直接扫码就行……"星姐视线依旧不离手机，嘴里小声念叨着什么许约并未听清。

"转过去了。"

"收到了。"星姐说着抬了抬头往门外看了一眼，"跟顾渊出去啊？"

"嗯。"

说完，许约带着两瓶奶茶推门而出。

正值正午，门卫值班室的大爷胳膊肘支在木桌上，像小鸡啄米似的闭眼点着头。阳光正好洒在他的脸上，将他脸上岁月留下的痕迹偷偷印了出来。

许约随意瞄了一眼就瞄到了大爷眉心处堆着的好几层褶子。

附中平时都是中午十二点整放学，铃声一响，校门大开。然后在十二点二十五分学生走得差不多的时候再关上校门，以防其他无关人员出入。

关门之后的值班大爷，要么就是见不到人影，要么就是趴在桌上午休。

就像现在。

顾渊不愿吵醒他，直接轻轻推开了值班室的窗户，从桌上拿走了控制自动门的电子锁。

"喂，你这样真的不会被开除？"许约压低了声音，有些心虚地说，"你抬头往上看一眼，那都是监控。"

顾渊并没当回事，按了几下按钮，校门从一侧缓缓打开了一条只允许一人通过的间隙，然后他又将电子遥控器重新放回桌上，并且关好了窗。

"那监控一般没人会看。"顾渊说，"除非是什么事情闹大了才会查校门监控，不然平时中午放学那么多学生都从这出去，他整天盯着这个看得过来吗？"

"可是……"

可是现在校门口站着的就只有我跟你两个人……

许约没再开口，侧着身从缝隙中挪了出去，顾渊跟在他的身后同样侧着身。

操场外侧那条两旁种满梧桐树的长街其实并不能称之为街，因为一眼望去路上除了落叶和两旁三五个挂着红色牌子的小推车以外，并没有任何人来车往的迹象。

一阵暖风穿过巷子，抚着许约的侧脸，顺带吹起散落一地的梧桐叶。

小推车旁站着几个跟他们一样偷溜出来身穿附中校服的男生，每个人脸上都挂着笑。也不知道从哪个弄堂巷口突然钻出一只白猫，冲着他们这个方向叫了半天。

一阵断断续续的车铃声从远处传来。

许约一下子就想到了"岁月静好"这四个字。甚至觉得在遥远的以后，他会有一栋属于自己的房子，不需要很大，最好带个院子，平日里可以养些花花草草。当然，一定要养一只小猫，白色的，面相好看，还可以稍微带点花斑。

清晨太阳初升，透过窗能看到它晃着脑袋大摇大摆地出门，在某个绿荫蝉鸣的午后，有个人怀里抱着属于他的猫，然后推门而入轻轻唤起他的名字……

第七章 成绩

"许约？喂！你没事发什么呆啊。"顾渊伸手在许约眼前晃了几下，将他从幻想中拉了回来。

"啊？没事，我刚在想……早上的错题……"

顾渊往前走了几步回过头来看向许约："以前怎么没发现你这么好学？啧，学霸事真多。对了，你除了不吃洋葱还不吃什么？"

"就不吃洋葱。"许约回答道，"其他好像没了，以后要是想到了再告诉你。"

顾渊清了清嗓子，又拽着衣领扇了几下，似乎还觉得热，直接将校服外套脱掉随手在腰间打了个结："那走吧，随便买点带回去吃，站在路边吃东西看上去有点傻。"

"嗯，我赞同。"

二十分钟后，他们还是站在流动小推车旁边吃完了有些烫手的煎饼果子。"看上去有点傻"的想法在此刻已经消失得无影无踪。

理由就是老板出门着急忘带手机，印有收款码的纸也落在了家里。

面对"只收现金"这句话的时候，顾渊整张脸都垮在了地上。

最后还是李然然从操场角落里翻墙出来替他俩付的钱。

"说真的，渊哥，许约。我怎么想都想不明白，咱们学校这么大，食堂也好，还有粉星……再不济宿舍楼旁边那个快倒闭的小超市……哪个容不下你们？大中午的非要跑来星河路就为了……吃个煎饼果子？"李然然最后一个从墙上跳进来，他拍了拍手，一脸郁闷地看着面前站得笔直嘴角还沾着几块面糊的两个人，"而且还不带钱。"

许约轻声咳了下，曲着指关节指了指站在一旁的顾渊："带是带了，就是人家不支持扫码支付。你们顾大帅哥今天除了手机没带其他东西出门。"

"你自己怎么不带？还好意思说我？"顾渊将腰间的校服拽了下来隔空甩了几下，然后偏过头看了许约一眼。

"我看着像是有钱的人？"许约捏着手机摊了摊手，还不忘耸了两下肩膀。

顾渊将校服丢进李然然的怀里，顺带戳了戳他的脸："兄弟，今天谢了。改天哥给你买糖吃。走了走了，先回教室。"

说完，顾渊潇洒转身，背挺得比之前更直了些，好像还有点自豪。

李然然的目光挪到了顾渊的背影上，他咬着牙停了几秒，缓缓问道："许约，你有没有觉得有三个字特别适合我？"

"哪三个？"

"工、具、人！"

附中的午自习没有任何带班老师，全靠学生的自觉性。

但还是会有几个当周执勤的校领导时不时出现在教学区的走廊里，趴在某个班的后门窗户上看看。就像现在，许约左手举着练习册余光时不时瞄一眼后门玻璃窗上多出来的那半个脑袋。

他冲顾渊使了个眼色，微微扬了扬下巴。

"老杨？"顾渊张了张嘴用口形问道，本就微侧弓背的身子又往桌子跟前凑近了些，他迅速将手机塞进裤兜，然后咳了几下，左手不紧不慢地从桌肚里随便抽了个作业本出来，然后慢慢坐直坐好，眼睛往后门瞟了一眼。

"许约你是不是耍我啊？后门哪有老师过来！"顾渊看着不知何时敞开的教室后门。

带着暖意的风穿门而来扑在顾渊脸上，他回过头微微眯了眯眼。

"刚刚校主任趴在后门窗户上看半天了，估计是脚跐累了，就走了。"许约哭笑不得，"而且你这套挺熟练啊，一气呵成。"

"滚吧你……"顾渊舒了口气继续问道，"什么时候走的？"

"啊？就从你刚刚装模作样埋在桌子底下拿本子的时候。"许约说。

第七章 成绩

"没让你形容得这么详细。"顾渊瞪他一眼。

周辉和李然然趴在桌上写作业,头都没回一下却跟着乐了半天。

"顾渊,老杨让你去趟他的办公室。"佳真抱着一厚沓作业本从前门走了进来,喘着粗气将本子放在讲台上然后冲顾渊喊了一声。

"现在?都已经上自习了还找我干吗?我又没迟到。"顾渊疑问道。

紧接着,安静的教室里,从最后一排传出一阵凳子往后移的响声,极其刺耳。

前几排的同学忍不住回头看了他一眼。

"知道了,现在就去。"顾渊将歪了的发带随便扯了几下,连带塞了几缕头发进去。

他弯腰将裤腿蹭上的白灰拍了拍,转身出了教室后门。

不知道是因为校主任刚刚来过,还是因为考试成绩出来大家都比较郁闷,整个三楼教室一片寂静,除了路过每个班教室门口能听到的一阵阵课本作业纸翻页的声音。

"顾渊!"老杨端着茶杯出了办公室,右胳膊很自然地靠在走廊的挡墙上,冲着对面楼梯口招了招手,"跑步过来,快点。"

声音不小,二楼几个班靠窗的同学不约而同看向老杨,紧接着又把目光转移到顾渊所在的楼梯口。

顾渊跳下最后三级台阶,加快脚步直奔老杨办公室,进去之后还顺手帮他关好了办公室的大门。这已经很丢人了,接下来的面子里子什么的,全部葬在老杨办公室得了。

当然,老杨并不知道这帮学生的心思在哪。

"顾渊啊,这次叫你来不是为了批评你。"老杨看着门后一脸生无可恋的顾渊,忍不住笑了几声,"所以你没必要这么紧张,过来坐吧。"

"那是因为什么?"顾渊缓缓抬眸。

"叫你过来是跟你商量一下之后分班的事情。"

老杨的话如同晴天霹雳，惊得顾渊当场愣了足足两分钟。

办公室的门上是长方形的玻璃窗，正午的阳光很足，透过玻璃直接照在一旁的绿植架上。不知是刚浇过水还是这几个盆栽本就生的青翠碧绿，整个白墙上都微微泛着幽幽绿光。

"这次我把你的各科成绩都好好研究了一遍，虽说你这成绩加起来并不算很理想，但你也是尽自己最大努力了，这点老师们都能看到……而且相对来说你的文科总成绩要比理科总成绩好得多。"老杨扶了下镜框，转了转眼珠，"要是其他人那作业上的字能跟你的字一样，那我也不用天天这么费眼睛了。"

老杨自言自语抱怨了一通，见顾渊一脸高冷完全没有任何想回应的念头，他略带尴尬地笑了几声，重新将话题拉回到成绩上面。

"是这样的，摸底考试结束之后学校决定根据今年的高考给高二学生增加Ａ、Ｂ两个班，Ａ班的主要课程都是文科，也就是说只要你进了Ａ班，相对之下理科方面的那三门课会适当减少，大概也就一周一节课。当然，你可以直接理解成Ａ班专攻史地政。"老杨点了几下手机屏幕看了一眼，接着念道，"Ｂ班性质跟Ａ班一样，只不过是理科班，专攻物化生。我这么说你能听明白吗？"

"不明白。老师，高考不是今年开始就不分理科文科了吗？"顾渊抿了下嘴唇，"学校又干吗？这个该不会又是李……李老师出的主意吧？"

顾渊张了张嘴，愣是将那个"烨"字吞了回去。

老杨转过头看向顾渊，微微晃了几下头。

"这个还真不是李老师给学校提议的。是校领导一个月前开教师例会决定的。很多学生偏科严重，就拿你的成绩简单举例子，"老杨从桌上拿出一张表格找到了顾渊的名字，用笔尖指了指后面并排的各科成绩记录表，"你的政治、历史和地理三门成绩加起来就比你物理、生物、化学加起来的分数高。这样你高考任选三科肯定是会选自己分数最高的对不对？所以老师建议你转进Ａ班，这样你也有足够的心思和时间在你自己比较强的科目上。总比你上课经常听不进去睡觉强多了。"

老杨一副哄小孩的语气，顾渊转着眼珠仔细想了想，其实他说的并不是没有道理。但又想想，高不高考，分数高不高的其实对他来说也没太大所谓，他早就不在乎这些了。

老杨端起茶杯站起来，顺带将全班排名的表格也拿了起来。

"相反，你看你同桌许约。他全校排名第十三名，各科成绩虽然都过了平均分数线，但是你来看，他的理科三门总分加起来就比文科三门加起来高了整整40分。你说，他是不是以后高考会直接选择物化生这三门？"

"不过……A、B班只对你们这些偏科厉害和全校排名靠前的学生有帮助。像那些物理好但生物不行，政治好但地理又差……对这种学生来说，普通班级正常九门课的课表对他们是最有利的。这叫作均衡发展。"老杨解释得头头是道。

顾渊听得云里雾里，问道："简单说就是，高二会增加两个班，一个文科班一个理科班，对吧？"

"简单来说是这样的。"老杨依旧不死心，仿佛要将这个改动的精髓之处强行灌进顾渊的脑子里，"所以你很适合A班。当然我只是建议，你也可以选择继续留在1班。"

"我随便，你们给我安排到哪个班我就去哪。"顾渊并不反对，毕竟少了三门主课对于任何一个高中生来说，都是天大的好事，"A班离我们现在的1班近吗？不会把这两个班放到高三教学区吧？那我不去。"

老杨抿了口茶，说："不会的放心吧，就你那个懒样，还放高三教学区里去？放四楼你恐怕都得喊半天吧。行了你先回去吧……哦对了，回教室帮我把许约叫下来，我有事跟他说。"

"许约？叫他也是因为分班的事情？"顾渊刚转身准备开门走人，听到许约的名字立马转过头看着老杨，"他……他现在好像不在教室。"

"不在教室？那去哪里了？现在还没到午自习结束的时间呢。"老杨疑问道。

"嗯，他……可能蹲厕所去了，中午吃坏肚子了。"顾渊轻轻咳了一声，开了门拐进了楼梯口。

身后隐约又传来老杨的声音："记得叫他去医务室买点药……"

回到教室，顾渊顾不上其他什么该交的作业，直接回到座位上将整张脸埋进了桌上的作业本里。倒是许约一脸疑惑地盯着他的侧脸瞅了半天。

老杨是跟他说了什么威力这么大？头一次见顾渊从老师办公室出来这么无精打采的。

下课铃响，李然然将作业本合起来卷成一个筒状扔到了佳真的桌上，笑了两声之后从前排转了过来。

"渊哥他这是干吗呢？低头反思？"

顾渊肩膀动了动，但是依旧没理他。

"哦对了许约，有个小道消息！"李然然用手掩着嘴，"是9班一个同学去他们班主任办公室无意间听到的。"

接下来要说的大概是个惊天大秘密，以至于李然然直接探过来身子贴近许约的耳朵。

"你说就行了，别靠我这么近。"许约仰起脖子往后退了几厘米。

李然然丝毫不在意，他小声说道："咱们高二年级要多两个班，一个A班一个B班，听说课表也会根据分班情况修改。简单来说就是一个文科班，一个理科班。我觉得你就很适合去理科班。反正你历史课跟地理课都是睡过去的，有没有那几节课对你来说也没所谓。"

许约觉得分不分班对他来说才是无所谓，虽说他的理科成绩确实高出许多。

后面的几句他完全没听进去，许约用余光瞥了一眼趴在桌上低头看手机的顾渊。

"行了,我知道了。你刚不是说要去厕所吗?赶紧去,再不去该上课了。"许约提醒了一句。

然后李然然就跑出教室直奔厕所去了。

李然然一走,后排瞬间冷清下来,周辉趴在桌上奋笔疾书,本就乱得没眼看的字就跟虫子似的,全开始乱爬了。

顾渊依旧趴在桌上久久不愿抬头。

许约只好拿出手机点开了微信。

好在顾渊虽然面上不理人,但微信还是看的。

许许如生:老杨把你叫过去都跟你说什么了,这么自闭?

渊渊想抱:李然然不是都跟你说了吗,还小道消息,9班都知道了,估计全校学生都知道了。

许许如生:那他叫你去干吗?

渊渊想抱:他想让我去Ａ班,学文科。

许许如生:你怎么回他的?

渊渊想抱:随便。

许许如生:嗯?

渊渊想抱:我跟老杨说,随便。这个又不是我能选择的,不去我又该被叫家长了。

许许如生:那你想去吗?

顾渊双手按着手机屏幕依旧打字"都说了随便了,反正最后高考考多少分,还是去这个班或者那个班,我都无所……"

顾渊在最后一秒将刚刚输进去的几行字尽数删除。

他也没有了想睡觉的念头。

之后的几节课许约是一丁点都没听进去,他胳膊肘靠在窗台上,右手掌心托着下巴,眼睛直勾勾盯着窗外的林荫路。

顾渊一下接一下地转着手里的中性笔。

这种氛围持续到最后一节课结束，前面两个人终于忍不住捏着笔转过来。

"你俩今天下午是怎么了？"李然然咬了咬笔帽，将桌上的练习册拿过来放在许约面前，"这道题怎么做，给我讲讲呗。"

许约抬眸："不会，自己看课后答案解析，实在不会自己问老师去，我又不是百科全书。"

许约有心事的时候总是这样，谁都摸不清他到底在想些什么。无论别人问他什么，他都会脸不红心不跳地说一句不知道。

顾渊瞥了一眼李然然低声骂了句，然后站起身踢开凳子出了教室后门。

"不是……哥，又怎么了？整整一下午就没见你俩说过一句话。"周辉胳膊架在李然然肩膀上，看了一眼许约，"中午不还好好的吗……"

"啥事没有。"许约懒得听，"有事的是你，如果可以的话，我希望你脑子里装点跟课本沾边的东西，一天天的都在想什么东西。"

"傻子都看得出来渊哥不高兴，你真的看不出来啊？"

许约闭了闭眼长叹了口气。

"李然然，分班申请表你那有吗？"许约问道。

"我怎么可能有这东西，申请表老杨那肯定有，要不你去问问老杨？"李然然拧着眉放下手里的练习册，"许约，你真决定去新开的那两个班吗？如果你去的话，按照学校的说法看，你可能……不对，应该是百分之百会被分进 B 班。"

"再看吧，我现在去找一趟老杨。晚自习如果我还没回来，有老师来查人就说我去医务室了。"

许约从桌兜里掏出几本书，随便翻了几页放在桌上，拔开笔帽夹在本子中间。

然后他挪开凳子，出了门。

许约出了教室后门,直接挨着墙边下楼梯。最后一节课结束,走读生早已迫不及待背着书包不管三七二十一地往林荫路上冲,带过的风钻进许约微微敞开的领子里。

他提了提衣领将藏在衣袖里的手拿了出来,然后时不时捏几下指关节。

老杨的办公室门是大开着的,隔老远就听到顾渊的声音从门内传出来,语气略带不满。

许约不自觉地停了脚步,靠在门外不远处的墙上。

"顾渊啊,你知不知道你现在这个临时决定对以后的高考有着非常严重的影响,你擅长的是文科不是理科,如果你强行转进B班,之后你每天的课程甚至包括整个高三都会很吃力。这件事情不是开玩笑的。你要是不愿意去A班,那就留在1班也是可以的……"老杨音量提高了一些,似乎带着一些怒气。

"老师,我就是想去B班。我对那什么试管、重力、人体构造挺感兴趣的。"顾渊微蹙着眉,他往前走了几步挪到老杨的办公桌旁,伸手直接拿了张申请表,"我现在就能写申请表,有笔吗?您给我一根。"

老杨立马将桌上的笔筒拿起来放在身后的窗台上,一脸严肃地看着高出他许多的顾渊。

"顾渊,我不能眼睁睁看着你对自己的未来这么不负责任。去哪个班得根据你本人的实际成绩,不是你想去就去这么简单,你不能这么乱来……"

"我说,我要去B班……我可以努力一点。"

许约实在是听不下去,直接站在门外打了声报告。

"报告!"

顾渊和老杨同时回过头来。

"许约?你来得正好,老师刚好也有事情找你。"老杨笑了笑,将逼近他面前的顾渊往后推了几步，伸手拽着许约的袖子拽到自己跟前，"顾渊，你今天先回去，这件事咱们以后再商量……"

"你俩有什么事现在解决不就行了吗？说完了再继续说我的事。"顾渊打断了老杨，满脸戾气，"反正您跟许约说的不也是分班这事吗？不就是他理科好想让他申请转去B班吗？"

许约怔了下，转头对上了顾渊被打断之后一脸冷淡的表情："谁跟你说我要去B班的？"

愣住的是顾渊，瞪着眼睛张大嘴巴的是老杨。

总之，这句话从许约嘴里冒出来的瞬间，面前的两个人都直接愣在了原地。

"许约？你这话是什么意思？你是不是还没搞明白A、B两个班是怎么分科的，没关系老师可以再给你重复一遍……B班才是理科班，A班是文科班。"说到字母"B"的时候老杨还用手里的笔敲了几下桌子，他嗓子微哑，听上去让人多少有些心疼。

许约心想，多半是被顾渊给气的。

"我知道，但是我还是决定去文科班。"许约随意地说出的这句话，足以让老杨当场昏厥。

果然，老杨扶着椅子把手缓缓坐下来，手指颤颤巍巍端起桌上的玻璃杯。

"你俩，就你们俩。啊？是不是要气死我啊？"老杨指着面前杵着不动的两个人，胸口微微起伏，桌上刚泡不久还往外冒着热气的菊花茶，其中有一朵直接挣开一片叶子掉到了玻璃杯最底层。

"许约，老师承认你的成绩是很好，但是你的文科加起来比理科差了多少你自己不清楚吗？高考成绩这点分数，足够拉开很多人。"

"清楚。"

"那你告诉老师，为什么要去文科班？"

"因为理科没难度……"

听,学霸的理由永远都是这么欠揍。

顾渊站在一旁紧紧捏着拳头,他突然有些后悔刚刚对着老杨费了半天口舌就只为了把自己划进B班。结果此时此刻,某人当着他们的面亲口说"理科没难度"。

顾渊瞄了一眼许约,绕到老杨身后的窗台上随便抽了根笔出来,字迹带着连笔直接在申请表格里画了几笔。

姓名:顾渊。

原班级:高二(1)班。

转入班级:A班。

转班理由:无。

顾渊连理由都懒得想直接将申请表递到老杨面前,他摸着鼻尖,清了两下嗓子说:"那个,我现在突然觉得文科其实挺好的……再说了我理科本身就弱,就……就按之前的来吧。"

老杨扶了下眼镜,眉头拧成了一团:"哦。刚才谁跟我拼死拼活要去B班的?"

"我。"

"刚才谁突然对试管、重力、人体构造感兴趣的?"

"我……"顾渊抿了下唇,"但我现在突然又对唐宋元明清更感兴趣了,咳咳。"

"行。申请表放这赶紧给我滚出去,我现在看见你就来气。"老杨装模作样伸了下左脚,假装要踹顾渊。

顾渊顺势往后躲了一下,冲老杨咧咧嘴笑了几声,凑近许约耳边:"我去楼梯口等你。"

"知道了。"

再之后,老杨苦口婆心地将A、B两个班的分类重新给许约讲述了一遍,就连分班之后的课表都拿出来摆在他面前,音量也跟着提高了不少。

但无论如何，他的宝贝学霸，嘴里就只会这么几个字。

"老师，我还是想去A班，我的文科成绩同样不差。"

十五分钟后，老杨实在劝累了，端着杯子将菊花茶一饮而尽，最后满脸不情愿地将申请表格推到他面前："一个顾渊就能给我气死，现在又来个你。你俩是不是串通好的，就是想一起来气我的？"

许约晃了下脑袋没说话，只是拿起笔认真填表。

姓名：许约。

原班级：高二（1）班。

转入班级：A班。

转班理由：无。

瞧瞧，这两人连理由都写得一模一样，真不愧是同桌。

老杨将两张申请表叠在一起压在数学书最底下，头也没抬冲许约挥了挥手。

"那老师我先走了，再见。"

老杨心说，咱们三个最好再也别见。等许约出了办公室他又从桌上拿起A班的课表看了几眼，整张脸都冷了下来。不仅不会再见，未来几个月甚至整个高三他都要天天见着这俩人了，毕竟数学还是要学的。

许约出办公室的时候，顾渊正右手拎着两个黑色书包站在楼梯拐角处，他的书包肩带更长一些，落在地上，紧紧贴在鞋边。

"我说，你能不能稍微对我书包好一点？"许约往前靠近了点，"没看到我的书包肩带都掉地上了吗？"

顾渊听见动静回过头来，右手立马往上抬了半分。

"哦，我没注意……那个，你……"

顾渊想问，但实在问不出口。他不敢轻易猜测许约心里在想些什么，也不知自己为什么脑子一热就有了转战理科班的念头。

顾渊说不出这到底是什么滋味。不过他猜,大概是他打心底认下了这个朋友。

许约伸手接过了自己的书包,将那长了一半的背带塞进了夹缝里,他抬眸盯着顾渊:"我知道你想问我什么。"

三楼楼梯拐角口正好有几个高一的男生,从上一层滑着扶手从两层台阶上跳下来,惯性过大,眼看着就要栽到许约身上,顾渊下意识地伸手挡了一下。

男生低着头说了几句对不起,又毫不在意地往下一层的楼梯口跳了下去,这次直接往下跨了三个台阶。

顾渊顺着男生跳过的楼梯往下走,走了两步回头对上许约的双眸:"那你能告诉我因为什么吗?你要是不想说也没事。"

许约将书包甩到背上,突然拍了一把顾渊:"你还好意思问我因为什么?因为某个人弱智,自己明明生物和化学两门卷子都分不清楚,还非得要去理科班……还有,我特想问你个问题,你到底是听谁说我一定要去理科班的?老杨还是李然然?"

顾渊深呼吸下,抬眼看了看天花板。

听谁说?大概是从老杨当着他的面,按着计算器分析了整整十五分钟时开始这么想的?还是李然然课间添油加醋那一番话开始的?

无论是谁,反正都不是许约亲口说的。

顾渊突然觉得自己有些没脑子,这种事情直接问当事人不就好了吗?何必像现在这样猜来猜去。

"老杨今天午自习的时候跟我说了分班的事,而且他还让我也叫你来着……但是……"

"你没跟我说。"许约说,"所以你就觉得我一定会去理科班?"

"不是觉得,老杨那人你也知道,跟个机器人似的拿着你的各科成绩给我举例子。"顾渊拉了拉书包带,"最恐怖的是什么你知道吗?

他拿着计算器把你的文理科分数分开加了一遍……然后我就,就被绕进去了。反正说的一是一,二是二……"

"然后你就觉得我要是不去那个理科班,第一个对不起的人就是老杨,是吗?顾渊,你别忘了,我文科成绩加起来也排在全校前五十名的。"

言外之意,去哪个班是我的自由。并不是谁安排我去哪我就非要去哪。

"反正差不多就那个意思吧。"顾渊突然曲着指关节刮了两下鼻尖,为了缓解尴尬他又开口道,"其实老杨挺好的,毕竟老师们考虑得比较周全,除了有时候话很……"

"顾渊,我们是朋友。"许约不愿继续听下去,直接打断了顾渊,"下次有什么事,你可以直接来问我。"

顾渊瞄了许约一眼,清了清嗓子,一把将他的脖子勒在自己的胳膊之间,然后靠在墙上:"行,下次一定亲自问你。"

顾渊跟以往一样出了校门,从兜里摸出一只蓝牙耳机塞进耳朵里。大概是因为天气原因,海市傍晚的余温久久不散,他忍不住扯扯衣领扇了几下。连带着几缕头发跟着热风在一侧晃了几下,最终贴在了耳郭边。

星河路两旁路灯的作息时间仿佛还停留在冬夜,余晖之下还散着不容任何人发觉的微光。

许约伸手将校服拉链拉到最底下,然后再敞开前襟。

"这天气真的是越来越热了,春天刚过半就已经有了夏天的温度了。"许约解锁手机点开日历看了半天,最终视线停在了四月十七日。

那天,正好是个周五。

"是啊,不知不觉都开学一个多月了。"顾渊稍微侧头看了下许约,拿着手机划了下屏幕切换到下一首英文歌,"听不听?分你一只耳机。"

第七章 成绩

顾渊摊了摊手，将另外一只蓝牙耳机置于掌心递了过来。

许约下意识接过来想都没想就塞进了耳朵里。

他一直认为以顾渊这样的性格，听的歌百分之八十会是电子音乐，可不同的是，一声接一声舒缓的英文女音从耳机里传入许约的耳朵里。

顾渊的手机屏幕还亮着，他忍不住斜着眼瞅了一眼。

歌单竟然是整整齐齐一排按字母顺序排列的英文歌。

"你只听英文歌？"许约问。

"也不全是，其他的我也听。"顾渊先是愣了下，似乎没意料到许约会问他这种完全没必要的问题，他指了指隐在头发里的耳机，"我爸妈说多听听英文歌能锻炼英语语感，在口语上有很大的帮助。开始的时候听不太懂只是觉得调子好听，听得久了也就慢慢懂了那些歌里的意思……就比如我们现在听的这首，讲述的是蝴蝶和蜘蛛的爱情故事。"

许约"哦"了一声，顺手拉了一下肩膀上的黑色书包带。

刚刚在老杨办公室里无意间瞥了一眼他手里的全班成绩名次表，好像顾渊有一栏的分数确实挺高。现在想来，大概是英语吧。

"怎么了？不好听吗？要不然我换个歌单？"顾渊停下脚步，"古风的还是摇滚的？"

"啊？不用，现在这个挺好听的。"许约回答道，"对了，你刚直接把我拽出学校是准备干什么？我还有晚自习要上。"

顾渊往前跨了一大步，右脚直接踩在一片梧桐落叶上，嘴角上扬着点了几下手机屏幕，然后举到许约面前。

"你自己看。"

距离太近，许约往后仰了下脖子，嘴里缓缓念道："凭取件码到驿站取……"许约微微皱起了眉头，"快递？"

"对，就是快递。"顾渊将手机塞回兜里低声说了句，"走吧，我们先去找个地方吃饭。"

他转了下眼珠，接着说道："那吃完饭呢？"

"吃完陪我去拿快递啊。"

"拿完快递之后去哪？"

"去我家。"顾渊清了清嗓子，不自觉摸了摸鼻尖，"不然还能去哪。"

他忍不住抬起头盯着一旁开着叉向他们这边延伸着的树枝。

不去我家还能去哪，难不成穿成那样遛大街吗？

"顾渊，你知不知道，每次你一摸你那个'桃花痣'，我就感觉肯定没好事。"许约目光扫过顾渊的鼻尖，叹了口气，"算了，走吧，反正晚饭也没吃，刚好饿了。对了，你之前跟李然然、周辉一起去过的那家川菜馆网上评价挺高的，去那家吃？"

"那走吧。"

顾渊依旧低头看着手机，他校服领子一向竖得很高，挡去了整个下巴。

星河路上人和车子依旧少得可怜，人行道两侧有几个同样身着附中校服走读回家的高中生。时不时有一两个女生在路中间并排骑着自行车说说笑笑，按几下车铃从他们身旁经过。

川菜馆穿个巷子就能到，等到两个人从大门出来的时候，第一节晚自习结束的铃声也跟着从水泥墙另一边传了出来。

夜幕降临，路上的光影交错再汇聚，一眼望去两侧的树影将整个天空划分成了黑与灰。

顾渊伸个懒腰，忍不住打了个哈欠，他拿出手机看了一眼微信群的消息提醒。

然然升旗：渊哥你放学自己跑了也就算了，为啥还把我们家学霸给拐跑了？

然然升旗：刚老杨来查人，你俩这最后一排空这么大地方他居

第七章 成绩

然就跟瞎了似的直接绕开了，连名字都没记本上。

然然升旗：老实交代，你俩下午放学到底对老杨干了什么？他居然能这么无视你们？

许约瞬间被李然然逗笑。

他懒得打字直接按着语音输入键，清了清嗓道："啥都没干，就是跟我俩说了关于分班的事。"

语音发出去没过十秒，李然然同样回了条语音过来。

"你们都交了申请表？所以渊哥去文科班，许约去理科班啦？你们别啊，整个班里跟我玩得好的也就咱们兄弟几个了……"李然然言语间满是惊讶。

许约听着有些同情他，他刚想好说什么安慰一下他这心灵受伤的室友，结果微信群里又冒出来一条李然然的语音条。

顾渊随手点了播放。

"你们两个太不是人了，真的太不是……唔，周辉你捂我嘴干吗，他们俩不是人，还不让人说了吗？"

许约冷笑几声，对着顾渊比了个抹脖子的动作。

顾渊点了几下屏幕。

渊渊想抱：给你十五秒时间撤回刚刚发的这句语音，否则后果自负。

渊渊想抱：以后再敢乱传消息信不信分分钟弄死你。

三秒后，李然然很自觉地撤回了这条语音。

"对了，我一直挺好奇李然然跟周辉他们两个为什么这么听你的话？平时……你就是这么吓唬他们的？"许约觉得好笑，"还什么后果自负？这种骗三岁小孩的伎俩他俩也听？"

"他俩实际年龄估计都不到三岁好吗？"顾渊说，"也不能说是他俩听我的话……怎么说呢，以前高一的时候，他们两个在校外碰上好几个十六中的学生，当时我就是一个路人，纯属碰巧遇到。本来想着眼不见心不烦耳机一塞直接走人。但是吧……最后实在没忍住就直接冲过去了。"

"然后？他俩从那之后就对你刮目相看，特别崇拜？"许约突然想到了第一天见到周辉时那个紧紧攥着的拳头，"你让往东，他俩绝不往西的那种？"

"你能不能别形容得像黑道传奇似的吗？"顾渊撇了撇嘴，满脸嫌弃，"我这叫爱护同班同学，往大了说就是替我们附中挣了点面子。"

跟人打架就直说打架，还为了附中的面子……

许约微晃着手腕斜看了他一眼。

"他俩也就自然而然地成了我朋友。"顾渊突然愣了下，睫毛微微颤了几下，"其实，在他俩之前，我没什么朋友……而且也不需要什么朋友……"

川菜馆旁边就有一家小卖部，门面看着跟周围的其他几家店面格格不入，过分破旧了些，但往里随意瞅一眼就能看到该有的东西一样不少。

顾渊跟小卖部老板说了几句，拿着手机扫了墙上贴的二维码之后拎了个白色塑料袋走了出来。

"给，买了奶茶，哈密瓜口味的。"顾渊从塑料袋里拿出一瓶丢到了许约手里，"不知道你喜欢喝什么就买了这个。你要是不喜欢的话去找老板换一瓶，我在这等你。"

"不换了，就这个吧，其实挺好喝。"许约拧开瓶盖仰头喝了一大口。

哪里好喝，太甜腻了。除了甜味尝不出任何奶茶的味道。

许约心想，他面前这个正仰头往下灌奶茶的大男生，应该很喜欢甜的东西吧，不管是那些棒棒糖还是现在手里这瓶奶茶。

"走吧，去拿快递，然后去你家。"许约重新拧好瓶盖，把奶

第七章 成绩

茶丢进顾渊手里的白色塑料袋里,"这奶茶你就先帮我拿着吧,我没手。"

话音刚落,许约就双手插兜冲顾渊点了下头。

言外之意,我确实没手。

顾渊没忍住笑了一声,还不忘骂了他一句矫情。

他们拐出巷子,并排走在星河路的人行道上。路灯将他们两个人的影子拉得很长,重复交叉着。

一阵穿堂风吹过,许约下意识缩了缩脖子。

"拉好拉链吧,晚上还是有些冷的。"顾渊睨了他一眼,直到看着许约将校服拉链重新拉好他才缓缓转过头往这条路的尽头看去。

许约忍不住拿出手机,对着前方这条路按下了快门。

"上次那只黑色蝴蝶,我记得你好像也拍下来了。"顾渊说,"这次怎么会拍这条没什么人还不起眼的星河路?你喜欢摄影?"

"不喜欢,只是觉得这样拍出来更有感觉一些。"许约正低头看着手机屏幕,似乎不太满意刚刚拍下来的照片,他点了删除又重新拍了几张,直到满意为止才缓缓抬头看向顾渊,"这些照片可以存起来,以后毕业了可就是你青春里的回忆了。"

"青春?你的青春回忆就只回忆一只蝴蝶、一条路?"顾渊说,"好歹也回忆一下自己的同班同学吧,你坐过的桌椅和教室,再或者是老师,再不济你多回忆一下你同桌我啊,好歹我长得也还看得过去吧,你这回忆一条路算怎么回事?"

许约愣了一下停在顾渊斜后方,他重新低下头看着手机里刚保存好的照片。

昏黄路灯下的星河路上没看到几个人影,树叶在风里摇曳不停,掉下几片叶子在路中间、人行道上,还有路边不平整的凹坑里。

路中间是两条重叠交错的暗影,从他们的脚下延伸到下个路灯。

许约依旧和往常一样点开自己的微信,发布了第二条仅自己可见的朋友圈。

许许如生：一起走过的路。

还配上了一张影子的照片。

等到手机上显示出"发布成功"四个字，许约才将手机重新塞回兜里，他抬了抬胳膊往后背的位置靠了靠。

"没什么，反正这都是毕业以后的事情了，现在说这些还为时过早。"许约笑了笑，拍了一把顾渊的肩膀，"走了走了。"

高端小区快递柜的位置极其刁钻，为了达到视觉上的美观效果，愣是将整整一排柜子安排在地下停车场的某个角落里，离电梯都有段距离。

顾渊一边四处寻找着快递柜的具体位置，一边时不时回头对着许约抱怨几句。在拐了三个弯之后两人终于站在快递柜旁面面相觑。

"顾渊，这真是你家？你连自家小区的快递柜在哪都不知道？还要找这么半天？"许约假装哭丧着脸，随后很快丢了一个白眼过去。

"是我家啊，不过以前都是我缺什么东西，就会有人专门送上门，压根就不用自己浪费时间找快递柜找这么半天的……"顾渊点了几下面前的电子屏幕，拿着手机扫完二维码，几秒后从快递柜自动弹出了一个黑色的盒子。

盒子上点缀着一片浅色薄布，四下泛着幽光，很是精致。棱角的位置也被商家单独包了起来，在最中心的位置还贴着一个布质的……

蝴蝶结！

"顾渊？这就是你让我翘了晚自习也要陪你来拿的快递？"许约实在是看不下去往后退了两步，"你有妹妹？还是说这东西你要送

第七章 成绩

给某个心动女生？"

"心动女生暂时没出现，不过表妹倒是有一个……但这东西是我专门给你买的，跟别人没有关系。"

许约不自觉地瞪大了双眼。

在他从小到大的认知里，"蝴蝶结"这东西好像跟男生完全沾不上边。

而现在顾渊站在他面前举着这个包装盒居然告诉他这是专门给自己买的……

"专门"二字，简直五雷轰顶。

顾渊对盒子好不好看精不精致完全不感兴趣，两三下就扯开了盒子上的黑色蝴蝶结，然后打开盒子，从里面拎出了一条黑色裙子。

还有一团黑乎乎的东西，上面贴着"赠品"的标签。

许约拿出来抖了两下。

"这是……假发？顾渊，说真的，你要是把这心思都放在学习上不考个全年级第一我都不信。"许约将假发扔回盒子里，突然很后悔自己当初跟顾渊打赌。

这算哪门子赌注，简直就是亲手把自己的尊严搭了进去。

返回的路上，顾渊一脸期待和兴奋，尽管他极力压制着自己激动的内心，但还是忍不住隔几秒就瞅一眼许约的侧脸。

许约选择闭嘴，他连看都不想多看顾渊一眼。

但愿赌服输，况且也没别人看到。

这么一想，许约心里稍微舒坦了些。

许约一脸愁容，盯着床上的衣服叹了口气。

"算了，你先出去等着吧。"许约没再多言直接将顾渊推出了卧室，顺手反锁了门。

丢人就丢人吧，反正也没第二个人知道。

十分钟后，许约清了清嗓打开门，然后走出去，站在客厅中央。

"那个蝴蝶结我没戴，刚翻了你的衣柜发现正好有个黑色的领带，我就试了一下。这个假发……有点长，都快到腰了。"许约伸出两个手指轻轻捏了下衬衫的衣领处，"还有这个外套小了点，只能披在肩膀上了。"

因为穿着裙子的原因，许约觉得站着有些不自在，他往前走了几步越过沙发上坐着的顾渊，直接坐在了旁边的椅子上，然后回过头看了一眼顾渊。

"顾渊，你有听我说话吗？"

"啊？啊，在听在听……"顾渊抓了几下后脖颈，眼睛不敢直视前方，"那个……咳咳，其……其实吧，你这么穿，挺……挺好看的……"

黑色外套被他随意地披在肩上，许约一只手撑在后脑勺的位置，另一只手自然放置于椅子扶手上，左腿自然翘起压在右腿之上，因为身高的原因，裙子只能盖到许约的膝盖。

大概是很少穿西装的原因，黑色领带也只是懒散的斜在胸前。

"我没骗你，我真觉得挺好看。"为了缓解尴尬，顾渊眼神四处游荡。

"是吗？"

"是，不骗你。"

"那你看够了吗？"

"够了……"

许约歪了歪头准备起身回卧室换回自己的衣服。

就在这时，顾渊直接拿出手机毫不犹豫地点开了相机。

咔嚓——

"你干什么？"许约听见快门的声音，整张脸瞬间就涨红了。

"不干什么，就单纯地记录一下同桌第一次穿女装，按你之前的说法就是青春的回忆。"顾渊看着手机里的照片扬起了嘴角。

"所以你喜欢这种风格的女生……"许约顺手指了指自己腿上的裙子。

"啊?也就那样吧。"顾渊抬了抬头,将手机锁了屏,"我是觉得挺不错的。"

"这样啊。"许约看了一眼穿衣镜里的自己,"看够了没?够了我现在就去换掉,穿着这个真的很别扭。"

顾渊习惯性地扯了几下发带,轻声"哦"了一声。

许约很快换回自己原来的衣服,心情却久久不能平复。他站在窗前深呼吸了下,顺手推开玻璃窗。

夜风有些凉,吹低了他脸上的温度。

就在这时,许约的手机振了两下,微信群消息的提示彻底打断了他的闲暇。

然然升旗:渊哥,你到底对许约做了什么!我去!我差点都没能认出来。

辉辉衣袖:不是我说,你们两个是真会玩!

辉辉衣袖:我差点以为是女生!结果仔细一看!居然是许约!还是女装!

然然升旗:这种好事为什么不叫上我俩!我和周辉就不配看现场直播?

许约盯着手机屏幕看着这两人足足刷了半天屏,依旧没反应过来到底发生了什么。

许许如生:别发这么多问号和感叹号,说事。

辉辉衣袖:自己看渊哥的朋友圈!

然然升旗:许约,回宿舍再穿一次给我跟周辉看一眼行吗!求求了!

许约划了几下懒得再回,点开了顾渊的朋友圈。

渊渊想抱：好看吧？

在这条内容下，还附着一张不带任何滤镜的照片。

凑巧的是，那张照片正是五分钟前坐在椅子上的许约本人。

"顾渊！你是不是傻啊！赶紧给我删了！"许约愣了几秒，忽然变了脸色，几乎是两步并一步跨出卧室门。

"哈哈哈，你别这么激动，都没人能认出来。不信你看底下的评论。"顾渊啧了一声一边翻着评论区一边忙着回复。

许约半信半疑，将视线重新挪回手机屏幕上。

1班佳真：哇！这个女生看起来好酷啊！但总觉得有点眼熟？是错觉吗？

1班顾渊回复1班佳真：酷一点的女生不是正配我？

许约忍不住斜了顾渊一眼。

4班赵子欣：这女生是我们学校的吗？怎么以前没见过啊。但是真的好飒啊，御姐范！我爱了！

1班顾渊回复4班赵子欣：不仅仅是看着好看，性格也很飒。

"顾渊……你再这么回复下去，我真的会动手揍你的。"许约忍不住踢了一脚窝在沙发里笑个不停的顾渊。

1班李然然：咳咳咳，我有这个女生的联系方式哦！大家不要羡慕哦。

1班周辉：我还跟这个女生一起吃过饭哦。

1班顾渊：你俩闭嘴行吗？

3班赵晨：我不信，肯定是假的。渊哥喜欢忽悠人又不是一天两天了。大家还没习惯吗！楼上的几个吃瓜群众都散了吧。该干吗干吗，该睡觉睡觉。

许约突然笑了笑，他清了清嗓子看向顾渊。

"那个赵晨的评论你怎么不回？"

"切，不好玩，我懒得理他。"顾渊说。

"那用不用我帮你回？"

"随你啊，反正我是不想搭理他。"

许约点了几下屏幕，然后心满意足地摁灭了手机，微微眯了下眼睛转头继续看向窗外。

1班许约回复3班赵晨：谁说是假的，我就见过那个女生。

顾渊道："你厉害！"

许约看着手机屏幕里逐渐变得不受控制的评论区，最终态度坚决，硬是逼着顾渊删除了这条朋友圈。虽说他自己本人对这条内容并不反感，但终究抵不过评论区里无数条死盯着他穿女装照片的评价。

顾渊倒也没有拒绝，说删便删。

第八章 生疏

第八章 生疏

分班进度比他们想象中要快很多，仅仅两天时间，学校教导处就直接将Ａ、Ｂ两个班的学生名单整理出来，并且打印张贴在教学区楼下的公告板上。

附中一向严禁所有学生将除了手表以外的任何电子产品带入教学区，但顾渊四处张望趁着周围没什么老师，直接将Ａ班名单拍了下来。

人还没走到楼梯口，这照片已经成功发到许约的微信。

渊渊想抱：分班的名单出来了。上面写的"按摸底考试成绩排列"。我去买两瓶水，一会儿老杨查人的话，你就说我去厕所了。

许许如生：行。

许约点开那张照片放大仔细看，自己的名字居然排在文科班第一位，他有些意外。

他早就猜到成绩会排在前几位，但没想到直接成了Ａ班第一名。

许许如生：我的成绩怎么是Ａ班第一？这怎么回事？佳真她们都没申请这两个班？

渊渊想抱：没有，估计是舍不得原来班里的同学吧。毕竟换班的话又要重新认识。而且就算他们交了申请表，估计也都是冲着Ｂ班理科班去的。

渊渊想抱：简单来说，排名在你之前的那几个学霸，要么留在了原来班级，要么都去了Ｂ班。所以恭喜你啊，成了高二（Ａ）班的第一匹黑马。

许许如生：谢了，不过你说这话我总觉得不是什么好话。

顾渊轻笑了几声将手机塞回兜里，拧开瓶盖灌了几口矿泉水，转身上了楼。

老杨今天的心情格外好,跟着2班的班主任一起上楼,最后有说有笑地进了教室前门。他习惯性地往后排看了一眼:"顾渊人呢,又跑哪去了?"老杨将手里的几张纸放在讲台上,然后用粉笔盒轻压在上面。

"去厕所了。"许约面无表情地往前看了一眼,然后继续低下头翻了几页桌上的课本。

"那就先不等他了,今天咱们上课前先开个小短会。"老杨双手撑在讲台边缘上,眼睛环视了教室一圈,"分班的事想必大家已经知道了,每个班就只有五个名额。当然咱们班也有不少同学上交了申请表,但是呢,老师课后根据你们这几个人各科成绩进行了对比,最终决定从咱们班转到A、B班的一共就两名同学,剩下三个名额给了2班和3班那几个偏科厉害的。"

瞬间,全班一片哗然。

甚至有几个胆子大点的学生抱怨老杨胳膊肘往外拐。

周辉和李然然两人忍不住从前排转了过来,朝着许约翻了个白眼。

顾渊出现在后门,他朝讲台上的老杨微微点了点头,很快回到自己的座位将手里一瓶未拆封的矿泉水丢到许约腿上。

"在楼道就听见咱们班一阵鬼哭狼嚎的,怎么了?老杨又放什么狠话了?"顾渊疑惑道。

"也不是什么狠话,就是说了分班的事,咱们班估计就我跟你转班。"许约现在不太渴,想都没想就将瓶子塞进书包里,然后转过头看着顾渊,转了两下夹在指尖的黑色中性笔,"舍得吗?"

"舍得什么?"顾渊问。

"不是你自己说舍不得原来班里的同学吗?"许约伸手点了几下桌兜里的手机屏幕。

顾渊嗤笑,伸手揉了几下头顶的头发:"切,我一个大男生至于那么矫情吗?更何况只是分个班而已,又不是以后都不见了。"

话是这么说，但顾渊是真的舍得。

在1班其他人眼里，顾渊属于那种人狠话少高冷成绩差的类型，很多人不愿意跟这样的人有过多接触，说出去也仅仅就是"认识"的关系。

但是在李然然和周辉这两个人眼里，哪怕顾渊一个人被放逐到高三教学区里去，他俩都会无条件地奔他而去。

"分班情况就说这么多，虽然跟大家关系不太大。但是学校规定了从我们1班开始，所有教室往后延推两个班。"老杨敲了敲桌子，整个班级跟着安静下来，"也就是说我们1班的教室会挪到3班，2班挪到4班……以此类推。所以今天午自习之前班长带领全班将教室内外的卫生全部搞一遍。许约你出来一下，其他人先预习一下今天要讲的内容。"

顾渊站起来将凳子腿往过道带了带，看着许约从自己背后走出去他才慢慢将凳子挪回原位，然后拿起桌上的笔随手转了几下。

老杨搓了搓手背转过身看向许约，犹豫了半天不知道该从哪里开口。

许约愣了下，缓缓开口道："老师，是不是我爸给你打电话问有关我的情况了？"

老杨咳了几声，微微叹口气，刚还想着要如何自然委婉地切入这一话题，现在反倒不用他在这里千番斟酌了。

面前站着的这个大男孩眼睛无光，看不出任何情绪流露，一副让人猜不透的冷漠，跟以往他所认识的那个成绩优秀对待同学老师十分和善的许约完全不同。

老杨突然回想起当初许约刚转校过来在他办公室填写学生信息表的时候，这个满脸戾气的男孩在父母姓名工作联系方式那一栏犹豫了很久。当时他并没有在意，毕竟叛逆期里的高中生没几个愿意把父母真实的联系方式写在学校记录表里的。

但许约跟其他高中生都不同。

老杨清晰地记得这个男孩当时捏着笔杆犹豫片刻后，从自己裤

第八章 生疏

兜里摸出手机翻出通讯录将许陆的电话号码原封不动地照着抄进表格里。

什么样的家庭，连自己亲生父亲的联系方式都要靠查才知道，连自己孩子的考试成绩都要通过老师才能知晓。

老杨不敢想象。

"是，你爸他昨天打电话问了你在学校的大概情况。老师跟他说了你这次的考试成绩。"老杨盯着许约的眼睛，像是在努力推开他身体里那扇带锁并且尘封已久满是灰烬的大门。

可是他不知道的是，那把锁在很多年前就已经长满了猩红铁锈。

"是吗？那他应该很高兴吧。"许约的视线移到一旁的楼梯扶手上，"谢谢老师，麻烦您了。下次考试出成绩，我会在第一时间通知家里的。"

老杨默默转头盯着教室的玻璃窗。

"还有一件事，就是……你爸跟老师讲了你们家里的一些事情。他想让老师平时在学校里多开导开导你。"老杨压着嗓子，话语里带着小心翼翼，"关于你妈妈……"

"我妈早就没了，我的事跟她也早都已经没关系了。"许约搓了把脸打断他，他转过头冲老杨微微一笑，"老师，除了这些还有没有其他重要的事？如果没有的话我们回去上课吧，其他同学都在等着。我不想因为一些没必要的事情浪费大家的时间。"

老杨叹了口气，想了想说："没了，进去吧。"

许约毫不犹豫，转身进了教室后门。

回到教室，老杨就跟没事人似的开始给所有人讲新的学习内容，全程没再看许约一眼。

顾渊依旧低着头一只手揣进桌兜里玩手机，过一会儿才缓缓抬头看了一眼旁边同样低头瞄着桌兜的许约。他忍不住笑了笑，这优等生学坏了，居然也玩起了手机。

"喂，老杨下来了！"顾渊胳膊肘轻轻撞了过去。

许约立马将手机塞回书包抬头看了一眼讲台，老杨正背对着所有人在黑板上写写画画。

"你有病啊！"

"不是，你干吗呢？"顾渊皱起眉，"以前怎么不见你上课玩手机，而且还是老杨的课。"

"没玩，在跟我爸发微信，有事情。你玩你的别管我。"许约重新摩挲着手机屏幕解了锁，返回一分钟前的聊天界面，"老杨过来了跟我说一声。"

许许如生：下次考完试我会自己告诉你成绩的，你不用亲自去找我们老师。

许陆：爸爸只是怕打扰你学习。

许陆：这次成绩你们老师说你全班排名第三，小约跟以前一样真的很厉害。

许陆：爸爸真的很开心。

许约自嘲地轻笑了下，和许陆的聊天记录拿给任何一个人看，恐怕没人相信这是一个父亲对自己亲生儿子说的话吧。这份小心翼翼，带着莫须有的生疏和远离。说难听点，不像是亲父子的。

他面无表情地盯了屏幕一会儿，忍无可忍重重点了几下手机屏幕。

许许如生：为什么你永远都是这副样子。

许许如生：我姓许，我身体里流着跟你一样的血，我是你的亲生儿子。

许许如生：以前我故意打架，故意考砸，故意惹老师不高兴，只是为了让你像普通父亲对儿子那样对我。

许许如生：可是为什么，你连这些最简单的事情都做不到？

许约连着发了好几条出去，忍不住湿了眼眶，他微仰着头闭上眼睛。

到底从什么时候开始，他们父子之间的关系竟变成了如今这番模样？

许许如生：我妈的死跟你没有任何关系。

许许如生：爸，该走出来了。我们还有新的路要继续走。

许许如生：我妈不会想看到你这样。

许陆没有再回消息过来，但许约的心情久久不能平复。

他拇指指尖依旧停在键盘上方，停了很长一段时间之后，才缓缓放下手机。

下课铃响过不知多久，许约依旧趴在自己桌上一动不动，眼睛微微眯着，两只手自然垂在两边，半梦半醒。

直到兜里的手机再次振起来，一下接一下，更像是一通电话的频率。

许约闭着眼缓缓坐直了身子，拿出手机看都没看屏幕直接按了旁边的接听键。

能给他打电话的除了现在在教室围着他坐了一圈的那三个人，就剩下一个。

"喂？"

许约本人似乎也没能预料到许陆会在这个时间段打电话给他。

一时间他竟不知道是自己不久前发过去的微信内容奏了效，还是许陆有什么迫不得已必须现在告诉他的事。

事实证明，两个都不是。

"小约……"电话另一头的许陆愣了愣，"爸爸打电话其实没什么急事，就是……"

就是什么？又一次没了下文，许约忍不住单手掩在嘴边叹了口气。

顾渊看了他一眼，转往窗外看了几眼确认没有老师之后，很快低下头继续玩着手机。

"我现在刚下课，正好是课间……十分钟。"许约说，"有什么事你可以直接说。"

"小约，爸爸昨天跟你们老师打电话的时候……还问了一下关于，关于你新同桌的事情，那男孩叫顾渊对吗？"时间有限，许陆也就不再磨叽，直接开门见山，"听你们班主任说，顾渊那孩子性子跟你完全相反，有些……"

"有些什么？"许约双手下意识地握住了手机听筒，他往右边瞥了一眼发现顾渊嘴角上扬，像是刚赢了一局游戏。

"你们老师说那孩子很好，长相好，人品好，说你们关系亲近，就是成绩可能不是很好……不过你们老师也说了，在你的帮助下，那孩子这次考试成绩进步了很多……"许陆声音微微有些颤抖，明明是几句夸奖，却越说越心酸，直到最后连着声音一起变得哽咽，"小约……"

"够了。"许约突然猛地站起来，凳子腿受力往左侧突然倒去，最终狠狠地砸在了顾渊的脚踝处。

疼！

顾渊条件反射地皱了下眉，直接抬头看向旁边正一脸担心盯着他的许约。

最终顾渊还是将那句到嘴边的脏话给咽了下去。

"老师过来了，我先挂了。"许约不等电话那头的人有任何反应，直接挂断电话将手机随手扔进桌兜里。

"我说大哥……你打个电话都能这么惊天动地的。"顾渊蹲在地上左手死死地捂着脚踝，"我就纳闷了，你往后砸、往左边那面墙上砸不行吗，偏偏往右边来，实在不行你砸自己手机也行啊，许约你是不是故意的？真的疼啊。"

许约一脸歉意跟着蹲下来。

"你先松开手，别这么捂着，让我看看。"许约掰开顾渊的左手，轻轻撩起他的裤腿，"还真出血了……旁边也肿了一块……"

顾渊使劲低了低头，面目表情有点狰狞。他在桌兜里翻了半天愣是没翻出一张纸巾来，他咬咬牙直接将校服袖子往下拽了拽按在脚踝上。

李然然跟周辉听着动静往后疑惑地看了一眼，后排空荡荡的没个人影却能听到声音。

他俩互相看了对方一眼跟着低头看向桌子底下……

第八章 生疏

"你们两个蹲在桌子底下干吗呢？"

顾渊有些尴尬："干吗？还能干吗？你问他！"

李然然视线移到许约脸上，不明所以地眨了几下眼睛。又转头看了一眼顾渊的脚踝，倒吸了一口凉气。

"嘶——"

这一口气吸得太用力，李然然的头直接后仰撞在了桌子底下。顾渊被吓了一跳身子一侧，一屁股坐在了许约的板鞋上。

"被砸的是我又不是你，你在那瞎叫什么啊！"顾渊说。

许约想笑，但又不好意思当着顾渊的面，他只好偏过头咳了几下。

这一咳倒是引起了顾渊的注意，他单手撑着地，另外一只手扶着桌子腿慢慢站了起来，许约起身的瞬间才发现眼前这人居然眼眶有些泛红。

看得出来他是真的很疼。

前面两位看热闹不嫌事大的也跟着站了起来："别光顾着骂我了，走。我们跟你先去医务室消消毒，肿了倒没什么问题，流血了得去问问医生需不需要包扎一下……"

顾渊看了许约一眼："我俩去就行了，你俩好好在教室待着吧，班上有什么情况随时发消息通知我们。"

许约往过道跨了一步，身子微微半蹲下来。

三楼其实算不上高，平时那么点台阶顾渊能直接几大步跨下去。可现在许约浅浅地呼吸了几下，侧过头看向顾渊："上来，我背你下楼。"

这话说完，后排几个小打小闹的男同学忍不住回过头看着他俩，哇的一声就开始起哄，还有几个女生捂着嘴，肩膀抖个不停。

最后，大家都笑了起来。

有什么好笑的。

顾渊耳根开始烫了起来，好在有头发挡住一些这才没被别人看了去。

但面前弯着腰扎着马步的许约，侧着脸一抬头就看到了他那两个已经红透的耳朵。

他忍不住低下头笑了几声。

"你们笑什么笑，渊哥都'重伤'了你们看不出来啊！还在这笑，能不能有点眼力见！真是看热闹不嫌事大？"李然然冲旁边几个人挥着手。

自己咧着嘴笑得停不下来还指挥着让别人不笑，顾渊觉得自己当初眼瞎才落得一个交友不慎的下场。

"算了，我还是自己走吧，另一只脚又没坏。"顾渊看着许约的后背说道。

"自己走？你自己打算怎么走？用另外那只没被砸到的脚蹦着去医务室？"许约有些意外。

这要是在校外，这人可能会假装两只腿都废了，然后死皮赖脸叫你带他去医院。现在，顾大帅哥一本正经地当着同学的面说，"我自己走吧""另一只脚又没坏"。

许约觉得好笑，站直了身子："这可是你自己说的啊，那走吧。"

顾渊瞪了他一眼，单脚跳出了教室后门。

顾渊手握楼梯扶手往下跳了几个台阶之后，上课铃声如约响起，眼看着走廊楼梯里的学生狂奔向各自的教室，他才忍不住回过头看了许约一眼。

"我说，你能不能稍微有点眼力见？"

许约双手环在胸前，居高临下看着他："是你自己不让背的。"

"当时在教室！那么多人那么多双眼睛盯着，我一个一米八几的大高个，用得着你背？我不要面子的吗？"顾渊有些吃惊，大概是没料到许约会还嘴。

说完，他伸手将许约往下拽了两个台阶，顺带拍了两下他的后背："不过现在，这面子可以不要了，背我。"

这语气，这气势。真的不是刚从幼儿园出来的吗？

许约伸了个懒腰，低头又看了一眼顾渊的脚踝处，刚才还只是

第八章 生疏

磕破了皮往外渗了些血,现在伤口已经完全扩大,染成了一片红。

看上去着实有些吓人。

许约表情突然严肃,他往下又跨了一步然后双手背到后面举在半空中:"上来,别磨叽了。你刚才跳那几下,伤口好像被你扯开了。"

顾渊拎起裤腿嘶了一声,直接趴在了许约的背上。

高中男生打打闹闹或者运动时受点伤已经算是家常便饭,但像他们两个这样要背着才能动的却很少见。老杨刚批改完作业,抬头打了个哈欠,透过办公室的玻璃窗就看到了从楼梯口下来的两个人,他一脸慌张地站起来,大步流星出了门直接趴在走廊的栏杆上冲许约挥手。

"顾渊、许约,你们两个这是怎么了?"老杨扶着眼睛眯眼仔细端详了半天,最终目光停在了顾渊脚踝上那片已经被染红的校服裤腿上,"这……这怎么还流血了,快点,许约你们先去医务室。老师拿个外套就过来……"

许约愣了两秒,还没反应过来就被顾渊捏了一把脖子。

"别发呆了!快跑啊,老杨他跟着凑什么热闹啊,不就是脚被砸了一下吗!他来慰问啊?还嫌不够丢人……"

许约吸了吸鼻子,加快步伐出了教学区。

林荫路上空无一人,树枝在风里不停地晃动,阳光穿过树叶间隙洒在他们身上,留下一地斑驳交织的光影。

顾渊一路上嘴就没停过,一边说着"丢死人了"一边不停地回头往教学区的方向看。

好在许约走得快,没几分钟就将顾渊放了下来。

"到了。"许约推开了医务室的玻璃门,低头看了一眼。

啧,医务室这种地方就不应该有台阶。

顾渊还在往后张望着,完全没在意许约到底说了什么。还没来得及回头,就被许约一把捞起往上拎了一把。

很好,完美的单手侧捞,并且直接跨过了那个许约自认为很碍事的台阶。

顾渊眨了几下眼睛:"以前真看不出来啊……你这么瘦的一个人,居然这么有劲,怎么说我也一米八三呢。"

"你脚不疼了?"许约微微喘着气,"还有,全世界就只有你顾渊长了一米八是吗?要不要让医生给我量量啊。别往后看了,老杨没来,先进去擦药。"

"哦……"顾渊被堵得哑口无言,再加上伤口还在流血,他皱着眉坐在医生面前的软凳上。

顾渊眼睁睁地看着自己的脚踝被女医生用纱布一层一层地包起来,整张脸都慢慢黑了下来。

"我说医生,就这么点小伤,至于包得跟木乃伊似的吗?"

"你还是闭嘴吧。"许约抿着唇将顾渊的手机从校服兜里拿了出来,举到他面前,然后面容解锁。

"医生,我扫码付款。"许约说。

"十五元就行。"女医生缠好了纱布这才抬起头看了顾渊一眼,"还一点小伤,你们这些男生蹭破点皮都巴不得来医务室开个证明,然后趁机溜出去玩……我还不知道你们那点小心思。"

顾渊又眨了几下眼睛。

"不过你这伤口位置刚好在脚踝处,不太好处理。这几天就别老动来动去了,实在不行就让你朋友扶着你,像刚才那样背着也行。"

许约举着手机又凑到顾渊脸上:"别皱眉,看镜头。"

您已成功向对方转账十五元。

"所以,你把我砸伤,最后还用我自己的钱?许约你能不能当个人?"

许约完全不在意这人到底说了什么,他冲女医生笑了下,伸手扶起顾渊的胳膊:"这次是真不怪我,出来着急没带手机。"

很好,连理由都跟上次一模一样。

顾渊抿着嘴翻了个白眼。

出医务室大门的时候,顾渊还是忍不住回头问了一句:"那

第八章 生疏

个……医生。你帮我目测一下,我同桌有多高?"

"你多高?"女医生抬头看了一眼。

"我?我一米八三。"

"哦,那他差不多减个三厘米。"

"呃……"

还真是一米八的大高个。

老杨最后有没有赶来他们两人全然不知,毕竟顾渊最终还是胳膊肘架在许约的脖子上着急忙慌地单脚跳出了医务室。

他们刚往回走了两步,顾渊校服兜里的手机振了几下。

然然升旗:渊哥,小鱼老师刚刚查人查到你俩了。我就跟她说明了一下具体情况,她说你们这节课可以不用来,让你好好休息。

许约随便瞥了一眼就将顾渊手机上的内容尽收眼底。

"小鱼老师?"许约犹豫了一下,"以前怎么没听过。"

"就我们班英语老师,叫于晓婷。"顾渊点了几下屏幕简单回复了几句之后将手机塞回校服兜里,"脾气好又温柔,反正跟老杨和李烨比起来,她哪哪儿都好。"

许约仔细想想,顾渊好像确实对英语情有独钟,九门课程独宠这一门。

"所以现在我们去哪儿?"许约问。

"去哪儿?不知道。"顾渊继续往前缓缓挪了两步,"嘶——这紫药水怎么涂着比酒精还要痛啊……"

"想让我背你就直说。"许约将他脖子上的胳膊放下来,这回很认真地站在顾渊前面半步距离半蹲了下来,"现在回去说不定还会碰到老杨。走吧,还是先去我们宿舍吧,反正最后一节课了。中午想吃什么让李然然跟周辉他们直接带回来。"

顾渊心高气傲拉不下面子已是常事,但一想到自己未来几天能得到大爷一般的待遇,面子好像也就不怎么值钱了。

他"嗯"了一声,伸手贴上了许约的后背。

上课时的宿舍大楼向来是锁起来的，宿管大妈靠着木凳靠背，一边织毛衣一边跟着电视里的歌舞剧哼着。

见有人过来，她立马坐直身子清了清嗓子："几班的？怎么这个时候回宿舍啊？"大妈放下织了一半的毛衣打开窗往外看了一眼，看清楚后惊讶地问，"顾渊？你这脚是怎么了？包这么严实，受伤了？严不严重？"

许约费了半天劲将顾渊背上值班室前的台阶，将身后这人放到了平缓的地方，他才微微喘了几口气。

顾渊低着头盯着自己的脚踝瞅了一眼，又肿又丑还特别丢人。

"假条之后再补给您，先把门开了让我俩上去吧。真的很痛。"顾渊情绪并不高，也懒得跟人磨叽。

许约又跟她说了几句好话，宿管大妈这才拿着钥匙开了楼门。

回到宿舍许约刚关上门，顾渊就单脚蹦到了周辉的床铺边，一屁股坐下来转头就开始抱怨："那宿管大妈，我都服了，我脚都这样了还一副我好像在骗她的样子。那个表情你看见没有？诶我说，你们住宿生是不是经常骗人家？"顾渊呼吸顿了下，伸手轻轻探了下脚踝。

"什么叫'你们'，我以前都不住宿的。"许约看了一眼他的腿，"这种问题你应该问你那俩小弟去。"

顾渊还想反驳什么，愣是被自己的肚子发出的声音给气笑了。

"距离放学还有半个多小时啊……"顾渊说，"你们宿舍有没有吃的？"

许约四处看了一眼，最终视线停在了李然然床铺上藏着的那桶泡面上。

他起身，伸手从最里面拿出泡面。

"这个，你吃吗？"

顾渊压着声音道："你们宿舍这么惨？没零食？没存粮？就光吃泡面？"

"校规里写了宿舍楼不能带吃的进来，而且我也不怎么喜欢在宿

第八章　生疏

舍里吃东西。"许约被问得有些不耐烦,他晃了晃手里的泡面,"你到底吃不吃?不吃我就放回去了。"

"吃……"

拆包装,烧开水,一切准备就绪,就在许约准备将一堆调料包撕开倒进泡面桶的时候……顾渊伸手拦下了他。

"等一下。"

"怎么了?水都烧好了,还要干吗?"许约手里拎着一包拆了一半的调料包,眼里充满着疑惑,"你又不想吃了?"

他心想,我忙活半天,你要是说一句你不想吃,我今天塞也得给你塞进胃里去。

"不是,泡面要多泡两次,这样比较健康。"顾渊尝试着想站起来,未果。只好冲许约继续笑道,"麻烦同桌你了啊,再帮我多泡一次呗。"

许约忍了。

行,你是病人,你说了算。许约咬着牙重新泡了一次面,等到两分钟后,他抬头看了一眼顾渊。

"现在好了没?"许约将泡面桶单手拎着凑近顾渊的脸,热气扑了他一脸。

"好了好了,可以放调料了。"顾渊挑了下眉,"这样吃泡面讲究,而且比较有营养。"

有营养?许约手顿了下,转脸冲顾渊尴尬地笑了两声后,将所有的调料包扯开直接倒了进去。

"讲究?有营养?"许约简直无语,"您都已经可怜到吃泡面了还讲究什么,赶紧吃。"

一张长桌,一半给顾渊,一半留给自己。

顾渊吃东西很安静,不像李然然和周辉。他俩狼吞虎咽,时不时砸巴几下嘴,活像很多天没吃过东西的饿狼。

许约就坐在他对面,刚刚烧水的时候顺手从自己枕头底下摸了本心理学的杂志放在了桌上。

"心理学？"顾渊咬着泡面微微抬眸，"你喜欢看这类书？"

"东西咽下去再说话。"

"哦哦……"顾渊很快的嚼了几下吞了下去，似乎是被噎到又端起泡面桶喝了几口汤，"我刚说，你喜欢看这类书，是为了你自己还是为了……"

"我没病。"许约瞪了他一眼合了手里的杂志，"我先去洗个澡，背你出了一身汗，不舒服。你先在这坐着吧。"

看着许约背过身去脱掉校服外套，只穿了一件白色短袖和运动裤进了浴室，顾渊从桌子另一边拿过了那本杂志。

许约翻开的那一页上面，大大地写着"社会心理学"。

等到浴室里传来一阵水声，顾渊快速翻阅了一遍，满脸震惊。

有一篇文章被做了许多标记，书页空白处还写着不少笔记，这一篇文章的每个字，每句话，甚至每一串省略号都在告诉所有的读者，抑郁症有多么需要被重视。

顾渊皱着眉，可不管怎么看，许约这人跟这三个字完全不沾边。

如果不是许约，那就只能是……

"许陆？"顾渊缓缓念出了这个只看过一眼就记熟的名字。

顾渊对这个名字其实并不陌生，尤其是听许约讲述了五年前发生的事情之后。

很有可能，许约是为了他父亲看这本书的。

宿舍门的钥匙孔突然转了一下，顾渊迅速将那本杂志放回原来的位置，他捏着塑料叉子往嘴里送了一口泡面。

李然然手里拎着一个套了三层塑料袋的饭盒，看到顾渊桌前的泡面时，整个人僵在了原地。

"哥……你别吃这个。"周辉突然从李然然身后冲过来，一把将顾渊手里的叉子抢过去，"渊哥，我俩放学第一时间就冲到粉星去给你买了海鲜粥，你怎么吃起泡面来了？而且……这泡面咋看着……有点眼熟？"

"嗯，从你上铺那儿拿的。"顾渊扯了张纸巾擦着嘴，"不得不

第八章 生疏

说,味道还可以。"

周辉有些意外,他拿起那桶泡面看了半天,脸色大变。

"渊哥……这玩意儿已经过了保质期。李然然本来打算早上出门的时候扔掉的,结果,起晚了……给忘了,你……你怎么……还吃了……"

顾渊愣了两秒,闭了闭眼转头看向浴室的方向。

"许约,你给我从里面滚出来!"

207宿舍厕所里,李然然弯着腰,胳膊架着顾渊的身子,看着他趴在马桶边不停地干呕。

瞬间就没了食欲。

"渊哥,俗话说得好,不干不净吃了没病。再说你这刚吃下去还没五分钟,吐不出来的……要不我帮你拍两下?"李然然站在旁边一脸无奈,愣是被顾渊一个恶狠狠的眼神给吓得不敢多言。

许约用毛巾擦了擦头发,看着桌上这一层套一层的塑料袋忍不住问道:"你们为了往宿舍带饭想的办法也是厉害啊,那阿姨没看出来?"

"没有,连味都没闻到。"周辉一边拆一边搓了搓手,"严实着呢。"

许约忍不住笑了笑,也不知道是这句话戳中了他的笑点,还是突然想到顾渊坐在医务室凳子上眼睁睁瞅着自己的脚踝被裹上好几层纱布时那张生无可恋的脸。

"那行吧。哦对了,顾渊刚吃了一整桶泡面,估计暂时吃不下了。我们替他吃。"许约仿佛听不见浴室传来的干呕声,他起身走过去站在门口看了一眼,然后还好心地帮里面那两位带上了门。

周辉整张脸都开始抽了起来,嘴角跟着一下一下往上抬。

这是人吗!

这真的是人吗!

这简直就不是人啊!

周辉发誓,自己高中三年千万不能惹的名单里,一定要多加一个人进去,这人就是许约。

顾渊在厕所待了半天,看样子如李然然所说,吐肯定是吐不出来了。脚痛也就算了,现在整个人哪哪都不舒服。他一把推开李然然,打开了水龙头,用手捧着水漱了漱口。

静静站了几分钟后,顾渊缓缓抬起头看着镜子里脸色微微泛白的自己。

他突然笑了。

顾渊长舒了口气,轻轻拍了拍李然然的肩膀:"出去吧,我还能吃得下。不能让你们白跑一趟。"

四个人手里各自捏着个勺子,许约往顾渊那边看了一眼,嘴角微微上扬。

顾渊现在自然是不高兴理会许约,他低头喝起了海鲜粥。

"哦对了,老杨放学前来找我了,他说下午最后一节课换教室你俩不用去了,早点回去休息。"周辉说,"他还说了句什么来着?我想想……哦对,他还说,你们两个跑得太快了,坏了一只脚他都没追上。"

"那他可真是太会说话了!"顾渊咬着勺子紧紧皱着眉头。

李然然咽了几口汤,抬头看向顾渊:"渊哥,那你这几天回家怎么办……你这个样子,要不干脆找老杨申请住宿吧?我记得咱们学校是可以申请临时住宿的。这样比你自己回家方便多了。"

"住哪?"因为喝汤的原因,许约的声音稍微哑了一些,"还去赵晨那?"

不知是讽刺感太强还是许约问话的语气听着过于生硬,顾渊愣了几秒放下勺子,冲他撇了撇嘴:"我的脚之所以变成现在这样,还不是因为你?"

"所以呢?"

"所以?所以我住你下铺。"

许约捏了两下左耳软骨,看着对面整条腿都放在周辉床铺上的

第八章 生疏

顾渊轻眨了一下眼睛。

"吃完饭我去楼下把垃圾丢了,上来的时候顺便帮你找一下宿管大妈?给你拿个临时申请表?"周辉第一个结束午餐,他盖好一次性盒子缓缓从床铺边站起来,生怕一个不小心碰到顾渊受伤的那条腿。

"也行。"顾渊没拒绝。

这种享受的事他从不拒绝。

"那行,你们快点吃吧。吃完了我一起带下去。"周辉拿起自己的水杯喝了一口,走到窗前轻轻将玻璃往外推了一下,"开窗透透气吧,这一屋子的海鲜味,要是被宿管大妈闻到了估计又得请家长来了。李然然你下次要再点味道重的蟹粥我就打你。"

李然然忙着吸溜他的午饭,没来得及理会他,只是将许约中午落在桌兜里的手机放在了桌上。

"海鲜粥而已,又不是火锅,有味也不至于这么夸张,开个窗过一会儿就好了。"许约咽下最后一口汤,将自己空着的盒子摞在周辉的盒子上,连带着用过的勺子也从塑料袋的空隙里塞了进去,"你跟李然然中午跑了趟粉星肯定也出汗了,一会儿先去洗个澡吧,垃圾我带下去就行。"

顾渊放下手机抬头看了一眼,尽管只是一个眼神,许约却忍不住浅笑道:"放心,不会把你的申请表忘了的。"

"学学吧你俩,这叫什么,这就叫默契,一个眼神就知道我想表达什么了。"顾渊轻轻敲了一下桌,又伸手敲了一下李然然的后脑勺,"倒是你俩,跟你们认识比跟许约认识早那么多,怎么你们就没人家这个觉悟,果然智商完全不在同一个水平线。"

"这叫情商。"许约轻轻叹了口气。

"无所谓,反正他俩不管哪个商,肯定没你高。"顾渊脸上带笑。

这个笑,让许约猛然想起小学时期的那次家长会,母亲就坐在第一排他的座位旁,抬头认真听着老师当着全班学生家长的面是怎么夸奖许约的,左手紧紧捏着许约的手,然后跟其他同学的家长开玩笑似的假意炫耀。

当时她就是这样笑的……

顾渊对他,就像家人。

"许约?许约?"李然然晃了两下许约的胳膊,"你最近到底是怎么了……大白天站着也这样?是不是之前考试压力太大了没休息好啊。要不你晚上早点睡觉吧。"

"啊?没什么事,就是突然想起来一些以前的事。"许约搓了把脸,整理好了心情,"都吃完了吗?那我先把垃圾带下去。"

顾渊没说话,余光瞥了一眼放在桌上的那本心理学杂志。

附中每一个住宿生都会在开学当天,向后勤管理处上交一份带有家长签字的住宿保证书,当然许约那份是自己随手签的。保证书上面的内容无非就是住宿期间必须遵守校规校纪,不旷宿、不晚归,回家递交申请这类条约,其实就跟检讨书是一样的性质。

但临时住宿的申请表比普通的申请表会多出来那么一行,就是住宿时长。

许约站在宿管大妈的值班室里,犹豫了很久才缓缓开口道:"顾渊他那个脚……估计没个两周是好不了的。而且阿姨您也知道,脚伤一般都需要静养,您觉得就冲他那性子,能静得下来吗?说不准可能还会住更久。"

宿管大妈双手依旧不离她那织了一半的红色毛衣,她思考了一小会儿之后朝桌上指了指:"表在桌上,你拿一张上去。旁边那一沓里面有打印好的住宿保证书,记得通知他让家长在上面签个字,到时候两张表再一起交上来。日期这……日期的话你就先写今天几月几号星期几,然后中间画个横杠吧,到时候他不住了,我再给他补上最后的时间。"

"哦,好。"许约应了一声,带着两张表格出了值班室。

第八章 生疏

还没从楼梯口拐进宿舍门，远远地就能听到李然然和周辉打闹的声音从207室传出来，许约停下脚步侧着头仔细听了几句。

果然，除了他们俩，还有另外一个人的声音。

他推开门往里看了一眼，赵晨正侧身靠在周辉的床铺边，同样回过头来看着他。

"许约你回来了啊。"

"嗯。"他淡淡回了句，直接绕开他坐在了顾渊对面。

宿管大妈提醒过的几条内容，许约大致跟顾渊说了一遍，然后他抽了根笔出来按照要求在日期里面填上了今天的时间。

"你什么时候不住宿了，到时候就在这横杠后面空白的地方写上当天的时期。"许约转了几下笔，最终将两张申请表推了过去。然后食指拦下正在手里转个不停的中性笔，轻压在纸上，"宿管大妈的意思，你听懂了吗？"

顾渊听没听懂不知道，反正李然然跟周辉是懂了，而且急于表现自己听懂了，他俩硬是要帮顾渊签下那份保证书。

"你俩别在这晃了行不行，站一边去。这事还轮不到你们俩这么积极。"顾渊沉默了几秒，"还有，就冲你俩那烂字，我都不好意思拿出去见人，那大妈眼尖着呢，不怀疑才怪。"

"渊哥，要不我帮你签了算了，反正我跟你们又不是一个班的，你们班主任肯定没见过我写的字……"赵晨突然往前凑了凑说道。

"我是脚受伤，不是手受伤。"顾渊手在鬓角轻轻搓了几下，"一个个这么着急，上赶着给我当儿子？"

许约愣了下，还说别人智商不高，你自己这智商明显比他们更让人着急。

"还是我来吧。"许约重新拿起笔，"小时候练过书法。我的保证书就是自己随便签的，宿管没看出来。"

没等到任何回应，保证书的右下角已经出现了一个在场所有人都没任何印象的名字。

就连顾渊本人都是一脸疑惑地看着他。

李然然看了一眼顾渊，又转头一脸同情地看着许约的侧脸，仿佛在告诉他你完了，你居然起了当顾渊家长的心思，而且实现了，你百分百要完了。

"这写的什么……顾什么来着？"周辉靠近了些盯着纸上未干的笔迹看了半天。

"不认识……"顾渊眨了两下眼睛。

"啧啧，这连笔……诶不是，渊哥，你连你爸的名字都不认识？"赵晨理智尚存，问了顾渊也想问的问题。

"你们能不能再傻一点……就这智商枉为高中生了好吗？这很明显这是许约自己瞎写的啊。"李然然忍不住瞪了周辉和赵晨一眼，"而且最后那个不就是'渊'字的花体字吗！网络上有啊……你们看我干吗？我说你们几个到底上不上网？绝了你们。"

许约轻轻点了点头："你厉害，这你都能认得出来。不愧是你。"

"看不出来啊许约，你还懂这些花里胡哨的……"顾渊同样被震惊到，他接过保证书盯着右下角的签名看了半天，"那中间这个，是啥？就带个竖那个？"

"小。"许约说。

"小？你这写的也太抽象太具有艺术气息了吧。"周辉忍不住感叹道，"所以，你这签的名字是……顾、小、渊？"

顾渊道："你怎么不干脆直接往这写个顾大渊呢？这里填爹，不填儿子。"

赵晨道："我觉得我来写更合适。"

李然然道："艺术是挺艺术的，就是吧，许约，你是真的不会起名。你随便从小说里面找几个名字出来都比你这'顾小渊'靠谱吧，听过儿子像爹的，没听过爹像儿子的。"

许约抬眸看着眼前你一言我一语的几个人，抬起胳膊撑在桌上有些不耐烦地用笔杆敲了几下顾渊的手背："这两个表等下了晚自习我再交到值班室去,或者晚上她来查宿的时候顺手给她。"

许约突然站起来,面无表情地走到自己床铺前,抬起腿两三下就爬了上去:"我有点困了,想休息一会儿。下午最后一节课要换教室,你们这么闹腾也不嫌累?"

傻子都听得出来这是在赶人了。

"哦,你不说我差点忘了,下午最后一节课高二统一换教室,真羡慕你俩,不仅不用去换桌子,连教室都不用换。"周辉撇了撇嘴,转身就把赵晨往宿舍门外推,"赶紧走,赶紧走,我们要午休了,不然下午都没力气了……"

顾渊抬眸看了一眼门外的赵晨,双手撑着床,连带着整个身子微微往后靠在了墙上。

李然然倒像是吃了兴奋剂似的在桌子旁边扭了几下。也不知道是高兴207宿舍时隔两年终于满员,还是对最后一节课换教室充满着新奇感。

不管是哪种原因,顾渊自认为跟他没有半点关系。

只是临时住个宿而已,他内心为什么有种迫不及待的期待和兴奋感呢?

顾渊抬头看了一眼斜上方背对着他躺着的许约,隐约能看到白色的耳机线绕过他的脖子再藏进他的头发里,中途弯了几下打了个结。

人就躺在眼前,可顾渊突然不知道该以什么样的方式开口,他只好摸出了手机。

渊渊想抱:睡了吗?

许约翻了个身,肩膀微微动了几下,像是在回复消息。

许许如生:没有。

许许如生:有事?

渊渊想抱:你好像不太喜欢3班的赵晨。

渊渊想抱:为什么?

许约闭了闭眼。

许许如生：不讨厌，也不喜欢。

渊渊想抱：真的？

许许如生：嗯。

渊渊想抱：行吧，勉强相信你。

许约的指尖定在了屏幕上，他愣了几秒之后很轻地眨了下眼睛，大脑强制性发出指令，没过几秒许约这边就传出一阵均匀时而急促的呼吸声。顾渊的手机没开静音，手指划过屏幕会发出自带的键盘音，他微微抬眸往斜上方瞅了一眼，又低头看了看跟许约的聊天框，那行"正在输入"好似变成了他的网名，并且之后再也没变化过。

顾渊心想，床上那人大概是已经睡着了。

顾渊向来没有午休的习惯，他脸冲着墙，身子侧躺在周辉的床上，那只受伤的脚乖乖地架在床沿边，另一只脚则是随意地垂在地上。

手机里播放的电影进度条已经过了一半，顾渊才猛地回过神来，又将进度条往前拉了一小段。

一个午休期间，顾渊同样的动作重复了整整三次。

直到木桌上两个手机闹钟二重唱般响起时，顾渊才关掉那部他压根就没看进去的电影。

"啊……午休时间怎么这么短！"周辉撑着床板坐了起来，"这床是真的硬，不行我受不了了，下午抽空去超市买套床上用品。"

李然然跟着附和了几句。

许约揉了揉头发，从上铺跳下来直接进了厕所，刷牙，洗脸，换衣服，完全没有理会顾渊。

他站在洗脸池边静静看着挂在墙上的那面镜子，和镜子里充满戾气的自己。

"许约，你好了没？"李然然敲了几下门，"快快快，我要憋不住了。很急！"

"马上。"许约又打开水龙头泼了一脸水，然后开了门。

第八章 生疏

他往顾渊那边瞅了一眼:"你下午哪都别去了,就在宿舍自己待着吧,晚上下了自习他俩会给你带吃的。你要是无聊的话,李然然床上,还藏了几本漫画……"

"诶……别别别。"李然然嘴里咬着牙刷从厕所冲出来,嘴边带着牙膏的泡沫叽里呱啦说了一大堆,"那漫画不是我的,是上次赵晨他们班主任查宿舍的时候他藏在我这儿的,而且……"

最后总结成一句话就是,那几本漫画不适合顾渊看。

"那随便你们。我收拾好了先去自习了,周辉你们也别磨叽太久,老杨可能会查自习。"没等到那俩人说话,许约直接转身推门而出。几秒后又返了回来,当着顾渊的面拿走了桌上的两张表。

一下午许约都是晕乎乎的,直到最后一节自习课被通知整个高二年级组集体搬教室,他才缓缓将整张脸从桌上抬了起来。

周辉转过来问了他几句是不是不舒服,他也只是草草作答。

"我去粉星买……"眼看着教室前排已经有几个大男生开始打扫卫生,许约站起来拍了周辉一把,"算了,我去个厕所一会儿再回来。"

"嗯,知道了。"

这个厕所上了不止二十分钟,许约站在三楼走廊的角落里,环视着教学区外整条林荫路,一言不发。等到高二前两个班打扫完了教室里外的卫生,许约才洗了把脸往回走。

放学铃响,许约搓了把脸站在前门的位置,教室里比起以前确实整洁了许多,讲台一角的铁皮被擦得锃亮,上面堆放着的粉笔盒同样摆放得极其整齐,就连每个小组桌凳之间的距离都像是用尺子量好的一样。

后排的黑板也被擦得干干净净,阳光穿过玻璃窗印在墙上,看着都比以往更加刺眼。

许约忍不住往自己的座位看了几眼,两张单人桌也不知道什么时候被人搬走换回了之前的双人桌。

眼前的一切就像初来乍到之时那般，既熟悉又陌生。

"你怎么了啊？上个厕所人都上没了啊，我差点让李然然去厕所看看你，怕你掉里面。"周辉拧完抹布，挂在教室门后面，然后甩了甩手看向许约，"嘿嘿，还怕你忘带纸。"

"滚，我就在那边露台上待了一会儿。"许约指了指最后一排，"还有，我那桌子到底怎么回事？谁给换了。"

"哦，李烨刚刚来班上说不让搞特殊，就让我和李然然给换回原来的了。"周辉毫不隐瞒，"不是我说啊，我先提前心疼你和渊哥一下，A班班主任你猜是谁？李烨！以后的日子真的得辛苦你俩了。"

这个结果许约一早就猜到了，文科重点班的班主任除了李烨，没有人能担得起。李烨虽说脾气不太好，年轻气盛易怒，但教学质量在整个附中来说，无人能及。

"还好吧。"许约习惯性地回了一句，"对付这种类型的老师，直接用成绩说话就行。"

"那渊哥可就惨咯，他最不喜欢的就是语文。"李然然不知从哪冒出来，"不过还好，A班跟咱们班中间就隔了个B班，下课我可以跟周辉来找你俩玩啊。"

"随便吧。"许约往自己座位走去。果然，周辉跟李然然两人帮他们换好了桌子，甚至还帮他们把书包也塞进了新的双人桌里。

"谢了啊。"

"大家都是兄弟，谢什么谢。"李然然说，"而且要谢也得渊哥谢！他那桌兜里，本子、书，还有棒棒糖，乱七八糟的一大堆，结果书包里啥东西都没有……我跟周辉蹲那收拾了半天。真搞不懂他买书包到底是干什么用的。"

"装饰品呗。"周辉手掩在嘴边四处看了看。

"别看了，那位现在还在宿舍待着呢，有话就直说。"

"我感觉,他书包里可能从来不装书,作装饰用的。"

许约愣了下,忍不住笑了一声,朝周辉竖了个大拇指:"有道理。"

不过话说回来,周辉说的也不无道理,跟别的高中生不同的是,顾渊的书包看上去永远都是那么轻飘飘的样子,肩带时长时短,很多时候他只是随意甩在后背上,至于里面到底装了什么,许约从来都不知道,而且也不关注。

谁没事闲的老盯着别人的书包看。

但现在,不管之前装了什么,许约将他桌兜里留着的那几根棒棒糖塞进了书包里。这样一来,就不是空着的了。

"李烨有没有说Ａ班座位到时候怎么排?"许约迅速转过脸看向周辉。

"哟,巧了,不愧是学霸,这个问题李烨也想到了。"周辉朝黑板右下角努了努嘴,"看那写的,座位暂时按照分班表的顺序……人家都已经帮你们安排得明明白白了。"

"这样的话,那许约岂不是得去第一组第一排?"李然然站在门外看了一眼新贴上去没多久的Ａ班分班表,"啧,牛!我长这么大还从来没坐过第一排。哦不,除了小学,我那会儿全班最矮才有坐到第一排的机会。"

"谁不是?"许约淡淡回道,"而且我一米八的身高坐第一排,不怕我挡着后面矮个的?"

李然然咬了咬牙,眼里满是羡慕。

他将自己的书包收拾好:"晚自习是不是就开始按照新排的座位坐了?"

"嗯?应该吧。"

"知道了。"许约从桌兜里一把拽出自己的黑色书包,随意甩在背后往第一排走去,然后丢在凳子上,"你俩快点吃饭去吧,别忘了给他带饭,我下了晚自习再回去。"

"那好吧。你也记得吃饭啊。去食堂的话就早点过去,去粉星的话当我没说。我们走了,保重兄弟。"

许约最终没有上晚自习,他甚至已经想好了第二天面对李烨时,应该用怎么样的话圆过去。

尽管如此他还是感到不安。这种不安就像是被千万只蚂蚁撕咬一般。许约呼吸频率加快,气息很是不稳,运着球在篮球场中间足足站了五分钟之后,最后忍无可忍使劲将球丢了出去,砸在篮板上。

直到最后一节晚自习结束,许约才将篮球登记归还给了器材室,然后拎着校服外套从体育馆大门出来,一眼就看到了靠着路灯的顾渊。

许约有些意外,本想走过去亲自问问他是怎么找到这儿的,但转头仔细想了一番,这个问题对于顾渊来说压根就用不着问。那晚他能翻遍整个校园,今天同样也能。不过是时间快慢的问题罢了。

顾渊双手环在胸前,歪了下头盯着许约,直到眼睁睁看着他走到自己跟前才缓缓开口:"这次,又准备藏到哪里去?"

也许是刚打过球,许约觉得整整一下午压在胸口的那份郁闷逐渐消退。

"你怎么下来的?"许约将校服搭在左边肩膀上,走下楼梯,"那俩放你自己一个人下来的?"

"在宿舍待不住,给你发消息也没人回,我就问了周辉,他们跟我说今天的晚自习已经按照新好的班级坐了,然后我就让他们去A班找你,结果你没在教室。"顾渊一条裤腿依旧往上卷了几下,露出白色的一圈纱布,内侧隐约能看到一点深红,"我想着,除了教室,你能待的不就只有操场了?然后我就来了。"

"所以你就从宿舍一路单脚蹦到体育馆这来了?"许约叹了口气,"人家医生都跟你叮嘱了多少遍,你这伤口位置本来就不容易好,你就不能在宿舍好好待着?是不是还嫌自己……"

第八章 生疏

"我只是不想一个人。"

面对无数次把周辉和李然然不当人的顾渊,许约实在是不知道该往下接什么话。

他往前走了几步,接过顾渊的胳膊直接架在自己脖子上:"刚刚打球,消息没看到。下次有事就直接打电话。"

"许约,我不是说刚刚。"顾渊突然停下来,认真地看着面前这个脸上满是汗珠的男生,"今天中午午休的时候,你为什么没有回我……"

"哦,那时候我已经睡着了。"许约偏过头。

"许约,那个时候你根本就没睡着。"顾渊眯着眼睛,眉头紧紧皱在一起,他伸手拽着许约的校服往他旁边挪近了一些,"你的呼吸声不对。"

"怎么不对?"许约放下了手。

"你睡着时候的呼吸声,不是那样的。"

操场很是空旷,大概因为下课铃声过去还不过两分钟的原因,林荫路上还没有涌出更多的人,顾渊侧着脸,一半隐匿在黑夜里,另一半在昏暗的路灯里。

两人脚底延伸出的影子相互重叠。

"你观察力还挺细微的。"许约沉着脸。

"许约。"顾渊往前逼近了一步,"为什么,你为什么没有继续问下去。"

"我又不像李然然他们那么爱八卦。"许约转头眯了下眼睛,"走了,我还得回趟教室,住宿申请表还在我桌兜里放着。今晚得交到宿管值班室去。"

顾渊还想说什么,愣是被许约架着胳膊往前蹭了几步。

然后两人慢慢往教学区的方向走。

本来五分钟的路程,愣是被两个人磨叽了二十分钟,就以这样的速度,顾渊还是出了一身的汗。

"反正你衣服还没换,就先坐楼梯口这等会儿吧,我自己上去。"许约将顾渊按在了最后一级台阶上,自己转身连跨着好几个台阶上了楼。

楼下公告栏后面是个不怎么占地的花坛,里面种了些顾渊叫不出名来的花花草草。听说品种都是李烨和校主任特意挑选的。

他坐在台阶上愣愣地盯着前方,暮色就像一张巨大的网,慢慢撒了下来,罩在整个校园上。包括那个一向不怎么引人注意的小花坛。

顾渊拿出手机打开相机,趁着月色未褪。

咔嚓——

他点开手机里的照片放大看了几眼,令人意外的是这张照片最中间居然有一朵红中泛白,呈胭脂色,看上去还没来得及盛放的花。

顾渊随手调了个冷色滤镜,打开自己的朋友圈,紧接着他微微皱了下眉。

这是什么花……玫瑰?月季?牡丹?还是杜鹃?

顾渊在手机上输入了一遍又一遍,实在是想不出这花到底属于什么品种,最后直接发了张图片出去。

顾渊每次发朋友圈不出一分钟底下的评论就能刷屏,他自己又懒得回,直接按灭了手机。

等他再抬头的时候,许约手里捏着两张纸外加一本书已经站在他的身后。并且看样子,好像已经站了很久。

"你下楼怎么没声音的啊。"顾渊震惊地看着许约,然后眨了几下眼睛,"大晚上的别搞得这么吓人行吗?本来就黑。诶对了,你是不是之前跟我说过你小时候很怕黑?"

"你也说了那是小时候,现在不怕了。你手机看完了没有?看完了就回宿舍。"许约将书丢进顾渊的怀里,朝他伸着手,"起来吧。"

"哦……"顾渊吃力地一只胳膊趴着楼梯扶手缓缓站起来,最后毫不犹豫将左边的胳膊像之前一样架在了许约的脖子上,"你刚刚

第八章 生疏

什么时候下来的?"

"就在你输入'牡丹'然后删掉又输了'玫瑰'的时候。"许约忍不住抬了下嘴角,似乎是被顾渊逗笑,"那花,是玫瑰。"

"嗐,我早猜到是玫瑰了,就是……就是不太确定而已。"顾渊轻轻咳了几下,胳膊肘跟着颤,连带着许约整个人都随之轻晃了几下。

反正顾渊口是心非又不是一天两天了,许约"嗯"了一声就当什么事都没发生过。

"玫瑰?"

"嗯。"

"为什么要在高中校园里种玫瑰?"

"可能学校领导单纯觉得好看。"

"是吗?那干吗就种了这么一朵?搞特殊啊。"

"顾渊,你再多说一句,就自己蹦回去吧。"许约停下来瞪着他,"人家乐意种,你要是看不顺眼,就趁没人的时候偷偷拔掉。"

"拔了多可惜,还不如送人。"顾渊听得极其认真,点了两下头冲许约笑了下,"诶,你长这么大,有人送过你花吗?"

送过吗?应该送过吧,只不过之前很多事情他不愿意再回忆一遍。

那天下了晚自习,许约一如往常将书包带到背后双手插进兜里准备回家,可就在这时,一个矮他一头的女生叫住了他,支支吾吾半天最后将藏在身后早已准备好的玫瑰花递到他面前。

"许……许约同学,送……送给你。"

"喂!许约?你又怎么了!"顾渊伸手在他眼前晃了两下,最后打了个响指。

"呃,不小心走神了。"许约清了清嗓子,继续说道,"以前没人送我花,我又不是你,没长那颗招桃花的痣。"

"我这个痣是天生的,能怪我吗?"顾渊忍不住笑了下,搭在他肩膀的胳膊顺带着收紧了些,"走了走了,回宿舍吃东西去,饿死我了。"

"你还没吃饭?李然然他们没帮你带?"

"带了。"

"那你干吗不吃。"

"这不是等着你一起吗?"

许约没说话,架着顾渊的胳膊继续往林荫路走去。

等到两人到了宿舍楼下,许约将两张纸从开着的窗户递了进去。宿管大妈随意看一眼冲他俩点了点头,最后好心提醒几句上下楼一定要注意安全。

许约回过头:"听见没?让你注意安全,少蹦跶。"

顾渊刚自己一个人挪到楼梯口,他没说话点了下头,双手拽着裤腿小心翼翼地将脚放在第一个台阶上。

许约看着心里着急,他叹了口气直接走了过去背对着他:"我背你,你就是大爷。怎么敢劳烦您亲自走呢。"

一句玩笑话倒是逗笑了顾渊,他往四周瞄了瞄,也不顾其他男生投来的诧异眼神,直接趴在了许约的背上。

"许约,作为你最好的兄弟,要不……我送你朵花?"

许约身子跟着顿了下。

"你长这么大居然都没人送过你花也太可怜了吧。咱们兄弟几个又没那么见外,对吧?"顾渊莫名觉得有些紧张,一个男生口口声声说着要送花给另一个男生,怎么听都觉得有些膈应人,更别提还是对许约这种从头冷到脚的冰块说这么肉麻的话,他忍不住趴在他背上轻声嘶了一声,胳膊肘紧紧锢着许约的脖子,生怕自己被他直接扔下去。

但许约没有,他停了下来侧着脸往后看了一眼:"谁跟你是最好的兄弟。"

顾渊一时愣住,他眨了眨眼,满脸的不相信。

第八章 生疏

"什么意思？我们不是好兄弟吗？"

"许约，你把话说清楚。我以为我们已经是兄弟了。"

"合着你跟李然然他们一样，只为了我的钱？"

"许约你这么说良心不痛吗？不对，你有良心吗？你还是不是人啊。"

两层宿舍楼，总共不到三十个台阶，两人走走停停用了五分钟，顾渊趴在许约后背骂了他整整三分钟，最后大概是实在想不出更好的词，他安静地舒了口气缓缓道："喂，许约。其实现在这样，我觉得就挺好的。"

许约扯着嘴角笑了下。

"嗯。"

番外

番外

毕业

七月初的天气潮热得厉害，旧小区外带的防盗门一如既往地半开着，从楼道窗户吹进来的夏风，依旧让人烦躁。

顾渊斜靠在沙发上，微微闭着眼，时不时拎着领口扇几下。

一来二去，肩上的衣服便有了些褶皱。

仔细看的话，还能看到几处花成一团的猫爪印。

"真热啊……"顾渊睁开眼，冲正站在阳台浇花的男生一脸委屈道，"许约……能不能再开半个小时空调？就半个小时……"

阳台的推拉门上挂着薄纱材质的浅色窗帘，将许约的身影藏去了一半。

"你知不知道空调病是怎么来的？"许约回头冲客厅里的人招了招手，"客厅是有些热，顾渊，你过来。"

"嗯？"顾渊有些不解，但还是按了按胳膊，踩着拖鞋踱步过去。

不到三平米的阳台上整齐排列着几盆绿植，看上去有些拥挤。

这是顾渊和许约前几天特意从花卉市场买回来养着的，只不过，顾渊记不住它们的名字。

趁着某人还在愣神，许约偷偷举起了手里的小喷壶。

滋——

雾状的水汽瞬间扑在了顾渊的侧脸上。

"凉凉凉……"顾渊挤着一只眼,条件反射地将许约的胳膊按在了身后的玻璃窗上,"我说,你从什么时候开始还学会使坏了?"

"这有什么,比这更坏的事你高中的时候可没少干。"许约很轻地眨了眨眼,动也没动,"想不起来的话,要不要我帮你回忆一下?"

"好啊。"顾渊接过许约手里的东西,随后轻放在了台子上,"那你说说看,我那时候使什么坏了?"

"自己想去吧……"

"嗯?"

许约挣脱开了顾渊的手臂,将闲置在旁边的耳塞拿了起来:"多亏了这小玩意儿我那毕业论文才能过……还有几天就是毕业典礼了。"

夏风很热,租来的房子也旧,但小区里种了很多树,一到夏天知了就从早到晚吵个不停。

许约因为毕业论文的一些琐事浅眠了好些天,经常一个人趴在桌上熬到凌晨。等到他想睡了,可这窗外的知了却不给他面子。

顾渊特意买了助眠耳塞给他。

"别转移话题,你还没回答我怎么不好了?"顾渊伸手,蹭掉了许约前额的细汗,"早上我去跑步的时候,隔壁张阿姨还问我怎么没看到你。"

要是换了平时,许约可能对这些问题并没什么兴趣。

但也许因为今天难得过个周末,难得天气恰好,也难得小白没有睡觉,许约突然扭过头,胳膊撑在了顾渊的肩上。

"那……你怎么回的?"许约说。

"我说,那懒家伙正抱着我们家小白窝在沙发看电视呢。"顾渊说完,往客厅瞥了一眼。

一团白色毛球打了个哈欠,跳下沙发直冲许约而来。

"时间过得真快啊,转眼都三年了……"顾渊仰头,一副若有所思的样子,"好在当时我们把小白带回来了。你看看它现在这个样子,谁会想到这是我们学校里的流浪猫……"

"不止是它,还有你。"

"我?"顾渊顿了下,"它是猫,我是人,你干吗要把我们放一起。"

大学的毕业典礼上,顾渊作为心理学讲师代表说过一句话。

"虽然你不知道明天,后天,甚至是下一秒会在你身上发生些什么。但也请不要退缩,不要畏惧,不要害怕,至少在这一瞬间,你是勇敢的。"

"人这一辈子本来就是短暂的,为什么不试着疯狂一次。"

等到持续了三个小时的毕业典礼结束,顾渊又陪着许约逛了一圈校园,长廊旁,夏日的夕阳把他们的影子拉得很长。

长到像是把他们两人一路以来的故事说给了所有人听。

许约伸了伸胳膊,语气慵懒道:"顾渊,我毕业了。以前上高中的时候我总在想我以后要做什么,可是我现在突然有些迷茫。明天我踏出这个校门,是不是就真的回不来了……"

"不会的。"顾渊敲了敲许约的额头。

"为什么?"

"这么说吧,如果是作为一个普通的大四毕业生,你确实回不来了。"顾渊笑了笑,将许约拽到了自己这边,"但你别忘了,你还有我这个著名讲师。"

"滚。"

"嗯,我知道。"

许约的成绩出色,毕业后顺利进了一家名声不错的医院。

在门诊大厅的墙上,贴着许约新的证件照。底下印着两行清晰的黑色的字。

主治医师:许约。

心理咨询。

顾渊最终选择继续留在许约曾经就读的大学，为后来的学弟学妹讲解心理学的专项研究内容。每节课上，顾渊总会时不时谈起自己在国外那几年遇到过什么样的人，什么样的事。

有时，他也会在上课前先拨通许约的电话。

"这周的课件讲完了，我今天打算给他们讲讲我在国外的那几年都经历过什么事。"顾渊声音极为温柔，"感同身受，这也是心理学的一门必修课。"

许约笑了两声，放下手机按了外放键，眯着眼睛看了一眼窗外。

"顾老师还真是敬业，我都毕业了，以后不用再听课了。"

"跟我有关的故事。"

许约愣了下。

午后的阳光刺眼极了，许约闭了闭眼。

"好。"

周辉和李然然在一年前进了同一家国企，周末得空，偶尔会带着各自的女朋友来他们这里蹭顿饭。

那晚，他们特意找了家巷子口的烧烤店。

这里人多，也闹腾。圆桌上的竹签参差不齐，啤酒瓶横七竖八倒了一大堆。

跟几年前踏进附中旁边巷子里的心情一样，他们笑着，闹着，大喊着。

顾渊的左胳膊搭在周辉的肩上，毫不犹豫灌了好几瓶酒，最后红着眼看向许约。

顾渊突然说："喂，让我看一下你脖子上的伤。"

游戏屋

难得赶上五一假期,顾渊提前跟领导打好了招呼留在了余州。李然然和周辉也在周五晚上特意从海市赶了过来,说是要给许约补个生日。

几个人挤在出租屋里,有说有笑,从他们几个人的高中生活聊到了顾渊的国外生活。

但这些话题许约不是第一次听了,有时趁顾渊喝橙汁缓口气的时候,他还会主动补上几句。比如顾渊刚去国外不习惯那边的饮食习惯,一周瘦了五斤,再比如他调整不过来时差,导致那段时间总喜欢趴在桌上睡觉,以至于被教授叫去谈了好几次话。

李然然捂着肚子,笑着在沙发上打滚,抱枕也被他踢到了地上。

电视机里的球赛进行到下半场,李然然突然举着自己的手机屏幕撞向了旁边的顾渊。

"诶,渊哥,你看这个。"李然然将手机靠近了些。

"什么东西……恐怖高校?"顾渊盯着屏幕上的几个字,抬手往下翻了翻,"游乐园?鬼屋?都多大的人了还对这些感兴趣?"

"这个鬼屋很出名的,我都没想到这次定点居然在余州!去年海市的那场我就没赶上,这次咱们不能再错过了!"李然然坐直了身子,激动的脸都红了。

许约下意识回过头,眯了眯眼睛。

"鬼屋?想去玩?"

"不。"

"想玩想玩!"李然然突然捂住顾渊的嘴,一脸急切,直勾勾盯着许约的眼睛。为了防止顾渊脱离他的禁锢,李然然甚至用右腿压在了顾渊的脚踝上,"我刚顺便看了一下时间,明天下午三点正好就有一场!约约,你看我和周辉来一次也不容易,要不你陪我们去吧!"

"唔唔唔!"

顾渊终于挣脱了李然然的胳膊,仰头靠在了沙发上,一脸苍白,就连喘息的频率都有些急促。

两分钟后,顾渊才缓过来,忍不住白了李然然一眼,扭头看向了许约。

"许约,你呢?你想去吗?"

"他去他去!"李然然又扑向许约,两条胳膊都环在了许约的脖子上。

"许约他肯定去。"

许约大概是拗不过李然然了,从高中的时候就是。

他一脸无奈,接过李然然的手机点进了购票页面:"好好好,去去去。"

顾渊一脸诧异,嘴角抽搐的厉害。认识许约这么久,他可从来没见过这人对谁能妥协这么快。

"真去?"

"怎么,你害怕?"许约没抬头,嘴角却微微上扬。

"我一个成年人还怕这些?"顾渊深吸了一口气,将电视机的音量调大了些。下半场的球赛比分接近,紧张又刺激,但顾渊却有些心不在焉。

"你真不怕?"许约压着声音小声询问道。

顾渊咽了咽口水,一脸不屑,扭头往阳台的方向看了过去:"谁怕谁小狗。"

翌日。

许约一行人如约站在了游乐园的大门口,因为适逢节假日,游乐园外人山人海,从远处看过去,黑压压一片。

李然然站在人行道上喷了几声,最后忍不住说道:"手机是个好东西,要不是我们昨天提前网上购票,今天估计得排几个小时了。"

别说是鬼屋,就是旁边的碰碰车,他们都坐不成了。

"几点开始?"许约问。

"三点吧。"周辉瞥了一眼手机,"还有十分钟,先去检票吧,那边也得排队的。估计等我们进去,鬼屋也差不多开始了。"

"行。"许约把顾渊往前轻推了一步,"发什么呆啊胆小鬼。"

顾渊没说话,只是紧张地咬了咬下唇。

顾渊其实很小的时候去过几次鬼屋,他能接受布景恐怖的各种小黑屋,唯独接受不了这种里面还有演员扮演鬼的鬼屋。

说巧不巧,"恐怖高校"里最恐怖的,就属那些专业的演员了。

"渊哥,你怎么了?出这么多汗?"李然然眯了眯眼,将手里刚买的矿泉水丢了过去,"天太热了?"

"少来,你赶紧挨着周辉站好。"

"哦……"李然然又转了回去,一脸兴奋地往游乐园里张望着。

鬼屋的地点在湖边,周围没有别的项目,看着很是空旷。加上从鬼屋上方的扩音喇叭传来的声音,顾渊还是忍不住打了个颤。

一阵夏风吹来,将顾渊的刘海吹乱。

番外

"我们……真要进去?"顾渊的声音有些不稳,伸手拉住了许约的衣角,"要不,我在外面等……"

话还没说完,顾渊整个人就被其他三人架着直接推进了鬼屋的大门。

"欢迎进入'恐怖高校',请在前台领取你们的身份牌。"

轻飘飘的声音从四面八方包围着他们,最后落进了所有人的耳朵里,加上四周特质的白雾,瞬间就把许约等人拉进了主题里。

"我去!这声音怎么还自带 3D 效果的!"周辉左右张望了一番,依旧没追寻到声音的来源。

"是音响。"许约说。

"音响?"顾渊抬了抬头。

果然,在他们的头顶悬挂着几个小长方体,上面时不时闪着红色的呼吸灯。

"设计这鬼屋的人,房屋建筑学一定学得很好吧……"周辉忍不住拍了拍手。

许约不紧不慢往前走了两步,最后在前台的桌上看到了几张蓝色卡片,他随机抽了一张出来。

"高二(1)班学生。"

"哈哈哈,许约你这张卡抽的,让我想到了你当时刚转学过来,正好是高二。"

顾渊没说话,抽了许约右手边的那张。

"高二(1)班班长。"

"我去,渊哥,要不你还是把这张牌放回去吧,不适合你。"李然然笑着,伸手就要去抢顾渊手里的卡片。

但被顾渊轻而易举躲了过去。

"去去去,我抽到什么就是什么,你俩赶紧去抽别磨叽了,早出去早完事。我可不想在这鬼地方多待一秒钟,怪冷的。"

"啊？你到底是冷还是热啊……"

"李然然你闭嘴，不说话没人把你当哑巴。"

许约站在一边还是忍不住笑了。

好像在数年前，他们站在学校附近的那条巷口，大声喧闹着，向前奔跑着。

许约觉得，这次自己没再停在原地了。

高校的大门缓缓打开，场馆里瞬间安静了下来。过了不到两秒，里面突然传来了一阵刺耳的铃声。

李然然被吓得一激灵，回头紧紧抱住了许约的胳膊。

"你也害怕？"许约轻声问道。

"我这不是害怕，是这上课铃声听了十几年，已经形成肌肉记忆了。"李然然松开许约，原地清了清嗓子，给自己壮了壮胆。

几人缓步向前，走廊的灯时不时闪一下。滋滋的电流声从他们旁边的墙壁里传了出来。

就在不远处的走廊拐角处，李然然最先注意到了掉落在地上的破旧玩偶。

"一般来说，那玩偶肯定是之后的任务道具。"

"真的假的？"大概是跟在许约身后，顾渊狂跳不息的心脏终于安分了些。

他半信半疑，探着脑袋往李然然手指的方向看了过去："那什么东西，一个布娃娃？"

"是没有头的布娃娃。"许约的声音很轻，突然从后面飘过来，吓了所有人一跳。

"哥哥你能不能别突然在我耳边说话啊，这地方本来已经够吓人了，你就别再给我们增加游戏难度了成吗！"顾渊肩膀一抖，重新缩回许约身后。

许约抬手往前跨了两步,从倒数第二位变成了第一位。

"可能是后面需要用到的道具,要不先拿着?"许约胆子大,逐渐靠近了掉落在地上的玩偶。

这时灯突然熄灭,整个走廊全黑了。许约身后的三个人猛吸了一口气,后背贴着墙不敢往前踏一步。

"现在是怎样啊!我靠,灯呢,开灯啊!"顾渊的声音都开始有些抖了,他抓不到许约,只好死死地捏着李然然的衣服。

"哥哥哥,渊哥,你先松开我成吗!我衣服都要被你拽掉了,灯的开关都在主控室,又不在我身上!"李然然一脸紧张,在黑暗中眨了好几下眼睛。

"许约人呢?"顾渊又问。

"约约?周辉?你们两个还在吗?"

"在呢。"周辉的声音从左边冒了出来。

滋滋——

一片黑暗过后,走廊的顶灯又闪了几下。顾渊能看到许约站在走廊的拐角处,跟他们保持着同样的姿势。

原来害怕的,不只他一个人。

顾渊不知道哪来的勇气,清了清嗓子准备越过李然然和周辉挪到许约的位置。

顶灯闪动的频率越来越快,墙上的音响里传来一阵攀爬的声音。

"顾渊,别来!"

"啊?"

但许约的提醒终究还是晚了一步。

咔——

整条走廊再次陷入了一片黑暗。

窸窸窣窣的声音越来越近,最后停在了顾渊的脚边。顾渊大气都不敢出,更不敢低头去看。

虽然他什么都看不到。

嘀——

灯突然闪了起来，黑白相间的光晕下，破玩偶被一团黑乎乎的东西所代替。很快，那团东西扭曲着身子爬到了顾渊脚边，最后伸手捏住了顾渊的小腿。

"啊啊啊——"

"啊！"顾渊一喊，李然然整个人都往后退了好几步。

"鬼啊！我不玩了，我不玩了！我不玩了还不行吗！"

"我靠！不是个玩偶吗！什么时候换成人了啊！"顾渊紧闭着双眼，站在原地一动不动，任由突然出现的工作人员捏着他的腿。他的身子颤得厉害，前额的汗在灯光下有些反光，"姐……那些学舞蹈的柔韧性都没你这么厉害吧……"

许约的对讲机里突然传来了工作人员的声音。

"那个，我看那个男生太害怕了……后面的可能比这还要恐怖，你们……还要继续吗？"

李然然似乎也听到了，连忙冲许约摆了摆手。

"不了吧，我朋友……看上去确实不太好。"

"好，那我帮你们开灯。"

咔——

走廊的所有灯都亮了，顾渊缓缓睁开一只眼睛。

跪倒在他脚边，整个身子扭成一团的女生终于忍不住笑了出来，捂着肚子躺在了走廊里。

"哈哈哈，你猜得没错，我就是学舞蹈的。"

"哈哈哈……"

顾渊抬手挡住了自己的半张脸，冲许约小声道："笑个屁。"

返回出租屋的路上，李然然笑个不停。顾渊懒得听，直接带上了蓝牙耳机。

悠扬的轻音乐和李然然的笑声混在一起,很是催眠,顾渊缓缓闭上了眼。

三十分钟后,车子停在了小区门外。

许约轻轻推了推顾渊的肩膀,摘掉了他的耳机。

"醒醒,我们到家了,小狗。"